독경 讀經

허담 新무협 판타지 소설
FANTASTIC ORIENTAL HEROES

독경 7

허담 新무협 판타지 소설

초판 1쇄 찍은 날 § 2012년 1월 4일
초판 1쇄 펴낸 날 § 2012년 1월 11일

지은이 § 허담
펴낸이 § 서경석

편집부장 § 권태완
편집책임 § 어정원

펴낸곳 § 도서출판 청어람
등록번호 § 제1081-1-89호
등록일자 § 1999. 5. 31
어람번호 § 제2-2192호

주소 § 경기도 부천시 원미구 심곡2동 163-2 서경B/D 3F (우) 420-822
전화 § 032-656-4452 팩스 § 032-656-4453
http://www.chungeoram.com
E-mail § chungeoram@chungeoram.com

ISBN 978-89-251-2735-4 04810
ISBN 978-89-251-2582-4 (세트)

독경 壽經

7
만보대전

만 가지의 독 중 가장 무서운 독은 심독(心毒)이라…

심독을 다루는 자 천하를 얻게 되리라.

FANTASTIC ORIENTAL HEROES

허담 新무협 판타지 소설

청어람

目次

第一章
손가지도(孫家之島)

　천번지복의 광풍과 폭우를 몰고 왔던 그날 밤의 폭풍이 씻은 듯이 사라진 아침, 바다는 고요했다. 바람은 다시 자취를 감췄다. 파도는 손바닥 하나 덮지 못할 만큼 잔잔했다. 그리고 배는 섬 앞에 있었다.

　"제길 귀신에 홀린 것 같군."

　원보가 화창한 하늘을 올려보며 투덜거렸다. 하늘의 이 기이한 조화는 도저히 사람의 머리로는 이해할 수 없는 것이었다.

　"그래도 무사하니 다행이오."

　허산왕은 그나마 지난밤의 폭풍에서 배가 부서지지 않은 것에 안도하는 듯싶었다. 폭풍에 밀려 격한 해류를 타고 섬들 사이를 비집고 다니면서도 배는 파도나 암초에 파손되지 않았다. 금천장에서 마련한 배 자체가 튼튼하기 때문이기도 했지만 또한 천운이 따른 것이라고 할 수 있었다.

"우리야 그렇지만 저들은 편치 않은 것 같수."

원보가 턱으로 갑판에서 사방의 바다를 주시하고 있는 금천장의 고수들을 보며 말했다.

"아직 찾지 못한 모양이구려."

허산왕이 말했다.

"음… 난파된 것은 아닌지……."

원보가 걱정스런 기색을 드러냈다.

"그들이 걱정이 됩니까?"

감천홍이 의아한 표정으로 물었다. 함께 동행하고 있지만 금천장은 결국 일행의 적이다. 감천홍의 물음에 원보가 고개를 저었다.

"사람 목숨 아까운 거야 다 매한가질세. 그 배에 타고 있던 사람들 중 몇이나 계림공 김류를 알겠는가? 무사면 싸우다 죽어야 제대로 죽은 것이요, 상인이면 상행에 나갔다 죽어야 제대로 죽은 거지. 이런 폭풍에 죽은 것은 적이라도 아깝네."

"그럼 전 어떻게 죽어야 할까요?"

감천홍의 의문에 원보가 한참 동안 그를 바라보다 걱정스런 표정으로 말했다.

"자네가 무창을 떠나 항주로 오면서 앞일을 고민하고 있는 것을 알고 있네. 자넨 여전히 어사대의 녹사인가?"

"제가 사직을 청한 적은 없지요."

"결국 고려의 관리란 말인데……. 그럼 임금을 위해 충성을 다하다 죽어야지."

"임금을 위해서요?"

감천홍이 다시 물었다. 그러자 원보가 뭔가를 깨달은 듯 고개를 저으며 황급히 말했다.

"아니, 내가 말을 잘못했네. 임금이 아니라 백성을 위해 죽어야지."

"그렇겠지요?"

"아암, 그래야지. 그런 의미에서 보자면… 금천장은 자네의 적일 수도 있네. 그들은 금가의 뿌리이고, 금가는 고려에서 백성의 고혈을 짜는 황금충들이니……."

"그들이 정녕 신라 천년사직을 다시 일으키려 하는 걸까요?"

감천홍이 연이어 물었다.

"그럴 가능성은 농후하네. 계림공 김류라는 이름은… 단순치가 않아."

"왕씨와 김씨라……. 후……!"

감천홍이 길게 한숨을 내쉬었다. 그때 문득 선수에서 금선옹이 허소산 쪽으로 다가왔다.

"파 대협 어찌하시겠소이까?"

금선옹이 당혹한 표정으로 물었다.

"장주의 생각은 어떻소?"

허소산이 되묻자 금선웅이 고개를 저으며 말했다.

"저로서는 판단이 서질 않습니다. 섬에 상륙을 해 오왕의 보물을 찾아야 할지… 배를 돌려 다른 식솔들을 찾는 것이 우선일지……."

금선웅은 정말로 결정을 내리기 어려운 모양이었다. 그러자 허소산이 말했다.

"고민할 게 뭐가 있소. 두 가지 일을 동시에 하면 되지."

허소산의 시원한 대답에 금선웅이 의아한 표정으로 물었다.

"두 가지 일을 어찌 함께……?"

"사람을 나누면 간단하지 않소. 항해에 능한 사람들은 배를 돌려 다른 사람들을 찾으러 나가고, 장주와 고수들은 나와 함께 섬에 올라 오왕의 재물을 찾읍시다. 사실 바다로 나가 사람을 찾는 일은 결국 배를 타고 하는 일이라 장주께서 함께 나가신다고 해도 특별히 하실 일은 없을 것이오."

허소산의 말에 금선웅이 잠시 생각에 잠겼다가 다시 물었다.

"파 대협께서는 섬에 오르실 생각이십니까?"

"배에 남아서 내가 할 일이 뭐가 있겠소."

허소산의 대답에 금선웅이 고개를 끄덕였다.

"좋소이다. 그럼 같이 하선하십시다."

"잘 생각하셨소. 본시 행운이란 기회가 있을 때 잡아야 하는 법이오. 비록 우리가 이곳에 오기는 했지만 혹시 아오? 다른 자들도 왔을지."

허소산의 말에 금선옹이 흠칫하며 되물었다.

"그럴 리가 있겠소? 천보도는 오직 파 대협만이 가지고 계시지 않았소?"

"후후후, 천보도가 없다 해도 우리 뒤를 따르는 자들이 없었을 거라고 어찌 장담하겠소. 하긴 지난밤 그리 폭풍우가 불었으니 쫓아오는 자들이 있었다고 해도 이미 사방으로 흩어졌을 거요. 하지만 유비무환! 일단 서두릅시다."

허소산의 말에 금선옹의 얼굴빛이 어두워졌다.

"그럼 일단 난 사람들을 나누어야겠소."

금선옹이 여전히 뭔가 불안한 안색을 한 채 허소산에게서 멀어졌다.

"흐흐, 뒤쫓는 자들이 확실히 있었군."

금선옹의 행동을 유심히 살피고 있던 원보가 금선옹이 멀어지자 실소를 흘리며 말했다.

"그러게 말이오. 그의 표정이 무척 불안한걸 보니 그들의 행적이 파악되지 않는 모양이오. 대낮에 전서구를 날리기도 어려울 테고……."

허산왕도 한 줄기 미소를 지으며 말했다. 그때 감천홍이 걱정스런 표정으로 허소산에게 물었다.

"그런데 설 노사께서는 무사히 도착하셨을까?"

"글쎄요……."

허소산이 말꼬리를 흐렸다. 그러자 원보가 걱정 말라는 듯 말했다.

"우리보다 일찍 출발하셨고. 해안가를 따라 내려오셨을 테니 폭풍을 만나지는 않았을 게다. 필시 이 섬 어딘가에 계실 거야."

"그랬으면 좋겠는데……."

허소산이 눈을 들어 섬을 살피며 나직하게 중얼거렸다.

섬은 무성한 숲을 가지고 있었다. 섬 자체가 그리 크지는 않았다. 배를 타고 섬 주위를 돌며 대략 반나절이면 돌 수 있는 크기였다. 그러나 인적이 닿지 않은 무성한 숲이 섬을 본래의 크기보다 훨씬 크고 깊게 느껴지게 만들었다.

사방에서 기이한 동물들이 우는 소리가 들려왔다. 발목까지 빠지는 낙엽에선 매캐한 썩은 내가 올라왔다.

"이건 마치 남방의 밀림 같군."

원보가 없는 길을 만들어 나가고 있는 금천장 고수들을 보며 중얼거렸다.

"꽤 남쪽으로 내려오지 않았습니까?"

감천홍이 대답했다.

"하지만 그래도 안남이나 대월 정도는 아니지. 절강 남쪽이나 멀어야 광동에 미치지 못할 걸세. 그런데 이런 숲이라니……."

"바다의 기후야 알 수 없는 것이지 않소."

허산왕이 말했다.

"그렇긴 해도… 기분 나쁜 섬이야."

길을 만드는 일이 어렵기는 해도 무림 고수들의 도검은 우거진 숲에 사람의 흔적을 남기며 길을 냈다. 그렇게 한 시진 정도를 밀림을 뚫고 전진하자 금세 섬의 풍경이 변했다. 이제 무성한 숲은 사라지고 키 작은 잡목들과 초지가 어우러진 풍경이 사람들의 눈에 들어왔다.

"기이하군, 기이해……. 어떻게 이렇게 다른 풍경이 한 섬에 공존할까?"

원보가 고개를 갸웃하며 중얼거렸다. 그러자 감천홍이 속삭이듯 말했다.

"이런 곳을 본 적이 있지 않습니까?"

"응? 무슨 말인가?"

"신황림 말입니다."

"아, 그렇군. 그곳이 있었지……. 음……."

원보가 고개를 끄덕였다. 그러는 사이 초원 한가운데 거대한 돌무더기들이 서 있는 것 보였다. 처음에는 그저 자연적으로 생겨난 돌무더기라고 생각했던 사람들은 가까이 다가서는 순간 이 거대한 돌무더기 사람의 손에 의해 만들어진 것이라는 것을 알아챘다.

사람들이 그렇게 생각할 만한 가장 중요한 단서는 돌무더기들 앞에 우뚝 서 있는 하나의 석비 때문이었다.

손가의 자손이 아니면 손가지도(孫家之島)에 들 수 없다.

석비에는 굵고 강렬한 필체의 경고가 새겨져 있었다. 석비 뒤쪽에 쌓여 있는 바위들도 가까이서 보니 일정한 규칙을 가지고 쌓아 놓은 것들이 분명했다. 바위들 중에는 사람의 힘으로 옮기기 어려운 크기의 바위들도 여럿 있어 이 바위들의 군락을 만들 때에 수많은 사람이 동원됐을 거란 짐작을 할 수 있었다.

더군다나 가까이 다가와서 보니 바위 더미는 마치 숲처럼 초원의 뒤쪽으로 넓게 펼쳐져 있었다.

"이곳인 것 같소이다."

사람들이 석비에 새겨진 글씨와 그 뒤의 바위 더미에 시선을 주고 있을 때 금성웅이 허소산에게 다가서며 말을 건넸다.

"그런데… 입구가 보이지 않소이다."

허소산이 바위 더미를 보며 말했다.

"오왕 손권이 천하를 도모할 목적으로 재물을 모아 둔 곳이라면 쉽게 그 출입구를 노출시키지는 않았을 것이오."

금선웅이 눈을 가늘게 떠 적을 노려보듯 바위 더미를 바라보며 말했다.

"저 바위들을 모두 옮겨야 하나?"

허소산이 고개를 갸웃했다.

"일단 사람들을 시켜서 바위 더미 주변을 살피라고 하겠소이다. 숲처럼 넓은 바위 더미를 모두 옮길 수는 없는 일 아니겠소?"

"음, 이 망할 지도에는 이 바위의 숲을 통과하는 방법은 쓰여 있지 않군."

허소산이 조금 귀찮다는 듯 천보도를 살피며 말했다.

"파 대협께서는 일행분들과 잠시 쉬고 계시오. 입구를 찾는 일은 우리가 맡겠소."

"그래주면 나야 고마운 일이오."

허소산이 만족한 듯 고개를 끄덕였다. 그러자 금선옹이 재빨리 금천장의 식솔들이 있는 곳으로 다가갔다. 그러더니 단호한 목소리로 명을 내렸다.

"지금부터 이 바위의 숲 주변을 면밀히 살펴라. 작은 틈 하나 놓쳐서는 안 된다. 단, 어떤 것도 함부로 건드리지 말라. 위험한 기관이 있을 수도 있으니 오직 눈으로만 살펴야 한다. 알겠느냐?"

"예, 장주!"

금선옹의 명에 금천장의 수하들이 일제히 대답을 하고는 바위 더미를 향해 달려갔다. 금선옹 역시 비사도를 포함한 몇몇 수뇌들과 함께 신중하게 바위 더미를 살피기 시작했다.

"이 바위들… 조금 위험해 보이는군요."

금천장 사람들이 바위 더미를 살피기 시작한 지 일각 정도가 지났을 때 문득 감천홍이 말했다.

"뭐가 말인가?"

원보가 감천홍을 보며 물었다.

"제가 어사대 시절 진법서를 좀 보았지요."

"진법서?

"네. 본래 병가(兵家)의 진법이란 강호 무림의 진법과는 조금 다르지요."

"그렇지. 강호의 진법은 사물을 이용해 사람들의 눈을 현혹하는 것이고, 병가의 진법은 적을 맞이하는 병사들의 포진에 관한 방법이라고 할 수 있으니까."

"고려의 관리들은 본시 문반이 무반에 앞서 병사의 관할권과 지휘권을 갖기 때문에 문관들은 필히 병법서나 진법서를 보아야 하지요."

"음, 알고 있네. 그래서 무반들의 불만이 하늘을 찌른다지?"

"그렇… 지요."

감천홍이 조금 겸연쩍은 표정으로 대답했다.

"흐흠, 어쨌든 그래서?"

"이 바위들의 구조를 보건대 이건 진입니다."

"정말?"

"그렇습니다."

감천홍와 확신을 가지고 말했다. 그러자 원보가 고개를 갸웃하며 물었다.

"그런데 왜 아무런 변화가 생기지 않는 거지? 진이라는 것이 사람이 들어왔을 때는 변화가 일어나야 하는 것 아닌가?"

"그건 좀 전에도 말씀드렸듯이 이 진법이 강호의 진법이 아니라 병가의 진법이기 때문이지요. 병가의 진법은 호풍환우의 변화를 동반하지는 않지요. 병사들의 배치와 강약을 조절해

생문과 사문을 혼재시키는 것이 가장 큰 특징이랄 수 있습니다."

"그렇군. 그렇다면 생문을 찾으면 안으로 들어갈 수 있다는 말이로군."

"그렇긴 합니다만 여전히 문제가 있습니다."

"또 무슨 문제가 있단 말인가?"

"진이 제대로 유지되었다면 생문을 찾기가 오히려 쉬웠을 텐데 이 진은 일부가 무너져 있습니다."

"일부가 무너졌다?"

"이 진법의 이름은 구궁진이라고 하는데 과거 초에서 오나라로 망명한 천하의 명장 오자서가 남긴 진법으로 알려진 것입니다. 오래된 진법서에는 종종 등장하는데 지금에 와서는 그 진법의 허실이 모두 드러나 사용하지 않지요. 그러나 삼국이 정립하던 시기에는 여전히 위력을 발휘는 진법이었을 겁니다. 그런데 그 구궁진의 진법과 맞지 않는 위치에 있는 바위들이 있습니다. 그건 곧 진 일부가 세월을 견디지 못하고 무너졌다는 말이지요."

"음… 그래도 생문을 찾을 수는 있겠지?"

원보가 감천홍에게 물었다. 그러자 감천홍이 고개를 끄덕였다.

"무너진 바위들을 제자리로 돌려놓다 보면 자연히 길이 열릴 것입니다."

"좋아. 그럼 저들은 쓸데없는 짓을 하고 있는 것이군."

원보가 거대한 바위 군락 주변을 살피고 있는 금천장 식솔들을 보며 말했다. 원보의 말대로 금천장의 문도들이 바위 군락을 살피는 일은 성과없이 반 시진 만에 끝이 났다. 그때까지 허소산 일행은 감천홍이 진법을 밝혀낸 사실을 금선옹에게 전하지 않았는데 그건 감천홍이 좀 더 정확하게 구궁진을 살필 시간을 벌기 위함이었다.

반 시진 후 금선옹은 금천장의 문도들을 다시 불러 모았다. 그리고는 곤혹스런 표정으로 허소산에게 다가왔다.

"파 대협, 이거 일이 쉽지 않구려. 이 바위들은 워낙 넓게 퍼져 있을 뿐 아니라 그 안쪽이 마치 미로와 같아서 쉽게 안으로 들어가는 길을 찾기 어렵구려. 아무래도 한동안 시간을 보내야 할 것 같소."

입구를 찾는 것은 금천장에서 맡겠다고 호언했던 지라 말투가 조심스러울 수밖에 없었다. 그러자 허소산이 도도한 표정으로 말했다.

"사람을 풀어 입구를 찾는 것은 어리석은 일이오."

"그럼 파 대협께는 달리 방법이 있다는 말씀이오?"

금선옹이 놀란 눈으로 허소산을 보며 물었다. 그러자 허소산이 감천홍을 바라보며 말했다.

"감 대협이 길을 열 것이오."

"어떻게 말이오?"

금선옹이 믿기 어렵다는 듯 물었다.

"걱정 말고 우리 뒤를 따라 오시시구려. 시작하지요."

허소산이 감천홍을 보며 말하자 감천홍이 가볍게 고개를 숙여보이고는 천천히 바위의 군락 쪽으로 걸음을 옮겼다. 그러자 그 뒤를 원보와 허산왕이 따랐다.

"자, 우리도 따라가 봅시다. 어떻게 길을 여는지 보시게 될 거요."

허소산이 훌쩍 걸음을 옮기자 금선옹이 고개를 한 번 갸웃하고는 놓칠세라 허소산의 뒤를 따랐다.

쿵쿠쿵!

감천홍은 바위 군락으로 들어서는 순간부터 몇 개의 바위들을 다른 곳으로 옮겼다. 그가 혼자 옮기기 힘든 바위들은 원보와 허산왕이 힘을 보태어 감천홍이 원하는 쪽으로 밀어냈다.

그렇게 거대한 바위들을 하나둘 움직이며 길을 만들기 시작하자 기이한 현상이 일어났다. 아무런 의미 없이 놓여 있던 바위들 사이로 십여 장 씩 길이 만들어지기 시작했던 것이다.

"이게 도대체 어찌 된 일이오?"

허소산의 뒤를 따르고 있던 금선옹이 놀란 음성으로 물었다. 그러자 허소산이 느긋하게 대답했다.

"이 바위들이 아무런 의미 없이 이곳에 있었던 것이 아니라고 하더이다."

"하면……?"

"이 바위들은 구궁진이란 진법의 대형으로 놓여진 것이라고 하오."

"진(陣)이라고 하셨소이까?"

"그렇소이다. 감 대협은 본래 병가의 진법에 통달한 사람인데 그의 말대로라면 이 바위들은 바로 그 진법에 따라 배치된 것이라고 하오. 그런데 세월이 지나면서 일부가 허물어져 진의 본래 모습을 잃어버렸소. 해서 지금 저들은 바위를 움직여 본래의 진 모양을 회복하며 길을 내고 있는 것이오."

"그랬었구려. 정말 파 대협의 수하분들은 다재다능하구려."

"저들은 결코 평범한 수하들이 아니오. 물론 내가 함부로 부릴 수 있는 사람들도 아니고……. 사실 저들이 날 따르고는 있지만 우린 주종관계라고 하기에도 애매한 사이라오."

"그렇고 보니 파 대협을 따르는 분들에 대해선 잘 모르고 있었구려."

"하하. 시간이 지나면 차차 알게 될 것이오. 그나저나 나도 좀 도와야겠군."

허소산이 말을 내뱉고는 훌쩍 신형을 날려 거대한 바위에 기대어 힘을 쓰고 있는 허산왕 등 세 명의 곁으로 다가갔다. 세 사람이 밀고 있는 바위가 워낙 커서 힘을 합치고도 바위는 꿈쩍도 하고 있지 않았다.

턱!

바위 곁으로 다가선 허소산이 두 손을 바위에 가져다 대었다. 그러자 그 순간 그의 손과 바위 사이에서 흰 연무 같은 것이 생겨나더니 이내 바위가 들썩이기 시작했다. 한 번 움직이기 시작한 바위는 이내 탄력을 받아 서서히 옆으로 굴러가기 시작했다.

구르릉!

집채만 한 바위가 네 사람의 힘에 밀려 다른 바위들 사이로 들어갔다. 그러자 그 바위 뒤쪽으로 곧게 뻗은 길이 나타났다.

"정말 대단한 자입니다."

허소산까지 힘을 보태 바위를 밀어내는 것을 보고 있던 금선옹 뒤로 비사도가 다가서며 말했다. 그러자 금선옹이 고개를 끄덕였다.

"그러게 말이네. 저자의 나이가 이제 약관을 갓 넘었는데 도대체 어떻게 저렇게 공력을 얻을 수 있었을까?"

"영약을 얻지 않았을까요?"

"영약?"

"그 스스로가 독익 달인이라고 자처하지 않았습니까. 독과 약은 본래 한 몸 아니겠습니까?"

"음……. 자네 말에도 일리가 있네. 그러나 과연 영약의 힘만으로 저렇게 강력한 공력을 얻을 수 있을까?"

"그의 출신은 여전히 알아내지 못했습니까?"

"자네가 더 잘 알고 있지 않나? 그가 무창에 나타나기 이전의 행적을 도저히 찾을 수가 없었네. 언제부터 무창 망향원에 머문 것인지도 확실치 않고…… 오릉에서 오산금림과 연관이 있다는 것을 알게 되었지만 오산금림 자초도 워낙 은둔의 문파라서… 어쨌든 무창을 중심으로 사람을 풀어놓았으니 어떤 단서라도 곧 잡히겠지. 금림에도 사람을 보냈고…….”

“그의 뒤에 거대한 세력이 도사리고 있다면… 대업에 방해
가 될 수도 있을 겁니다.”

“대야께서도 그걸 확인하고자 하시는 거라네. 그의 말대로
그 세력이 미미하다면 충분히 우리의 통제하에 둘 수 있을 것
이네. 그러나 만약 그의 뒤에 거대한 세력이 숨어 있다면 버려
야 할 칼일 수도 있지. 그래서 오산금림과의 관계가 중요하네.
단순한 인연인지, 아니면… 음, 그런 면에서 보자면 이 손가지
도에서의 일이 무척 중요하지.”

“어째서 말입니까?”

“그에게 숨겨둔 세력이 있다면 당연히 이번에 모습을 드러
낼 테니까. 아니면 오왕의 모든 재물이 우리 금천장의 손에 들
어오지 않겠는가? 그가 바보가 아닌 이상 일이 그렇게 되도록
두고 보지는 않을 걸세.”

“그렇군요. 그래서 대야께서…….”

“말을 삼가게.”

금선옹이 재빨리 경고를 했다. 그러자 비사도가 얼른 고개
를 숙여보였다.

“죄송합니다.”

“그는 보기와 달리 눈치가 빠른 자네, 그의 수하들 역시 마
찬가지고. 무공도 심계도 종잡을 수 없는 자들이라네. 세상에
서 가장 위험한 자들이 바로 그 행동을 예측할 수 없는 자들일
세. 언제나 조심 또 조심해야 할 걸세.”

"명심하겠습니다."

"가세. 그새 또 길이 많이 열렸군."

흩어진 바위들이 감천홍의 지시에 따라 하나둘 제자리를 찾아가자 안쪽으로 길고 구불구불한 미로들이 모습을 드러냈다. 거미줄처럼 얽혀 있는 것은 아니지만 중간 중간 갈림길이 나타나 구궁진을 모르는 자라면 자칫 길을 잃을 수도 있는 미로였다.

일행이 감천홍의 지시에 따라 생로를 따라 전진하기를 한 시진.

지금까지와는 다른 반듯하게 다듬어진 거대한 바위가 나타났다. 그 비석 같은 앞에서 감천홍이 걸음을 멈췄다. 바위는 비스듬한 비탈에 넘어진 듯 기대어 있었는데 한눈에 보기에는 바로 서 있다가 세월을 이기지 못하고 쓰러진 듯 느껴졌다.

"여기가 진의 중심입니다."

"길기도 하군."

감천홍의 말에 원보가 고개를 저으며 말했다.

"진 자체가 크기도 하지만 구궁진의 묘미는 그 안에 들어온 자를 여러 방향으로 움직여 지치게 만드는 데에 있지요."

"음, 하긴 이리저리 많이 돌긴 했지. 그럼 이 아래 오왕이 모아둔 재물이 있을까?"

원보가 쓰러져 있는 반듯한 모양의 바위에 손을 얹으며 말했다.

"그렇다고 보기엔 너무 평범하지 않소?"

허산왕이 고개를 갸웃하며 물었다. 그러자 감천홍이 다시
입을 열었다.

　"이 아래 재물이 없다면 다른 곳에서 찾기는 힘들 겁니다.
구궁진의 경우 그중심에 장수가 군림하며 병사들을 지휘하는
진법인데 이 중심만이 진의 영향에서 자유로울 수 있기 때문
이지요. 그러니 재물을 숨겨두려면 이곳이어야 합니다. 다른
곳에 보물을 숨기려다간 그 일을 하던 자들이 상했을 겁니다."

　"음… 그런가? 나야 진에 대해선 문외한이니……."

　허산왕이 머리를 긁적이며 말했다. 그러는 사이 금선옹이
그의 수하들과 함께 다가왔다.

　"다 온 것이오?"

　금선옹이 쓰러져 있는 바위를 보며 허소산에게 물었다. 그
러자 허소산이 고개를 끄덕였다.

　"일단 이곳이 이 진의 중심이라 하오. 그러니… 저 바위 아
래 오왕이 묻어둔 재물이 있을 가능성이 크오."

　허소산의 대답에 금선옹의 눈빛이 번쩍였다. 감출 수 없는
탐욕의 빛이 그의 동공을 가득 채웠다.

　"그럼 일단 저 바위를 치워봅시다."

　금선옹이 서둘렀다. 천하의 상계를 좌지우지하는 노련한 장
사치로는 어울리지 않는 모습이다.

　'무림에 관심을 두니 상인의 노련함은 사라지는 건가?'

　허소산이 탐욕을 드러내는 금선옹을 보며 내심 생각을 하고
는 바위 앞으로 다가갔다.

"힘으로 움직여도 되는 것이오?"

허소산이 감천홍에게 물었다. 그러자 감천홍이 고개를 저었다.

"그건 저도 알 수가 없습니다. 구궁진은 지상에서나 힘을 쓰는 것이지요."

"다시 말해 이 바위 밑에 다른 기관이 있을 수도 있다는 말이군요."

"바로 그렇습니다."

감천홍이 대답에 허소산이 고개를 끄덕였다. 그러면서 금선옹을 돌아봤다.

"어쩌시겠소이까? 함께 이 바위를 치워보시겠소이까?"

"그에 대해선 미리 준비를 해왔소이다."

금선옹이 대답을 하고는 뒤를 돌아보며 눈짓을 했다. 그러자 금천장의 사람들이 굵은 밧줄과 쇠고리들을 가리고 앞으로 다가왔다.

"바위를 치우는 것은 우리가 맡겠소."

"그렇게 하시구려. 뭐, 번거롭기는 하겠지만……."

허소산이 여러 가지 도구들을 들고 나서는 금천장의 식솔들을 보며 떨떠름하게 대답했다. 이렇게 부산을 떨 이유가 있느냐는 듯한 표정이었다. 그렇거나 말거나 금선옹은 재빨리 수하들에게 지시를 내렸다.

"서둘러 바위를 치워보라."

금선옹의 명에 금천장의 식솔들이 바위에 쇠고리와 사슬을 걸고 길게 밧줄을 늘였다. 그리고는 십여 명의 장성이 그 밧줄을 당기기 시작했다. 그런데 그러고 있음에도 불구하고 바위는 움직일 생각을 하지 않았다.

마치 땅속에 뿌리를 박고 있는 듯 전혀 움직이지 않은 바위를 보며 금선옹이 당혹한 표정을 짓기 시작했다.

"힘들을 보태라!"

금선옹이 고개를 돌려 명을 내리자 다시 대여섯 명의 사내가 밧줄에 매달렸다. 그러자 드디어 바위가 조금씩 들썩이기 시작했다.

그릉그릉!

바위가 마치 고삐에 매달린 소처럼 몸을 들썩였다. 그러나 그럼에도 불구하고 쉽게 밧줄에 딸려나가지는 않고 있었다.

"이래서야. 쯔쯔……."

허소산이 혀를 차더니 훌쩍 신형을 날려 금천장 식구들이 밧줄을 당기는 반대편에 내려섰다. 그러더니 두 손을 들어 재빨리 장력을 떨쳐냈다.

쿠쿵!

강력한 장력이 바위에 격중되며 천번지복의 파열음을 일으켰다. 그 순간!

그르릉!

밧줄에 매달린 바위가 더 이상 버티지 못하고 금천장 식솔들이 끄는 대로 앞으로 당겨져 나갔다. 그러자 바위가 있던 자리에 잘 다듬어진 돌 계단이 땅속을 향해 나 있는 것이 보였다.

"음…… 이곳이 맞긴 맞군."

일장의 장력으로 바위를 치우는 데 힘을 보탠 허소산이 고개를 끄덕였다. 그러자 금선옹이 뒤질세라 허소산 곁으로 다가섰다.

"과연…… 오왕의 보물이 있긴 했구려."

"아직 눈으로 본 것은 아니잖소?"

"그래도 이런 정도의 공간이 마련되어 있다는 것은 오왕이 모아둔 재물이 실재한다는 말이 아니겠소?"

"하여간 들어가 봅시다."

허소산의 말에 금선옹이 급히 수하들을 보며 소리쳤다.

"불을 밝혀라."

금선옹의 명에 금천장의 식솔 몇몇이 횃불을 밝혔다. 대낮에 밝힌 횃불은 금세 태양의 빛 아래 힘을 잃었으나 지하로 뚫고 내려간 계단 입구에 다가서자 다시금 힘을 얻어 계단 아래쪽을 밝혔다.

계단은 땅 위에선 끝이 보이지 않을 정도로 깊게 이어져 있었다. 끝을 모르는 길은 인간에게 본능적인 두려움을 느끼게 만든다. 금선옹조차도 선뜻 앞서서 계단을 밟고 내려가지 못했다. 그러자 원보가 앞으로 나섰다.

"내가 앞장을 서지요."

"그래 주시겠어요? 위험할 수도 있는데 조심하세요."

수하라지만 다른 사람들 앞에서도 언제나 원보나 허산왕 등을 존중해왔던 허소산이다. 정중한 허소산의 말에 원보가 고개를 끄덕였다.

"주인께선 걱정 마십시오."

원보가 호기롭게 말하고는 금천장 식솔 한 명에게서 횃불을 빼앗아 들고는 계단을 밟고 내려가기 시작했다.

계단은 아무런 장식도 없이 길게 이어졌다. 직각으로 세 번 꺾여 방향을 틀었으며 역시 그 와중에도 어떤 변화도 없는 황량한 계단이 이어졌다.

원보를 선두로 한 일행은 누구도 입을 열지 않은 채 침묵 속에 계단을 내려갔다. 지하의 공간에서 울려오는 발걸음 소리가 천둥처럼 크게 들려왔다.

한순간 땅속으로 내려갈수록 느껴지던 서늘한 기운이 가시고 온화한 공기가 사람들을 휘어 감았다. 그러자 긴장했던 사람들의 몸과 마음이 조금씩 풀리기 시작했다.

그렇게 사람들의 몸이 풀릴 즈음 일행이 드디어 사방 십여 장의 지하 광장에 도달했다. 그리고 그 광장에서야 일행은 횃불 외의 다른 빛을 만날 수 있었다.

"거참, 크군."

횃불을 한쪽으로 집어 던지면서 원보가 말했다. 그의 시선은 광장의 천장에 박혀 있는 거대한 야광주를 바라보고 있었다. 야광주는 마치 살아 있는 짐승의 눈처럼 일행을 내려다보고 있었다.

"이거 왠지 도둑질을 하러 들어온 것 같은 기분이 드는걸?"

원보가 어깨를 으쓱하며 중얼거렸다. 그러자 허산왕이 말했다.

"도둑은 도둑 아니오?"

"흐흐, 그렇긴 하지만 애초에 이곳에 있는 물건들도 오왕이 백성들에게서 거둬들인 것일 테니 결국 그가 주인은 아니잖소?"

"그럼 도둑이 도둑의 물건을 훔치는 건가?"

허산왕이 고개를 갸웃하며 말했다. 그러자 원보가 호탕한 웃음을 터뜨렸다.

"하하하, 도둑이 도둑의 물건을 훔친다라……. 거참, 재미있는 말이구려. 그럼 오왕이란 도둑놈이 얼마나 많은 재물을 모아두었나 한번 볼까?"

원보가 서슴없이 걸음을 옮겨 광장 안쪽의 석문을 향해 다가갔다.

"보자……."

석문 앞에 다가간 원보가 세세하게 석문을 살피기 시작했다. 그렇게 얼마나 지났을까. 원보가 뒤를 돌아보며 말했다.

"역시 힘으로 열라는 것 같습니다."

허소산에게 한 말이었다.

"그럼 힘으로 열어야죠."

허소산이 무덤덤하게 대답했다.

"제길 이 나이에 힘을 써야 하다니……."

원보가 투덜거리면서 석문에 손을 댔다. 그리고는 공력을 끌어올리기 시작했다.

우웅!

원보의 공력이 전해지자 석문이 작은 울음을 울었다. 그러나 석문은 울음만 흘려낼 뿐 열릴 기미를 보이지 않았다. 원보의 얼굴이 벌겋게 달아오르기 시작했다. 그러나 전신의 공력을 모두 모았음에도 불구하고 석문을 열리지 않았다.

"이런 제길! 이런 수모가 있나?"

쾅!

결국 석문을 열지 못한 원보가 손바닥으로 석문을 후려쳤다. 강력한 그의 공력이 석문을 뒤흔들었지만 여전히 석문은 열리지 않았다.

"이거… 힘으로 열 게 아닌 모양입니다."

원보가 허소산을 보며 말했다.

"늙은 거 아닙니까?"

허소산이 심드렁하게 말하며 원보 곁으로 다가왔다.

"늙은 생강이 맵다는 걸 모르십니까?"

원보가 허소산을 흘겨보며 말했다. 만약 금천장의 식솔들이 없다면 머리라도 한 대 쥐어박았을 기세였다.

"하하, 역시 원 노사께서 늙긴 늙으셨네. 작은 농에도 이렇게 발끈하시고……. 예전엔 안 그러셨던 것 같은데……."

"으음, 주인 농이 너무 지나치십니다."

원보가 금선옹 모르게 주먹을 쥐어 보이며 말했다. 그러자 허소산이 석문에 손을 대며 말했다.

"젊은 내가 한번 해보지요."

"주인께서 여신다면 내가 늙었다는 걸 인정하지요."

"하하, 그럼 어디 확인해 봅시다."

허소산이 공력을 끌어올렸다. 그러자 그의 손이 닿은 석문에서 뿌연 연기가 일어나기 시작했다. 그리고 잠시 후 석문이 학질에 걸린 것처럼 부르르 몸을 떨기 시작했다. 그러나 원보가 석문을 열려고 할 때와 마찬가지로 석문은 전혀 열릴 기미를 보이지 않았다.

"음!"

허소산의 입에서 나직한 신음성이 흘러나왔다. 그리고는 다른 한 손도 석문에 가져다 대었다.

쿠르릉!

한순간 석문이 좀 더 강렬하게 요동치기 시작했다. 그러더니 허소산의 손이 석문 안으로 푹 꺼져들었다. 강력한 공력에 석문이 견디지 못하고 안으로 꺼진 것이다. 그러나 허소산의 강력한 공력에 부서져 가면서도 석문은 열릴 생각을 하지 않았다.

"그만하시지요."

허소산의 옆에서 원보가 빙그레 미소를 지으며 말했다. 그러자 허소산이 분기를 드러내며 석문에서 손을 뗐다.

"힘으로 열 문은 아닌 것 같군."

허소산이 툭툭 손을 털며 말했다.

"주인께서 손을 쓰셨는데도 열리지 않았다면 분명 힘으로 열릴 문은 아니지요. 문을 열 수 있는 다른 방도를 찾아야 할 것 같습니다."

원보가 정중하게 말했다. 그러자 허소산이 다른 사람들을 돌아보며 말했다.

"난 머리 쓰는 일은 질색이니 그대들이 알아서 해보시구려."

허소산의 말에 감천홍이 미소를 지으며 대답했다.

"제가 살펴보지요."

"그러시구려. 감 대협의 현명함이야 우리 중 최고이니……."

"별말씀을!"

감천홍이 가볍게 대답하고는 석문 앞으로 다가가 꼼꼼하게 석문을 살피기 시작했다. 그렇게 얼마나 지났을까. 문득 감천홍이 빙그레 미소를 지으며 말했다.

"생각보다 간단하군요."

"아니, 문을 열 방법을 알아내셨는가?"

원보가 놀란 얼굴로 감천홍 곁으로 다가섰다. 그러자 감천홍이 석문과 벽의 틈 사이 일곱 곳을 가리키며 말했다.

"자세히 살펴보십시오."

"뭐가 있나? 나도 자세히 보기는 했었는데……."

원보가 고개를 갸웃하며 감천홍이 가리킨 곳을 살피기 시작했다. 그리고 잠시 후 원보가 의혹 어린 표정으로 감천홍을 보며 말했다.

"난 특별한 것을 발견하지 못하겠네만……."

"그 안쪽을 자세히 보시면 다른 부분과 색이 다른 것을 아실 수 있을 겁니다."

"그야 그저 문틈 안쪽이라 색이 다른 것 아닌가?"

"그렇지가 않습니다. 그렇다면 문틈의 색들이 모두 달라야 하는데 유독 그 일곱 군데만 색이 다르지요."

감천홍의 말에 원보가 다시 문틈으로 시선을 주었다. 그리고는 잠시 후 고개를 끄덕였다.

"음, 자네 말을 듣고 보니 과연 그렇군. 그런데 문틈의 색이 다른 것이 이 문을 여는 열쇠라도 된다는 말인가?"

"구궁진의 진법이 이 안까지 연결되어 있는 것 같습니다."

"아니 또 구궁진인가? 지상에서만 힘을 쓴다며?"

원보가 지겹다는 듯이 물었다.

"아무도 여기에 진법을 설치한 자의 능력이 무척 뛰어난 듯싶습니다. 말씀드렸듯이 구궁진의 중앙에는 진을 지휘하는 장수가 서 있게 되어 있습니다. 그래서 만약 기병술에 능한 적의 결사대가 진을 뚫고 들어와 진의 중심인 장수를 베어버리면 진은 순식간에 와해되지요."

"그래서?"

"그래서 구궁진을 펼칠 때는 그 중심인 장수를 보호하기 위해 장수 주변에 칠성소진을 다시 펼치는 경우가 종종 있습니다."

"칠성소진이라……. 뭐, 나야 진에 문외한이니 알 수 없고. 그게 무슨 상관이 있는 건가?"

원보의 질문에 감천홍이 손으로 석문을 짚으며 말했다.

"문틈으로 보이는 일곱 지점의 색이 다른 것은 이 문을 사방에서 지탱하고 있는 칠성소진의 흔적입니다. 그러니 그 소진을 해체하면 석문은 자연히 열리게 될 것입니다."

"그런 건가? 그런데 그럼 칠성소진은 어떻게 파훼하지?"

"그건 생각보다 간단합니다. 색이 다른 일곱 지점을 동시에 가격하면 되지요."

"음……. 간단한 방법이긴 하지만 쉬운 방법은 아니군."

원보가 고개를 저었다. 그도 그럴 것이 사방 이장 넓이의 석문 주변에 위치한 일곱 지점을 한 사람이 동시에 가격하는 것은 그리 쉬운 일이 아니었다. 그런데 그 순간 허소산이 앞으로 나서며 말했다.

"별로 어려운 일도 아니겠군. 어디……."

허소산이 문틈으로 보이는 일곱 개의 색이 다른 지점을 확인한 후 한순간 진기를 끌어올렸다. 그리고 다음 순간 그의 손이 허공에 뿌연 잔영을 남기며 번개처럼 움직였다.

쿠쿠쿵!

거의 동시에 일곱 번의 굉음이 일어났다.

구르르릉!

다음 순간 석문이 지금까지와는 전혀 다른 울음을 울더니 한순간에 맥없이 옆으로 밀려났다. 그러자 석문 뒤쪽에서 눈부신 보광이 흘러나왔다. 열린 석문의 뒤쪽에 황금으로 만들어진 금관이 눈에 들어왔다. 금관에는 네 개의 글자가 신비롭게 빛나고 있었다.

第二章
천황비고(天皇秘庫)

"거창한데? 천황비고라니……. 천하를 통일하고자 하는 염
원이 느껴지는 말이군."

원보가 금판에 새겨진 글씨를 보며 중얼거렸다. 그러나 사
람들의 시선은 금판에 새겨진 글씨가 가 있지 않았다. 그들의
시선은 그 너머 산처럼 쌓여 있는 거대한 목함 더미를 향해 있
었다.

"들어가 봅시다."

금선옹이 조급함을 드러냈다. 상인의 성정은 속일 수가 없
는 것인지 그는 눈앞에 싸여 있는 목함 안에 무엇이 들어 있는
지 눈으로 확인하지 않고는 배기지 못하겠다는 표정이었다.

허소산이 금선옹의 재촉에 걸음을 옮겨 금판 아래를 지나

거대한 석실로 들어갔다.

"하나가 아니군."

석실 안으로 들어선 사람들은 좌우로 다시 여러 개의 석실이 붙어 있는 것을 볼 수 있었다. 각각의 석실에도 모두 목함 더미들이 쌓여 있었다.

"과연 이것들이 모두 보물일까?"

원보가 목함 위의 먼지를 쓸며 중얼거렸다.

"열어보면 알 수 있지 않겠소?"

허산왕의 말에 원보가 고개를 끄덕였다.

"맞는 말이오. 주인, 열어 볼까요?"

원보가 허소산을 보며 물었다. 그러자 허소산이 고개를 주억이며 대답했다.

"한 번 보죠."

허소산의 허락이 떨어지자 원보가 지체하지 않고 목함을 열어젖혔다. 순간 목함 안에서 화려한 금붙이들이 보광을 흘려내며 모습을 드러냈다.

"아!"

"오오!"

여기저기서 사람들의 탄성 소리가 일어났다. 근 천여 년을 잠자고 있던 보물이 드디어 사람들 앞에 모습을 드러낸 것이다.

"모두… 확인해 봅시다."

금선옹이 다시 조급함을 드러냈다.

"그렇게 하시구려."

허소산이 무덤덤하게 대답했다.

"다른 석실의 목함도 모두 확인하라."

금선옹의 명이 떨어지자 금천장의 고수들이 일제히 좌우의 석실로 흩어졌다. 그리고 잠시 후 곳곳에서 탄성이 흘러나오기 시작했다.

"아."

"이건… 옥이군. 음… 은패도 있군."

석실을 가득 메운 목함에 들어 있는 보물들을 확인한 금천장 식솔들의 입에서 끊임없는 탄성이 이어졌다. 그리고 얼마 후 모든 석실의 목함을 확인한 금천장 식솔들이 금선옹 주변으로 모여들었다.

"어떠한가?"

금선옹이 묻자 비사도가 대답했다.

"몇몇 석실에 든 고대의 전표를 빼고는 모두 금은보화입니다. 천하를… 천하를 사고도 남음이 있습니다."

비사도가 흥분한 어조로 대답했다. 상인인 그들에게 이 거대한 재물의 보고는 그야말로 하늘이 내린 축복과도 같은 것이었다.

"이제… 천하의 대사는 결정된 것이나 마찬가지요."

금선옹이 감격스런 표정으로 허소산을 보며 말했다. 그러자 허소산이 심드렁한 표정으로 대답했다.

"재물로 천하를 살 수 있다면 어찌 과거의 부자들이 천하를

손에 넣지 못했겠소. 이 재물들은 천하를 얻기 위한 수단일 뿐
이오."

"그… 그렇긴 하오만……."

금선옹이 지나치게 흥분했던 자신의 실태를 깨닫고는 급히
말을 얼버무렸다. 그러자 허소산이 차분하게 말했다.

"일단 이것들을 밖으로 가지고 나갑시다."

"그, 그럴까요?"

보물의 주인은 어디까지나 천보도의 주인인 허소산이다. 허
소산의 말 한마디 한마디에 금선옹의 표정이 변했다. 금선옹
이 금천장의 식솔들에게 명을 내렸다.

"목함을 모두 밖으로 옮겨라. 귀중한 것들이니 손상되지 않
게 조심해야 할 것이다."

"옛, 장주!"

보물을 눈으로 확인한 금천장의 식솔들 역시 그것들이 모두
자신들의 것이나 되는 냥 흥분하여 대답했다. 그리고는 둘씩
짝을 지어 목함을 들고 석실을 나가기 시작했다.

"어디 귀한 것들이 있나 좀 살펴볼까?"

목함을 모두 지상으로 옮기는 데는 꽤 많은 시간이 필요할
터, 허소산이 쌓여 있는 목함들 쪽으로 다가가 뚜껑을 열며 말
했다.

"귀한 것이 있으면 어쩌시려고요?"

원보가 농을 하며 물었다. 허소산이 왜 귀한 물건을 찾는지
짐작이 되는 모양이었다.

"그래도 기념으로 한두 개는 챙겨가야지 않겠습니까?"

"챙겨가서 뭐하시려고……?"

원보가 끝까지 짓궂게 물고 늘어졌다.

"몰라서 물으시는 겁니까?"

"하하하, 내가 어찌 주인님의 심사를 모르겠습니까? 제가 좋은 걸로 구해 드리지요."

원보가 짐짓 큰 웃음을 흘리고는 다른 석실로 발걸음을 옮겼다. 그러자 허소산이 미소를 지으며 감천홍에게 말했다.

"감 대협께서도 한두 개 마음에 드시는 물건을 챙겨 두시지요."

"저도 말입니까?"

"쓸 데가 있지 않습니까?"

여전히 곁에는 금선옹이 있어 말을 조심하는 감천홍이었지만 허소산이 무슨 말을 하는지는 이내 알아들은 모양이었다. 허소산은 항주에 남아 있는 감아라를 두고 하는 말이었다. 감아라는 아직 어린 소녀, 아버지의 선물을 특별히 기뻐할 나이였다.

"그럼… 그럴까요?"

평소에는 엄격한 아버지지만 감천홍 역시 부모임에는 분명했다. 감천홍도 감명과 감아라에게 선물할 보물을 찾아 나서자 허산왕도 목함을 열며 말했다.

"나도 몇 개 챙겨야겠군."

"어디에 쓰시게요?"

"주인님, 나라고 선물할 사람이 없겠습니까?"

허산왕이 허소산을 보며 빙그레 미소를 지었다.

금천장 식솔들은 분주히 목함을 나르고 허소산 일행은 분주히 누군가에게 선물할 물건을 찾았다. 그러나 허소산의 마음에 드는 물건은 딱히 나타나지 않았다.

'뭔가 의미 있는 것이 좋을 텐데……'

허소산이 다시 하나의 상자를 열며 생각했다. 그런데 그가 목함의 뚜껑을 열자 은은한 빛을 흘리는 청색 구슬이 여러 귀중품 사이에 끼어 있는 것이 눈에 들어왔다.

'뭐지?'

허소산이 호기심을 발하며 녹색 빛의 구슬을 집어 들었다. 손안에 들어온 녹색 구슬은 더더욱 영롱한 빛을 흘렸다.

"신비하구나."

허소산이 자신도 모르게 중얼거렸다. 그런데 그때 금천장주가 눈빛을 빛내며 허소산 곁으로 다가섰다.

"파 대협, 아주 귀중한 물건을 찾으셨구려."

"이 물건이 무엇인지 아시오?"

"아마 천하에서 그 물건을 알아볼 사람은 몇 없을 것이오."

허소산은 금선옹의 눈 속에 숨어 있는 탐욕의 빛을 놓치지 않았다.

'정말 귀한 물건인 모양이군.'

허소산이 마음속에 녹색 구슬에 대한 호기심이 부쩍 솟아올랐다.

"그건 아마도… 피독주일 거요."

"피독주(避毒珠)?"

"그렇소이다."

"독을 막는 구슬이란 말이오?"

"맞소."

금선웅이 확신하듯 말했다.

"장주께서는 어떻게 이 물건이 피독주라는 것을 아시오?"

"아주 오래전… 그것과 비슷한 물건을 본 적이 있소이다."

"어디서 말이오?"

"내가 금천장의 장주가 되었을 때 천축의 상인들을 상대할 기회가 있었는데 그들 중 한 명이 그것과 같은 피독주를 가지고 있더이다."

"천축의 상인이라……. 하지만 피독주라는 것이 전설처럼 이야기가 전해지기는 하지만 실제로 이런 구술이 독을 막을 수 있다는 건 의문이 드는구려."

"당시 그 천축의 상인이 피독주를 이용해 독을 해독하는 광경을 직접 목격했었소이다. 음… 그건 정말 귀한 건데……."

금선웅의 눈에 피독주에 대한 탐욕이 점점 더 강하게 드러났다. 그러나 허소산은 그런 금선웅의 욕망을 채워줄 생각은 전혀 없었다.

"그렇게 귀한 물건이라니 횡재를 했군."

허소산이 중얼거리며 피독주를 품속에 넣었다. 그러자 금선옹의 얼굴에 아쉬운 표정이 가감없이 드러났다. 허소산은 그런 금선옹을 모른 체 하며 걸음을 옮겨 석실을 벗어나기 시작했다.

"땅속에 오래 있었더니 답답하군. 난 먼저 나가 있겠소."

"그러시구려. 목함들을 옮기는 일은 우리 금천장에게 맡겨 주시오."

"알았소이다."

대답을 한 허소산이 얼른 석실을 벗어나 돌계단이 있는 지하 광장에 이르렀다. 그 모습을 보고 있던 금선옹이 아쉬운 표정으로 중얼거렸다.

"아깝구나. 대야께 좋은 선물이 될 수 있었는데……. 대업의 과정에 어찌 사이한 위협이 없을까? 그럴 때 피독주라면 큰 힘이 되었을 터인데……."

천황비고에 있는 재물들을 지상으로 옮기는 일은 수십 명의 금천장 식솔들이 동원되고도 반나절이 넘게 걸렸다. 그리하여 해가 뉘엿하게 질 때는 바위들의 군락 앞에 목함들이 산더미처럼 쌓였다.

"과연 천하를 제패할 목적으로 모은 재물답구나."

산처럼 쌓인 목함들을 보며 원보가 감탄사를 흘려냈다. 그러자 옆에서 허산왕이 입을 열었다.

"너무 많다보니 오히려 실감이 나지 않소이다."

"그렇지요? 허허허… 이런 재물을 구경한 사람은 아마 천하에 거의 없을 거요. 송 황실도 이 정도 재물을 한 번에 모아 놓지는 못할 거요."

"들리는 말에 의하면 대요에 공물을 바치느라 늘 국고가 텅텅 비어 있다고 하더이다."

"그렇지요. 그렇지요. 그러니 죽어나는 것은 불쌍한 백성들뿐이지. 쯧쯧……."

원보가 혀를 찼다. 그러는 사이 금천장의 식솔들이 마지막 남은 목함을 지상으로 가지고 나왔다.

쿵!

장정 대여섯이 목함을 내려놓자 그 뒤를 따라 나온 금선옹이 허소산을 보며 말했다.

"파 대협 이제 모두 옮겼소이다."

"생각보다 오래 걸렸구려."

허소산이 산처럼 쌓인 목함 더미를 보며 말했다.

"오늘은 아마도 이곳에서 야숙을 해야 할 것 같소이다."

"음… 그럽시다. 일단 재물이 지상에 나왔으니 그걸 지키는 일도 큰일이오. 더군다나 아직 배가 돌아오지 않았으니…….
혹여 무슨 일이라도 일어난 건 아닌지 우려스럽구려."

허소산이 초지와 잇닿은 숲 너머 아련하게 보이는 바다를 보며 중얼거렸다. 허소산의 말대로 동료들을 찾아 다시 바다로 나간 금천장의 배는 아직 돌아오지 않고 있었다.

"너무 걱정 마시오. 그들은 아주 노련한 뱃사람들이오. 더군다나 오늘은 날도 좋았으니 별일없을 것이오."

"나도 그러리라 믿소."

"그럼 숙영 준비를 하리다."

금선웅의 말에 허소산이 가볍게 고개를 끄덕였다. 그러자 금선웅이 재빨리 금천장의 식솔들에게 명을 내렸다.

"오늘 밤은 이곳에서 야숙한다. 모두 숙영지를 꾸려라!"

금선웅이 명이 떨어지자 하루 종일 목함을 옮기느라 기진한 금천장의 식솔들이 다시 무거운 몸을 움직여 목함의 더미 앞에 숙영지를 꾸리기 시작했다.

별이 숙영지 뒤편에 쌓아 놓은 목함에 든 보석들처럼 하늘에 박혀 있었다. 무창을 떠나 항주에 들어온 이후로는 이렇게 노숙을 할 일이 없었기에 오랜만에 보는 밤하늘은 아름답기 그지없었다. 그러나 그 밤의 별빛을 즐길 수 있는 사람은 그리 많지 않았다.

금천장의 식솔들은 바다 한가운데 있는 고도임에도 마치 누군가 천황비고에서 가지고 나온 재물들을 훔쳐가기라도 할 것처럼 돌아가며 번을 서고 있었다. 잠을 청하는 자들조차도 경계심을 늦추지 않아서인지 깊은 잠에 들지 못하는 모습이었다.

그러나 허소산 일행은 오랜만의 노숙을 충분히 즐기고 있었다.

"바로 어제 같군요."

천막 앞에 모닥불을 피우고 금천장에서 내어준 고급 모피에 몸을 뉘고 있던 감천홍이 중얼거렸다.

"무슨 소린가?"

원보도 잠이 들지 않았는지 문득 감천홍의 말에 반응했다.

"이 섬의 밤하늘 말입니다. 무인도에서 보던 그 하늘같지 않습니까?"

감천홍의 말에 원보가 고개를 끄덕였다.

"그렇군. 벌써 일 년이 넘어 가나?"

"그즈음 되었지요."

감천홍이 누운 채로 고개를 끄덕였다.

"생각해보면 인생에서 그런 시간을 보낸 것도 행운인 것 같으이……."

"그렇지요."

감천홍도 담담하게 고개를 끄덕였다. 시절의 아름다움은 훗날 돌아봐야 느끼는 건지도 모를 일이었다.

"다시 관원으로 돌아갈 수 있겠나?"

원보가 문득 물었다. 그러자 감천홍이 가만히 생각에 잠겼다가 입을 열었다.

"잘 모르겠습니다. 자신이 없기는 한데……. 그래도 해결할 일은 해결해야겠지요."

"음, 관리를 그만두더라도 고려에서 있었던 일은 매듭을 짓겠다?"

"그렇습니다."

"그렇겠지? 그래야 하는 거겠지?"

원보가 스스로에게 묻듯 중얼거렸다. 그런데 그때 깊은 밤의 정적을 깨며 초원 저쪽에서 사람의 인기척이 들려왔다.

"누구냐?"

숙영지에서 제법 멀리 떨어진 곳에서 경비를 서고 있던 금천장 무사의 목소리가 들려왔다.

"배에서 왔소?"

누군가 대답하는 목소리가 들렸다.

"엇, 자넨 창용이 아닌가?"

"석보, 자네였군."

"이 밤에 어쩐 일인가? 배가 돌아온 건가?"

"음, 자세한 이야기는 나중에 듣게. 장주는 어디 계신가?"

"이쪽으로 오게."

두 사람의 대화 소리가 너무 선명했기에 숙영지에서 잠을 청하던 사람들이 일제히 자리를 털고 일어났다. 그건 금선옹도 마찬가지였다. 아니, 오히려 다른 사람들보다도 먼저 잠에서 깨어나 막사 밖으로 나온 금선옹이었다.

그리고 잠시 후 일행 앞에 사람들의 잠을 깨운 두 사내가 모습을 드러냈다.

"무슨 일이냐?"

금선옹이 나타난 사내를 보며 물었다. 그러자 둘 중 한 사내가 금선옹에게 급히 고개를 숙여 보인 후 다급하게 입을 열었다.

"장주, 급한 일이 생겼습니다."

"무슨 일이냐? 배는 찾았느냐?"

"옛, 찾기는 찾았습니다. 그런데……."

"얼른 고하라. 무슨 일인가?"

곁에서 비사도가 사내의 말을 재촉했다.

"불청객들이 있습니다."

사내가 얼른 대답했다.

"불청객……?"

금선옹이 되물었다.

"그렇습니다. 우리가 뒤처진 배를 찾았을 때 후선은 괴한들의 공격을 받고 있었습니다. 겨우 그들에게서 벗어나기는 했지만 보통 놈들이 아니었습니다."

"감히… 어떤 자들이 금천장의 배를 공격한단 말이냐? 정체를 전혀 모르는 것이냐?"

"자세히는 모르겠습니다. 장주님께 급히 소식을 전하라는 명을 받고 달려오는 통에……."

"장 노사는 무사하냐?"

"네. 무사하십니다. 지금 해안에서 배를 지키며 장주님의 명을 기다리고 있습니다."

"음……. 이것 일이 곤란하게 되었구나."

금선옹이 곤혹스런 표정으로 중얼거렸다. 그러자 비사도가 입을 열었다.

"사람들을 보내야지 않겠습니까?"

"글쎄… 이곳에도 사람이 충분치는 않은데……."

금선옹이 목함들을 돌아보며 말했다. 보이지 않는 적보다 눈앞에 쌓인 재물이 더욱 중요하게 느껴지는 것이 인지상정이었다. 그런데 그때 허소산이 불쑥 앞으로 나섰다.

"이곳 걱정은 마시고 사람들을 데리고 가보시구려. 다시 저들이 공격을 해와 배를 빼앗기기라도 한다면 모든 일이 허사가 아니오?"

허소산의 말에 금선옹이 무겁게 고개를 끄덕였다.

"그래야 할 것 같소."

"이 재물들을 지키는 일이야 뭐 어렵겠소? 누구라도 이 재물들을 탐하면 저승으로 보내줄 터이니 걱정 말고 다녀오시구려."

허소산의 말에 금선옹이 이내 결심을 굳힌 듯 대답했다.

"알겠소이다. 파 대협의 능력이야 제가 잘 알고 있으니 이곳 걱정은 하지 않으리다. 몇 명만 남고 나머지는 모두 날 따르라!"

금선옹의 명이 떨어지자 사방에 퍼져 있던 금천장의 식솔들이 일제히 금선옹 곁으로 모여들었다. 그러자 금선옹이 다시 한 번 산더미처럼 쌓인 재물들을 불안한 눈으로 둘러보고는 이내 장내를 벗어나 어두운 초원을 달리기 시작했다.

"누굴까?"

금선옹과 대부분의 금천장 식솔들이 어둠속으로 사라지자 원보가 속삭이듯 중얼거렸다. 남아 있는 금천장의 식솔들이 대여섯 있어서 드러내놓고 말을 편하게 할 수는 없었다.

"글쎄요. 짐작이 가지 않는군요."

감천홍이 고개를 저으며 대답했다.

"혹, 그들에게 따로 명을 내린 것이냐?"

원보가 허소산에게 물었다.

"아닙니다. 오산금림의 고수들은 제 신호가 있기 전에는 움직이지 않습니다. 그리고… 그들은 바다가 아닌 이 섬에 있을 겁니다. 우리보다 먼저 도착했을 테니까요."

"음, 그렇다면 도대체 누가……?"

"금천장의 적이야 어디 한둘이겠소이까?"

허산왕이 입을 열었다.

"물론 금천장이 오늘의 부를 이루는 동안 원한을 맺는 사람이 한둘은 아닐 거요. 그러나 그렇다고 이렇게 대해에서 금천장을 공격할 수 있는 세력은 당금 천하에 많지 않소."

원보가 대답했다.

"보물의 존재를 알고 있는 자들일까요?"

이번에는 감천홍이 물었다. 그러자 원보가 고개를 끄덕였다.

"자세히는 몰라도 우리가 오왕의 보물을 찾으러 왔다는 것은 알고 있을 걸세. 그렇지 않다면 이곳까지 따라왔을 리 만무지. 정말 정체가 궁금하군."

원보는 걱정보다는 흉수들의 정체에 더욱 호기심이 가는 모양이었다.

"그들이 누구든 우리에게 방해가 되는 존재들은 아니지요."

허소산의 말에 허산왕이 의아한 표정으로 물었다.

"그게 무슨 소리냐? 보물을 노리는 자들이라면 당연히 방해가 되지 않겠느냐?"

허산왕의 말에 허소산이 빙그레 미소를 지으며 대답했다.

"애초에 우리 목적이 저 재물에 있었다면 그렇겠지만 우리가 이곳에 온 목적은 그게 아니잖아요."

"흠, 적의 적은 친구라는 말이구나."

"그들이 우리의 친구가 될지 아닐지는 모르지만 일단 방해는 되지 않을 거란 말이죠. 두고 봐요."

"오냐. 일이 재미있게 되어가는구나."

그날 밤 허소산 일행은 깊은 잠을 잤다. 재물을 지키기 위해 남은 금천장 식솔들은 아무 일 없다는 듯 잠에 드는 허소산 일행을 이상한 동물 보듯 바라봤지만, 사실 그들이 잠을 자지 않고 밤을 새울 이유는 없었다. 침입자들이 온다면 남아 있는 금천장 식솔들이 알아서 알려줄 것이기 때문이었다.

이른 아침, 이슬이 마르기도 전에 비사도가 달려왔다. 비사도는 수십 명의 금천장 식솔들을 데리고 달려왔는데 그들 중 일부는 수레를 끌고 있었다. 수레는 사람이 끄는 것으로 좁은 길을 통과할 수 있도록 만들어진 것이었다. 아마도 금천장주가 항주를 떠날 때 특별히 준비한 것인 듯했다. 배에 말을 싣고 올 수 없었으므로 사람이 끌 수 있는 수레를 준비한 것을 보면 금천장주 금선옹의 용의주도함이 느껴지는 일이었다.

"어찌 되었수?"

비사도가 도착하자 원보가 물었다. 그러자 비사도가 조금 상기된 표정으로 대답했다.

"다행히 지난밤에는 별 일이 없었소이다."

"흠, 그것 다행이구려. 그래 그들을 보긴 하였소?"

"얼굴을 보지는 못했소이다. 하지만 멀리 배 세 척이 떠 있는 것은 확인했소이다. 그들은 밤새 바다에서 우릴 감시하고 있었소."

"세 척이라……. 제법 많은 숫자군. 그래 그들에게 공격받은 금천장 식솔들은 많이 상했소?"

"음… 최초의 공격에서 십여 명이 상했소이다. 다행히 월선을 하지는 못해 전면전이 벌어지지는 않았소이다."

"그거 다행이구려. 그런데 이 수레들은 뭐요?"

목적을 모르는 바가 아니나 원보가 넌지시 물었다.

"장주께서는 파 대협의 허락이 있으면 이 목함들을 오늘 중으로 배가 있는 해안가로 옮겼으면 하십니다."

비사도가 허소산을 보며 말했다. 그러자 허소산이 고개를 갸웃했다.

"보물을 옮기면 그들이 더욱 강하게 공격해 올지도 모르지 않소?"

"아마도… 그렇겠지요."

"그럼 그들을 먼저 상대하는 것이 우선 아니오? 재물은 이곳에서 지키는 것이 나을 텐데……."

"장주께서는 일단 해안 근처에 재물을 은밀히 옮겨 놓고, 밤에 어둠을 이용해 배에 실으셨으면 하십니다."

"아니, 야반도주를 하겠단 말이오?"

허소산이 짐짓 얼굴을 찌푸렸다.

"굳이 저들과 보물을 두고 섬에서 살육전을 벌일 이유는 없다는 것이……."

"흠, 금천장주께선 역시 장사꾼이시군. 우리와 같은 무인들은 한바탕 싸움을 벌여 보물의 주인을 정하는 것이 성미에 맞는데……. 뭐, 장주께서 그리하고 싶다면 그리합시다. 그런데… 이것들을 모두 옮기려면 고생깨나 하겠소이다."

"여러분께서는 편히 배로 돌아가십시오. 이 일은 저희가 알아서 하겠습니다."

"흠……. 배로 돌아간다고 우리가 할 일이 뭐가 있겠소. 일하는 모습이나 지켜보리다."

허소산의 대답에 비사도의 표정이 살짝 변했다. 목함들을 옮기는 와중에 다른 술책을 부릴까 봐 경계하는 듯한 허소산의 말투였기 때문이었다. 그건 곧 이 젊은 절대고수가 아직도 자신들을 믿지 못하고 있다는 말이기도 했다.

"파 대협께서 곁을 지켜주신다면 저희야 든든하지요."

비사도가 내심을 숨기며 장사치다운 말을 흘렸다.

"하하하, 주변은 걱정 마시오. 나 파금검이 있는 이상 누구도 우리를 위협할 수 없을 테니."

허소산이 호탕하게 대답하자 비사도가 씁쓸한 미소를 지으며 돌아섰다.

"해안으로 목함을 옮긴다. 오늘 중으로 모두 옮겨야 하니 서둘러라."

명을 내리는 비사도의 목소리에 가시가 숨겨져 있었다.

금천장의 식솔들은 노역장에 끌려나온 노예들처럼 쉼없이 움직였다. 수백 개에 이르는 목함을 나르는 일은 결코 쉬운 일이 아니었다. 목함마다 가득 찬 재물들은 그 주인에게는 풍요한 삶을 약속하지만 그걸 옮기는 사람들에겐 무거운 돌덩어리나 다름없었다.

그러나 금천장의 식솔들은 불평없이 목함을 해안으로 옮겼다. 일부는 손으로 끄는 수레에 서넛이 붙어 목함을 옮겼고, 또 일부는 등에 목함을 짊어지고 해안과 천황비고를 오고갔다.

그렇게 해가 질 때까지 쉬지 않고 목함을 옮기자 그 많던 목함 더미도 바닥을 드러냈다.

"이젠 우리도 가야지?"

마지막 목함을 수레에 싣는 것을 보며 허산왕이 나직하게 말했다. 그러자 허소산이 고개를 끄덕였다.

"네. 이제 가요."

"벌써 저녁이야."

원보가 서쪽으로 지는 노을을 보며 말했다.

"정말 대단들 하군요. 한 번도 쉬지 않고 일을 하니……."

감천홍이 마지막 수레가 떠나는 것을 보며 혀를 내둘렀다.

"금천장의 식솔들은 뭔가 다른 면이 있는 것 같아. 일개 짐꾼들조차도 단호함 같은 것이 느껴지니…… 도대체 이들의 가슴속에는 뭐가 들어있는 걸까? 정말 신라천년사직을 다시 살리려 하기에 나오는 끈기들일까?"

원보가 깊은 눈으로 수레를 밀고 가는 금천장 사람들을 보며 말했다.

"그럴지도 모르겠다는 생각이 드는군요. 저들의 치열함은 재물에 대한 욕망 이상인 것 같습니다."

감천홍도 두려운 음성으로 말했다.

"그런 자들과 한판 붙어야 한다니…… 조금은 걱정되는군."

"원 노사께서도 두려운 것이 있으셨소?"

허산왕이 신기하다는 듯 물었다. 그러자 원보가 씁쓸하게 미소를 지으며 대답했다.

"본시 힘없는 노인이나 아이일지라도 마음에 독을 품으면 천산이라도 옮기는 법이라지 않소이까?"

"흠, 그렇긴 하구려."

원보의 말에 허산왕이 고개를 끄덕였다. 그런데 그 순간 허소산의 다시 한 번 천독경 오결을 떠올리고 있었다.

'마음의 독이 천산을 움직인다라…… 이는 좀 더 무학에 가까운 이치군. 심독의 다른 쓰임이라…… 독은 약과 양면이라. 심독도 생각하기에 따라서는 무공의 약도 될 수 있구나. 지금까지는 오직 심독에서 자유로워지는 것에 대해서만 생각했지. 그래서 오결의 비결이 무결이 아닌 깨달음의 구절이라고 생각했었는데, 심독을 무공에 이용할 수도 있는 것이구나. 하긴 절절한 원(願)이 살아 있는 사람의 무공 성취가 보통 사람보다 뛰어난 것은 분명하지. 심독이 그 원이 될 수도 있다는 말이렷다.'

허소산이 짧은 순간 깊은 생각에 잠겨 있을 때 문득 비사도가 다가왔다.

"파 대협, 이제 가시지요."

어느새 수레의 모습은 멀리 한 점이 되어 있었다.

"그럽시다. 그 전에……."

문득 허소산이 천황비고를 덮고 있는 거대한 바위의 군락으로 시선을 돌리더니 훌쩍 신형을 날렸다. 그리고 다음 순간 그의 손에 검이 들려있었다.

쿠쿠쿵!

허소산이 허공에서 한바탕 검을 휘둘렀다. 그러자 그의 검이 스쳐 지나는 곳에 서 있던 거대한 바위들이 한순간에 무너져 내렸다.

"아!"

비사도가 자신도 모르는 사이에 탄성을 흘려냈다. 허소산의 가벼운 움직임에 수백 근 나가는 바위들이 무너져 내리는 광경은 그야말로 일대 장관이었다.

"비어 있는 창고지만 그래도 이리 해놓고 가는 것이 좋을 것 같군."

한바탕 검을 휘둘러 구궁진을 뒤흔들어 놓은 허소산이 손을 툭툭 털며 말했다.

"참 거창하게도 손을 쓰십니다."

원보가 미소를 지으며 말했다.

"하려면 확실히 해야지요. 자, 갑시다."

허소산이 여전히 놀란 기색을 감추지 못하는 비사도를 보며 말했다. 그러자 정신을 차린 비사도가 고개를 끄덕였다.

"그, 그러지요."

일행은 그렇게 천황비고를 떠나 다시 해안가로 향했다.

그날 밤은 아무런 일도 일어나지 않았다. 천황비고에서 가져온 목함들은 바다에서 보이지 않는 해안 안쪽 숲에 쌓아놓았다. 덕분에 바다에 뜬 채 금천장의 움직임을 주시하고 있는 불청객들의 눈에 비고의 보물들이 드러날 염려는 없었다.

어쩌면 그들은 금천장과 허소산 일행이 오왕의 보물을 찾았다는 것조차 모를 수도 있었다. 그날 밤은 금천장과 허소산도 보물들을 배로 옮기지는 않았다. 적들의 동태를 좀 더 살핀 후에 행동을 취하자고 허소산인 금천장주를 설득했기 때문이었다.

금선옹은 아쉬운 빛을 보였으나 보물의 주인은 허소산이라 어쩔 수 없니 허소산의 말에 수긍했다. 그렇게 하룻밤을 보내고 다음 날 아침, 스산한 바람이 해안가로 불어왔다.

"다시 폭풍이 오려나?"

허산왕이 천막 밖으로 손을 내밀어 바람의 감촉을 살피며 중얼거렸다.

"좋지 않나요?"

허소산이 천막 안쪽에서 물었다.

"음, 바람이 심상치 않구나. 오늘은 떠날 수 없겠는걸."

"이곳의 날씨는 종잡을 수가 없네요. 어제 밤만 해도 별이 가득했잖아요."

"그러게 말이다. 섬에 들어오는 날 불었던 폭풍도 그렇고… 기이한 섬이구나."

투툭!

그때 문득 천막 위쪽에 빗방울 떨어지는 소리가 들려왔다.

"벌써 비가 오네요."

"오늘은 하루 종일 이곳에서 쉬어야겠다."

"금천장주의 마음이 조급하겠네요."

"후후, 그러게 말이다. 그런데 오산금림의 사람들은 어찌하고 있을까?"

"그렇잖아도 어제 연락이 왔어요."

"응? 어느새?"

허산왕이 화들짝 놀라며 물었다. 그동안 허산왕은 허소산과 한시도 떨어져 있지 않았었다. 그런데 어느새 오산금림의 고수가 소식을 전하고 갔단 말인가.

놀란 허산왕에게 허소산이 빙그레 웃으며 대답했다.

"어젯밤 늦게요."

"그런데 내가 왜 몰랐지? 내가 그렇게 둔한 사람이 아닌데……."

허산왕이 고개를 갸웃했다. 허산왕은 천하제일의 사냥꾼이다. 무공을 수련하지 않았어도 밤에 사람이 오고가는 것을 모를 리 없는 허산왕이었다.

"제가 잠시 밖으로 나갔었지요."

"음… 그랬구나. 그래 어떻게 지내고 있다더냐?"

"섬 북쪽의 숲에 머물고 있대요. 배도 북쪽 해안가에 숨겨두었고요."

"몇이나 왔지?"

"모두 스물이요."

"그리 많지는 않구나."

"그래도 큰 도움이 될 거예요."

"그렇긴 하겠지."

허산왕이 고개를 끄덕였다. 그러자 허소산이 조금 목소리를 낮추며 말했다.

"그런데 아주 특별한 소식도 가지고 왔어요."

"특별한 소식?"

허산왕이 호기심을 드러내며 물었다.

"네. 지금 저 바다에 떠 있는 자들이 누군지 알려주더군요."

"엇? 정말이냐? 도대체 저들이 누구더냐?"

"아버지도 알고 계시는 자들이에요."

"나도 알고 있다? 누구지?"

"영락대인… 그자가 왔어요."

"야율거공이?"

허산왕이 크게 놀란 표정으로 되물었다.

"네. 그가 왔다네요."

"음. 정말 영악한 자구나. 그 지경에서도 금천장의 동태를 살피고 있었던 것인가?"

"그렇다고 봐야지요. 그런데 전 그 소리를 듣고 이런 생각을 했어요."

"무슨 생각 말이냐?"

"영락대인과 호천대야라면… 정말 호적수가 아닐까 하는 생각이요."

"그 두 사람이라면… 그렇군. 서로가 만만치 않은 자들이 군."

"생각보다 일이 재미있어 질 것 같아요. 어쩌면 크게 힘들이지 않고 양쪽의 세력을 크게 약화시킬 수도 있을 것 같고요. 우리로서는 어부지리죠."

"저들이 과연 싸울까?"

"저 재물들을 보면……. 그 누구도 싸우지 않을 수 없을 거예요."

허소산이 천막 틈으로 보이는 숲속의 목함들을 가리키며 말했다.

"그렇겠군. 영락대인 그자도 야심이 대단한 자니 재물이 필요하겠지. 어쨌든… 재미있게 되었구나. 그나저나 김류가 정말 이곳에 왔을까?"

"아마 반드시 왔을 거예요."

"음……. 두 사람이 조우하는 것이 기대되는군."

"모두 이 섬으로 오기를 기다려 봐야죠."

허소산이 시선을 돌려 바다 위에 아련하게 떠 있는 세 척의 배를 바라봤다.

"언제나 올까?"

"오늘 낮에요."

"어떻게 그렇게 확신하느냐?"

허산왕의 의아한 표정으로 물었다. 그러자 허소산이 손으로 빗방울이 떨어지고 있는 천막 지붕을 가리키며 말했다.

"설마 저들이 바다에서 폭풍을 맞지는 않을 테니까요."

허소산의 예상은 적중했다. 빗방울이 굵어지고 바람이 세어지기 시작하자 바다에서 금천장 고수들을 지켜보고 있던 세 척의 배가 서서히 해안가로 밀려오기 시작했다.

"놈들이 온다! 모두 준비해!"

금천장 고수들 입에서 경고성이 터져 나왔다. 그러자 수십 명의 금천장 고수들이 해안가 숙영지 앞으로 달려 나와 급히 만든 목책 뒤에 도열했다.

금선웅 역시 금천장의 수뇌들과 어깨를 나란히 하고 목책으로 다가가 접근해 오는 적들을 살피기 시작했다.

"활을 준비하라!"

한참 동안 다가오는 배들을 바라보고 있던 금선옹이 차갑게 명을 내렸다. 그러자 금천장 고수들 중 일부가 정박해 있는 배에 올라 활과 화살을 짊어지고 내려왔다.

"배에서 적을 맞는 것이 유리하지 않을까?"

원보가 중얼거렸다. 그러자 감천홍이 고개를 저었다.

"지금은 육지에서 적을 상대하는 것이 유리할 겁니다. 특히 배는 목함들을 실어야 하니 조금이라도 상하면 낭패지요. 자칫 이곳을 떠날 수 없을 지도 모르고 말입니다. 또한……."

"또 다른 이유가 있나?"

"배에서 싸운다면 결국 배의 숫자가 많은 쪽이 낫지 않겠습니까?"

"음, 저들이 세 척의 배를 가지고 있다는 말이군."

"더불어 배의 숫자도 숫자지만 고수들의 숫자도 아마 저쪽이 더 많을 듯합니다. 만약 정말로 저들이 야율거공이 이끄는 자들이라면 말입니다. 월선이라도 하여 선상전이 벌어지면 역시 이쪽이 어렵지요. 이렇게 진을 치고 적을 맞는 것이 최선일 겁니다."

"그럴 수도 있겠군. 그런데 우린 어찌하면 되느냐?"

원보가 허소산에게 물었다.

"싸움의 양상을 보아 결정하지요."

"금천장을 돕지 않고?"

"이곳에서 그들이 손실을 본다면… 우리에겐 나쁘지 않은 일이지요."

"어부지리를 노리겠다는 것이구나."

"어느 쪽이 되었든 양쪽 모두 이곳에서 쉽게 벗어나지는 못할 겁니다. 만재방은 충분한 시간을 얻게 되겠지요. 그리고……."

허소산이 잠시 말을 멈추고 바다 먼 곳을 바라봤다.

"그가 아직 오지 않았습니다."

"그라니……?"

"계림공 김류… 그가 와야 모든 일이 제대로 되는 거지요."

第三章
호적수

세 척의 배가 서서히 그 본 모습을 드러냈다. 배의 중앙에 휘날리고 있는 깃발이 범상치 않았다. 검은 매를 수놓은 깃발은 보는 것만으로도 상대를 위압했다.

그런데 배가 허소산과 금천장 사람들이 숙영한 해안가에 가까이 다가서는 순간 이해하기 힘든 항로를 선택했다.

"뭐지?"

원보가 고개를 갸웃하며 중얼거렸다.

"그러게 말입니다. 이쪽으로 오지 않는군요."

감천홍도 의혹 어린 표정으로 세 척의 배를 바라보며·대답했다. 배들은 서서히 기수를 돌려 서쪽 해안으로 이동하고 있었다. 그건 곧 지금 즉시 싸울 생각은 없다는 의미였다.

"상륙을 막을까요?"

멀리서 비사도가 금선옹에게 하는 말이 들렸다. 그러자 금선옹이 고개를 저었다.

"아닐세. 지금 진영을 이탈하는 것은 위험하네. 저들이 굳이 정면으로 공격하지 않고 뭍으로 상륙하겠다면 놓아두게."

"하지만 저들이 육지에 상륙하게 되면 중과부족입니다."

"걱정말게. 우리 진영을 더욱 보강하면 되네. 그리고……."

금선옹이 뭔가를 말하려다 슬쩍 허소산 일행을 바라보고는 입을 닫았다. 그러자 비사도가 재빨리 대답했다.

"알겠습니다. 그럼 진영을 더 강화하겠습니다."

"그러시게."

금선옹이 고개를 끄덕였다.

세 척의 배에 탄 자들이 서쪽 해안으로 상륙하는 동안 금천장의 식솔들은 방책의 두터움을 더욱 강화했다. 그래서 얼마 지나지 않아 방책의 두터움이 금천장의 식솔 한 명 한 명을 일당백의 용사로 만들었다.

그동안 허소산 일행은 여전히 서쪽 해안에 상륙한 자들을 살피고 있었다. 서쪽 해안에서는 뭍으로 상륙한 근 오륙십에 달하는 자들이 잠시 무엇인가를 상의한 후 천천히 금천장의 숙영지를 향해 다가오기 시작했다.

"바로 싸우자는 걸까?"

원보가 눈을 가늘게 뜨고 다가오는 자들을 바라보며 중얼거렸다.

"싸움을 미룰 이유는 없겠지요."

감천홍이 대답했다.

"숫자로 보면 확실히 이쪽이 불리하군. 우리가 나서기 전에
야……."

원보가 고개를 저었다.

"하지만 이쪽은 준비가 단단하니 저들도 함부로 덤벼들지
는 못할 겁니다."

"음……. 이 싸움은 정말 흥미롭군."

원보가 살짝 긴장이 되는지 두 손을 비비며 말했다. 그러는
사이 불청객들이 어느새 금천장 진영의 오십여 보 앞으로 다
가왔다. 그러자 금천장 최고의 고수들이라는 금천육웅의 맏이
장묘익이 앞으로 나서며 소리쳤다.

"그만 걸음을 멈춰라. 서지 않는다면 공격하겠다."

쌍!

말이 끝나는 순간 그의 손에 들려 있던 활에서 한 대의 화살
이 다가오는 자들을 향해 날아갔다.

픽!

화살은 불청객들의 발 앞에 무서운 속도로 날아가 꽂혔다.
그러자 불청객들의 걸음이 자연스럽게 멈춰졌다. 그리고 잠시
후 불청객들 중에서 낯익은 얼굴의 사람이 앞으로 나섰다.

"금천장주를 만나고 싶소."

앞으로 나선 자가 소리 높여 외쳤다.

"그로군."

원보가 입을 열었다.

"맞구려. 과연 조치효 그로구려. 역시 야율거공이 왔군."

허산왕이 고개를 끄덕였다. 그러는 사이 어느새 금선옹이 장묘익 곁으로 나섰다.

"내가 금천장주 금선옹이오. 당신은… 혹 무창에서 모습을 보였던 조 노사가 맞소?"

"하하하, 이거 영광이외다. 천하의 금천장주께서 미천한 나를 알아봐 주시니……."

노인이 장원의 문지기 때와는 전혀 다른 모습으로 호탕한 웃음을 터뜨리며 고개를 끄덕였다.

"역시 조 노사셨구려. 그렇다면… 영락대인도 왕림하셨소?"

"글쎄올시다. 그건 장주의 상상에 맡기겠소."

조치효의 대답에 금천장주가 살짝 얼굴을 찌푸렸다. 그리고는 잠시 조치효를 바라보다 다시 질문을 던졌다.

"그래 조 노사께서는 무슨 일로 이 섬에 오신 것이오. 아니, 왜 우리 금천장의 배를 공격했던 것이오?"

"아, 그건 잠깐 오해가 있었기 때문이라오. 내 사과드리겠소."

"오해라니 무슨 오해 말이오?"

금선옹이 차갑게 물었다. 그러자 조치효가 빙글거리는 웃음으로 여유를 드러내며 말했다.

"사실 우리 주인께서는 천하에 제법 많은 가업과 수하를 거느리고 계시오. 그리고 이 부근의 해상은 그런 주인의 수하들이 지배하고 있는 곳이라오. 그런데 갑자기 정체불명의 배가 나타났으니 어찌 그냥 두고 볼 수 있었겠소. 그때는 우리도 설마 그 배가 금천장의 배인 줄 몰랐소."

조치효가 속이 훤히 보이는 거짓말을 늘어놓았다.

"이 바다가 영락대인의 수하가 지배하는 곳이라고 했소?"

"그렇소."

조치효가 단호하게 대답했다.

"설마 바다에도 주인이 있을 거라고는 생각지 못했구려."

"하하하, 상인들 간에는 상권이 있듯 바다에는 바닷사람들만의 영역이 있게 마련 아니겠소?"

"그래 이 바다의 주인이라는 사람들은 누구요?"

금선웅이 차갑게 묻자 갑자기 조치효 뒤쪽에서 일단의 사람들이 걸어 나왔다.

"내가 바로 이 부근 바다의 주인이오. 이곳 뿐 아니라 남해의 전 지역은 내 관할이오."

앞으로 나선 자는 무척 날카로운 인상을 풍기고 있었다. 쭉 찢어진 눈과 자상이 있는 얼굴은 그가 얼마나 험하게 세상을 살아왔는지를 보여주고 있었다.

"그대는 누구기에 감히 남해의 주인을 자처하는가?"

금선웅이 물었다.

"내 이름은 통천산이라 하오. 혹 들어보셨소?"

사내가 나직한 음성으로 대답했다.

"통천산……. 그럼 해천방의……?"

"하하하, 역시 금천장주시구려. 맞소이다. 내가 바로 해천방의 방주요. 그러니 어찌 이 바다가 나의 것이 아니라고 말할 수 있겠소?'

"감히 해적 나부랑이가……!"

금선옹의 얼굴에 노기가 서렸다.

"후후, 해적이라……. 뭐, 세간에 그리 알려졌으니 부인할 생각은 없소. 그러나 우릴 평범한 해적으로 생각하신다면 그건 큰 실수를 하는 것이오. 장담하건대 바다에서 우리 해천방을 상대할 자들은 오직 한 곳밖에 없소. 북해의 구룡문만이 우리 해천방을 상대할 수 있을 거요."

"참으로 도도하군. 팔황을 넘어 해동 오류까지 아우르는 구룡문과 스스로를 비교하다니……."

"후후, 우리에겐 충분히 그럴 만한 힘이 있소. 만약 오늘 금천장의 우리의 말에 순순히 따르지 않는다면 해천방의 무서움을 직접 경험하게 될 것이오."

"금천장이 일개 해적들 따위를 두려워할 것이라고 생각하는가?'

금선옹이 노기를 흘렸다.

"물론 대 금천장이 보통의 상가와는 다르다는 것을 알고 있소. 그러나… 이곳은 바다! 우리 해천방을 뚫고 그대들이 이 섬을 떠날 수는 없소. 이곳에 온 배는 세 척에 불과하지만 이

군도들 곳곳에는 우리 해천방의 배가 무수히 떠 있단 말이오. 그러니 어찌 그대들이 이 바다를 벗어날 수 있겠소. 하하하!'

통천산이 호탕한 웃음을 터뜨렸다. 그의 웃음 속에 깃든 자신감은 결코 거짓으로 느껴지지 않았다.

"금천장의 앞을 막는다면… 멸문을 면치 못할 것이다."

금선옹이 차가운 살기를 드러내며 말했다.

"멸문이라……. 우리 해천방을 멸문시키려면 천하의 모든 고수들을 몰고 와야 할 것이오."

통천산 역시 지지 않고 대답했다.

"좋다. 지금 당장 승부를 결해 보자!"

금선옹이 소리쳤다. 그러자 통천산이 한 줄기 미소를 지으며 대답했다.

"장주께서는 천하에서 가장 뛰어난 상인이라더니 어찌 모든 일을 싸움으로 해결하려 하시오? 일단 대화로 오늘의 난제를 풀어보는 것이 옳지 않겠소?'

한껏 여유가 느껴지는 목소리다.

"대화? 너희들이 이미 본 장의 배를 공격해 놓고 무슨 대화가 필요하단 말인가?'

"아아. 그 일은 미안하게 되었소. 하지만 그때는 폭풍의 끝이라 적아를 구분하기 쉽지 않아서 벌어진 일이오."

조치효가 능란하게 금선옹의 말을 받았다. 그러자 금선옹이 차가운 말투로 말했다.

"흥, 어찌 본 장의 배를 알아보지 못할까. 하지만 어쨌든 대화를 원한다니 무슨 말을 하려는지 들어나 보자."

금선옹의 말에 조치효가 빙그레 미소를 지으며 말했다.

"먼저 하나 묻겠소."

"말해보라."

"금천장주께선 도대체 이 먼 곳까지 무엇하러 오셨소?"

조치효의 질문에 금선옹의 쉽게 답을 하지 못했다. 그러자 조치효가 다시 입을 열었다.

"혹시 장주께서는 과거 오왕이 남긴 보물을 찾으러 오신 것 아니오?"

"흥, 음흉한 자 같으니라구."

모든 것을 알고 있으면서 질문을 던지는 조치효의 행동에 금선옹이 혀를 찼다.

"부인하시지 않는구려."

"이미 모든 걸 알고 오지 않았나?"

"하하하, 사실 맞소이다. 금천장이 오왕 손권이 모아둔 재물을 찾아 왔다는 걸 모르는 바는 아니오."

"그렇다. 우린 오왕 손권의 보물을 찾으려 이 섬에 왔다."

"그래서… 보물을 찾으셨소?"

아직은 숲 안쪽에 쌓아놓은 목함들을 발견하지 못한 조치효였다.

"어떤 것 같은가?"

"후후후 섬에 들어온 지 이틀이 지났으니 당연히 찾았을 것이오."

"찾았다면 어쩔 것인가?"

금선옹이 도발적으로 물었다. 그러자 조치효가 정색을 하면서 대답했다.

"보물을 찾았다면 응당 본래의 주인에게 돌려줘야지 않겠소?"

"본래의 주인?"

"그렇소이다. 본시 그 재물들의 주인은 우리 주인님이시오."

"하하하! 그게 무슨 궤변이냐? 어째서 그 재물들이 주인이 영락대인이란 말이냐?"

"그 보물을 찾은 것은 분명 오릉에서 천보도를 얻었기 때문일 것이오. 그런데 애초에 오릉은 우리 주인께서 발견하시고 또한 그 문을 연 것이니 당연히 천보도 역시 우리 주인님의 것이 아니겠소? 천보도가 우리 주인님의 것이라면 당연히 오왕의 재물 역시 우리 주인의 것이 되어야 하는 것 아니오?"

"흥, 그대의 주인이 어찌 오릉이 주인이란 말이냐? 그는 오릉을 열기 위해 천하의 영웅들을 불러 모으고, 또한 간교를 부려 수많은 사람을 죽였다. 그대의 주인은 오릉의 주인이 아니라 강호공적이다."

"감히 주인께 불경한 언사를 하다니 정녕 그대가 죽고 싶은 모양이군."

갑자기 조치효가 싸늘한 말투로 말했다.

"흥, 오늘 이곳에서 누가 죽는다면 그 사람은 결코 내가 아닐 것이다."

"이미 주인님의 신출한 능력을 경험했으면서도 그런 소릴 하다니…… 생각보다 어리석군."

조치효가 여전히 위협적임 목소리로 말했다.

"홍, 그대의 주인은 오릉에서 결국 실패했다. 그리고 그를 좌절시킨 영웅이 여기에 계시지."

금선옹의 말에 조치효가 노기를 드러냈으나 금천장 고수들의 뒤쪽에 서있는 허소산 일행을 보고는 쉽게 입을 열지 못했다. 그러나 그도 잠시 조치효가 허소산에게 정중하게 포권을 해보이며 말했다.

"파 대협, 그간 안녕하셨습니까?"

"난 잘 지냈소. 그대도 잘 지냈소?"

"저야 덕분에 잘 지냈지요."

조치효가 신중하게 말했다. 금선옹을 대할 때와는 판이하게 다른 조치효의 모습이다. 그가 내심 허소산을 얼마나 경계하는지 알 수 있는 행동이었다.

"그런데 그대가 조금 전 한 말 중에 내 심사에 거슬리는 말이 있더구려. 그에 대한 의견을 다시 한 번 들었으면 하오."

허소산이 냉랭한 목소리로 말했다.

"하문하시지요."

"그대는 오왕의 보물이 영락대인의 것이라고 했는데 난 당신과 생각이 조금 다르오."

"오릉의 모든 보물은 기실 대인께서 주인이시지요."

조치효가 의견을 굽히지 않았다.

"그러나 난 지금도 분명히 기억하오. 영락대인이 오룡에 천하의 고수들을 불러들이며 오룡삼보를 거론할 때, 분명 보물은 누가 되었든 차지하는 자가 주인이라고 했던 것 같은데……. 아니오?"

"그것은… 그것은 잠시의 방편이었지요."

"방편이라……. 조 노사, 그대는 그대의 주인을 너무 수치스럽게 만드는구려."

"그게 무슨 말씀이신지……? 제게 대인은 저의 목숨보다 소중한 분이십니다."

"그렇게 소중한 주인을 한입으로 두말하는 소인(小人)으로 만들고 있지 않소. 천하의 영락대인이 겨우 그런 얄팍한 인사여서야 되겠소? 천하를 품에 넣을 대망을 가진 분을 말이오. 그러니 그런 궤변일랑 그만두시구려. 그저… 오왕이 남긴 재물이 필요하다고 말하면 그뿐 아니오?"

허소산의 추궁에 조치효가 아무 말도 못하고 그저 허소산과 금선옹, 그리고 그제야 발견한 숲 속에 쌓여 있는 목함들을 살필 뿐이었다.

"분명히 해두겠소. 이곳에 있는 오왕의 보물은 그 누구의 것도 아닌 이 파금검의 것이오. 이 재물들의 처리는 오직 나의 의사에 달려 있소. 누구라도 그 사실을 부정하려면 날 상대해야 할 거요."

허소산의 단호한 말에 조치효가 침묵을 지켰다. 반면 금선옹은 득의한 표정으로 조치효를 바라보고 있었다. 일단 허소산이 나선다면 전력의 열세를 한순간에 만회할 수 있다고 생각하는 금선옹이었다.

"파 대협께선 그래서 저 막대한 재물은 어쩌실 생각이신지요?"

"글쎄올시다. 재물이란 것이 많으면 많을수록 좋은 것 아니겠소? 일단 항주로 가져간 이후에 생각해 볼 것이오."

"설마 금천장에 모든 것을 맡기실 생각은 아니시겠지요?"

조치효의 말에 금선옹의 표정이 변했다. 그러나 다음 순간 허소산이 한 말에 그의 얼굴은 다시 부드럽게 변했다.

"천하에서 나의 재물을 맡기기에 금천장만 한 곳이 있겠소? 금천장이야말로 상가의 으뜸이니 어찌 재물을 맡기기를 망설이겠소?"

허소산의 말에 조치효가 가만히 고개를 저으며 말했다.

"파 대협께서는 한 가지를 간과하고 계시는군요."

"무얼 말이오?"

"금천장은 결코 평범한 상가가 아닙니다. 그들은… 거대한 야망을 가지고 있는 집단이지요."

"뭐, 모르는 바는 아니오."

허소산이 대답했다. 그러자 조치효가 재빨리 말을 이었다.

"만약 파 대협께서 금천장에 재물을 맡긴다면 금천장은 그 재물을 오직 자신들의 야망을 위해 쓸 것입니다. 그야말로 고양이에게 생선을 맡기는 꼴이지요."

조치효의 말에 허소산이 잠시 생각에 잠긴 듯하다 입을 열었다.

"듣고 보니 그럴 수도 있겠구려. 하지만 재물의 관리를 맡기려면 일정 부분 그들에게 양보를 하는 것은 당연한 것 아니겠소? 난 저 많은 재물을 혼자 차지할 생각은 없소. 기실 난 천보도만 내어 놓았을 뿐, 재물을 찾는 일은 금천장이 모두 맡아서 했으니 말이오."

허소산의 말에 금선옹의 득의한 표정으로 조치효를 바라봤다. 반면 조치효는 이미 예상했던 일이라는 듯 고개를 끄덕이더니 은근한 말투로 입을 열었다.

"파 대협의 고견은 잘 들었습니다. 그런데 그렇다면 저도 한 가지 제안을 하고 싶군요."

"말해보시오."

허소산이 도도한 기색으로 말했다.

"지금까지 보물을 찾는 데 금천장의 도움이 적지 않았음을 알겠습니다. 그러나 대저 천하의 권력이든 혹은 보물이든 그것을 얻는 것보다는 지키는 것이 더 힘들지 않습니까? 본시 수성(守成)의 어려움은 고금의 현자들이 누누이 강조한 것이었습니다."

"그래서 그게 어쨌다는 말이오?"

"파 대협께서는 과연 금천장이 그 막대한 재물을 강호의 강자들로부터 지킬 힘이 있다고 보십니까? 아니 당장 그 재물들을 항주로 가지고 갈 능력이 금천장에 있다고 보시는지요."

"흐흐흐 나 파금검이 있는 이상 누구도 재물을 넘볼 수 없소."

"물론 그렇겠지요. 하지만 파 대협께서 굳이 그 재물들의 관리를 금천장에 맡긴 것은 재물들의 관리에 시간을 허비할 수 없으시기 때문 아닙니까? 그러니 결국 금천장에서 그 재물들을 홀로 지킬 능력이 있어야만 파 대협의 일을 대신할 자격이 있다고 할 수 있지요."

"음… 듣고 보니 그도 그렇구려."

허소산이 조치효의 말에 수긍하자 금선옹의 표정이 변했다. 그리곤 재빨리 두 사람의 대화에 끼어들었다.

"그대는 그런 걱정은 하지 않아도 되오. 우리 금천장은 충분히 파 대협의 재물을 지킬 능력이 있소."

"과연 그렇게 자신하시오?"

"물론이오."

금선옹이 단호하게 대답했다. 그러자 조치효가 고개를 저으며 말했다.

"아마도… 쉽지 않을 거요."

"홍, 누가 감히 금천장에 들어와 재물을 탐할 수 있단 말이오?"

"그대들이 당장 이 재물들을 배에 싣고 항주로 돌아갈 수 있을 것 같소? 지금 이 근방의 군도에는 수많은 해적과 강호의 강자들이 몰려와 있소."

조치효의 말에 금선옹의 눈빛이 흔들렸다.

"그 말은… 영락대인 다시 간계를 부렸다는 말이구려."

"아니오. 우리가 아니더라도 금천장의 행보를 주시하는 강호의 눈은 한둘이 아니오. 그들이 어찌 금천장주가 항주를 벗어난 것을 모를 리 있겠소."

"그러나 천보도에 대한 것은 오직 그대들만이 알고 있었겠지."

차가운 금선옹의 말에 조치효가 의미를 알 수 없는 미소를 지으며 말했다.

"뭐 그건 좋을 대로 생각하시오. 하지만 현실을 냉정히 보시구려. 지금 바다에서 그대들을 노리고 있는 승냥이들을 뚫고 항주로 돌아갈 자신이 있소?"

"물론 나에겐 충분한 자신이 있소."

"내 생각은 조금 다르오. 아무리 금천장이 무계에 한 발을 들여놓았다고는 해도 상가는 상가, 이 일은 결국 무인의 힘을 빌어야 하는 일이라 생각하오. 그래서 대인께서는 파 대협께 한 가지 제안을 내놓으셨습니다."

조치효가 더 이상 금선옹을 상대할 필요 없다는 듯 허소산에게 시선을 돌렸다.

"말해보시오."

"대인께선 파 대협이 재물을 맡아 항주까지 가져다 드리겠다는 제안을 하셨소. 물론 그 대가로 약간의 재물을 원하고 계시오."

"약간이라……. 얼마나 원한다고 하더이까?"

"삼할이라 하셨습니다."

"삼할! 하하하, 역시 영락대인은 배포가 커! 삼할이라…….
하하하. 정말 염치가 없군!"

허소산의 눈에서 노기가 번쩍였다. 순간 조치효가 자신도
모르게 한 걸음 뒤로 물러났다. 그러자 그런 조치효를 보며 허
소산이 차갑게 말했다.

"나와 거래를 하고 싶다고? 그 대가로 삼할! 이 얼마나 후안
무치한 짓거리인가? 그대의 주인 야율거공이 무창에서 날 상
대로 한 일들을 벌써 잊은 건가? 감히 이 파금검을 상대로 그
런 술책을 부리고도 다시 이런 말도 안 되는 거래를 하자
니……. 네놈들이 날 얼마나 무시하는지 알겠구나!"

허소산의 호통에 조치효의 표정이 일변했다. 당장에라도 허
소산이 검을 들고 자신에게로 달려들 것 같은 기세였기 때문
이었다. 조치효의 혀는 그의 마음보다 빨랐다.

"파 대협, 잠시, 잠시 내 말을 들어보십시오."

"또 무슨 말을 더 들으라는 것이냐?"

"대인께서는 무창에서 파 대협께 범했던 실례를 무척 후회
하고 계십니다. 사실 이번에 저희가 이렇게 파 대협의 뒤를 따
른 것도 그때의 죄스러움을 조금이나마 씻어보고자 하는 의도
도 있었습니다. 파 대협, 파 대협께선 지금 금천장주에게 속고
계십니다."

순간 금선옹이 대경하며 소리쳤다.

"이놈! 무슨 소리냐? 감히 어디서 파 대협과 나 사이를 이간
질하려 하느냐?"

금선웅의 호통에 조치효가 재빨리 금선웅을 보며 물었다.

"그렇다면 정녕 그대들은 파 대협을 속인 적이 없단 말인가?"

"물론이다. 우린 지금까지 파 대협을 성심성의껏 대해왔다. 그런데 어찌 감히 너 따위가 이간질을 하려 한단 말이냐?"

"흥, 그렇다면 항주에서부터 그대들의 뒤를 멀리서 따라온 또 다른 배는 뭐란 말이냐?"

조치효의 물음에 금선웅이 흠칫했다.

"무, 무슨 소릴 하는 거냐?"

"설마 아무도 모를 거라고 생각한 것이냐? 그대들이 파 대협을 모시고 오왕의 보물을 찾으러 오는 동안 또 다른 금천장의 배가 밤도둑처럼 그 뒤를 따르고 있지 않았느냐? 그건 곧 이곳에서 보물을 찾으면 파 대협을 따돌리고 그 재물을 모두 손에 넣으려는 수작이 아니었더냐?"

조치효가 판관이나 된 것처럼 호통을 쳤다. 그러자 허소산이 금선웅을 보며 싸늘한 어조로 물었다.

"저자의 말이 사실이오?"

허소산의 냉랭한 시선에 금선웅이 당혹한 얼굴로 재빨리 고개를 저었다.

"파 대협, 고정하시오. 이건 모두 저자가 우리 사이를 이간질하려 하는 이야기요."

"그럼 다른 배가 뒤 따른 적이 없단 말이오?"

"그, 그것은… 물론 한 척의 배를 더 띄웠습니다. 아무래도 바다에 나오면 예상치 못한 일이 많이 생길 것 같아 후미를 방비하느라…….”

금선웅이 진땀을 흘리며 변명했다. 그러자 허소산이 냉랭한 목소리로 다시 물었다.

“후미를 방비하기 위해 배를 띄웠다는 것은 이해할 수 있소. 그러나!”

허소산의 음성이 조금 더 올라갔다. 금선웅의 얼굴은 그만큼 더 어두워졌다.

“그 일을 왜 내게 숨긴 것이오. 또 다른 배가 뒤따르고 있다는 사실을 내게 숨길 이유가 특별히 있었소?”

“그… 그것은… 비밀을 요하는 일이기에…….”

“그만두시오! 도대체 그 일이 나에게까지 비밀이어야 할 이유가 뭐가 있단 말이오. 이건 분명 그대가 나 모르게 다른 계획을 가지고 있었다는 의미요. 음……. 금천장과의 관계를 다시 생각할 수밖에 없겠군!”

“파, 파 대협!”

금선웅이 당혹스런 목소리로 허소산을 불렀다. 그러나 허소산의 시선은 이미 싸늘하게 변한 상태였다. 그러자 그 기회를 노려 조치효가 다시 입을 열었다.

“파 대협, 어떻습니까? 제 말이 사실이지 않습니까? 해서 저희들은 파 대협과 파 대협의 보물을 지켜드리고자…….”

“그만!”

허소산이 재빨리 손을 들어 조치효의 말을 막았다. 그러자 조치효가 목까지 올라온 말을 다시 삼켰다.

"한쪽은 과거에 날 계략에 빠뜨리려 한 자들이고, 다른 한쪽은 오늘날 날 배신한 자들이니 둘 다 믿을 수 없기는 마찬가지!"

"파 대협, 나는 결코!"

"그만두시오."

허소산이 다시 금선웅의 말을 막았다. 그리고는 원보를 돌아보며 물었다.

"어찌하면 좋겠습니까?"

"일이 아주 곤란하게 되었습니다. 지금으로서는 어느 쪽도 믿을 수 없는 상황이군요."

"음, 그렇다면 일단 나의 재물을 지키는 것이 우선이겠군요."

"일단은 그렇지요."

원보가 대답하자 허소산이 고개를 들어 금선웅과 조치효를 번갈아 보며 말했다.

"지금부터 내가 하는 말을 잘 들으시오."

"경청하겠습니다."

조치효가 먼저 정중하게 대답했다. 그러자 금선웅 역시 고개를 숙이며 대답했다.

"파 대협의 처분을 기다리겠소이다."

"일단 오늘까지 이 파금검은 신의를 배신한 자들과 다시 연을 맺은 적이 없소. 그러나 지금은 상황이 조금 다르오. 솔직히 말해 지금 그대들 양쪽 도움 없이는 저 재물들을 항주로 가져갈 수가 없소. 당장 배가 없으니 말이오. 그러나 누굴 나의 친구로 삼고, 누굴 적으로 삼을 지는 당장 결정할 수 없소. 그러니 일단 양쪽 모두 나와 나의 재물로부터 백여 장 이상 벗어나시오."

"파 대협!"

금선옹이 마치 자기 물건을 빼앗긴 사람처럼 소리쳤다.

"내 말을 듣지 않겠다는 것이오?"

허소산이 금선옹을 노려보며 말했다. 그러자 금선옹이 잠시 망설이다 벌레 씹은 얼굴로 고개를 끄덕였다.

"알겠소이다. 어차피 그 재물들은 모두 파 대협의 것이었으니 어찌 주인의 말을 따르지 않겠소. 하지만 나의 진심은 믿어 주시기 바라오."

"그건 시간을 가지고 다시 생각해 보겠소. 그대는 어쩌겠소?"

허소산의 조치효에게 물었다. 그러자 조치효가 미소를 지으며 대답했다.

"저야 언제나 파 대협의 분부를 따를 뿐이지요. 언제라도 필요하시다면 불러주십시오."

조치효의 달콤한 대답에 허소산이 만족한 듯 고개를 끄덕이며 말했다.

"좋소. 그럼 당장 모두들 이곳에서 백여 장 이상 벗어나시오. 그리고 누구라도 나의 재물에 손을 대려 하는 자는 용서치 않겠소!"

팟!

한순간 허소산의 검이 허공을 갈랐다.

쿠릉!

다음 순간 허소산의 검에서 뻗어나간 시퍼런 검기가 해안가
의 커다란 바위게 격중했다.

쿠쿠쿵!

허소산의 검기에 맞은 바위가 산산조각이 나 바다 속으로
떨어져 내렸다. 허소산과 해안가 바위 사이의 거리는 십여 장
이 넘었기 때문에 그야말로 놀라운 공력이 아닐 수 없었다.

금선옹도, 조치효도 무지막지한 허소산의 무공에 두려운 빛
을 드러내며 재빨리 수하들에게 명을 내렸다.

"모두들 숙영지를 정리하고 동쪽으로 백여 장 물러나 다시
숙영지를 구축하라."

금선옹의 명에 금천장의 식솔들이 재빨리 움직이기 시작했
다. 그러자 조치효 역시 뒤질세라 수하들을 돌아보며 명을 내
렸다.

"모두 물러나라. 배로 돌아간다."

조치효의 명에 영락대인의 수하들도 일제히 걸음을 옮겨 서
쪽 해안으로 물러가기 시작했다. 그러자 잠시 후 장내에는 오
직 허소산 일행과 숲에 쌓인 목함 더미만이 남게 되었다.

"호호호, 이렇게 여우도 늑대도 모두 쫓아버린 건가?"

양쪽이 모두 물러가자 원보가 실소를 흘리며 말했다.

"그러게 말이오. 참으로 뜻밖의 일이 아니오?"

허산왕이 대답했다.

"앞으로 어쩔 생각이냐?"

감천홍이 허소산을 보며 물었다. 그러자 허소산이 빙그레 미소를 지으며 대답했다.

"여우와 늑대가 서로 승부를 볼 때까지 기다리는 일만 남았지요."

기이한 대치가 이어졌다. 벌써 세 무리로 나뉘어진 해안가의 사람들이 서로를 주시하며 시간을 보낸 것이 삼 일째였다. 그러나 누구도 먼저 나서서 이 상황을 해결할 생각을 하지 않았다. 허소산 일행 역시 시간을 버는 것은 만재방이 항주에서 자리를 잡을 기회를 늘려주는 것이기 때문에 늘어지는 대치 상황을 종결지을 이유가 없었다.

그러는 사이 허소산 일행이 머무는 숙영지에선 금천장과 야율거공의 수하들 몰래 밤마다 정체 모를 사람들이 섬 안쪽에서 오고갔다. 그러나 그들은 언제나 새벽 어둠속에 사라져 아침이면 허소산 일행의 숙영지에는 오로지 그들 일행 네 사람만이 남아 있었다.

그렇게 언제 끝날지 모르는 기이한 대치 상황이 계속되던 삼일 째 날 아침, 문득 변화의 바람이 불었다. 그 바람은 바다로부터 시작됐다.

"뭐지?"

한 척의 배가 파도에 밀려 해안가로 다가오고 있었다. 배를 가장 먼저 발견한 원보가 서너 걸음 앞으로 나서며 중얼거렸다.

"보아하니 금천장의 배구려. 깃발을 보시구려."

허산왕이 손을 들어 배 위에서 펄럭이고 있는 푸른 깃발을 가리켰다. 깃발에는 황금색으로 수놓아진 금(金)자가 바람에 너울거리고 있었다.

"그가 오는 모양입니다."

감천홍이 긴장한 표정으로 말했다.

"그렇지? 아무래도 김류 그자가 오는 듯하지?"

원보가 고개를 끄덕였다.

"이거… 일이 긴박하기는 하지만 제법 재미있어지겠구먼……."

허산왕이 손을 들어 아침햇살을 가리며 말했다.

"야율거공과 김류라……. 둘이 한 번 붙으면 볼 만하겠는걸?"

원보 역시 잔뜩 긴장감이 서린 목소리로 말했다. 허소산은 그저 묵묵히 다가오는 배를 주시할 뿐 아무런 말도 하지 않았다. 그런데 그때였다. 문득 금천장의 식솔들이 해안가로 뛰어나가 일제히 배가 닿을 지점에 도열했다.

서쪽에서는 야율거공의 수하들이 해안가로 몰려나와 섬으로 다가오는 배를 지켜보고 있었다.

<u>스르르!</u>

배가 해안가로 밀려들며 물속에서 작은 소음을 일으켰다. 그러자 배 위에서 세 사람이 거대한 닻을 바다로 던졌다.

"대야를 뵙습니다."

해안가에 도열해 있던 금천장의 식솔들이 일제히 소리쳤다. 그러자 배 위에서 불쑥 한 명의 노인이 모습을 드러내더니 훌쩍 신형을 날려 해안가에 내려섰다. 호천대야 계림공 김류였다.

"대야!"

금선웅을 비롯한 금천장의 식솔들이 부복하듯 허리를 숙여 김류를 맞이했다. 그러자 김류가 고개를 한 번 까딱이고는 슬쩍 눈을 돌려 허소산 일행과 멀리 서쪽 해안의 야율거공 일행을 바라보고는 새롭게 꾸며진 금천장의 숙영지로 걸음을 옮겼다.

"이제 뭔가 변화가 있겠군."

김류가 사라지자 원보가 말했다.

"우리에게 시간이 더 필요하지 않겠느냐?"

감천홍이 허소산을 보며 물었다. 그러자 허소산이 고개를 저었다.

"어차피 모두 가져가지는 못하지요. 그리고 저들에게도 서로 다툴 동기가 필요하지요."

"그렇군, 아니면 우리를 찾으려 할 테니."

감천홍이 고개를 끄덕였다.

"그럼 오늘 밤 떠날 것이냐?"

허산왕이 물었다. 그러자 허소산이 미소를 지으며 고개를 저었다.

"좋은 구경을 놔두고 몸을 뺄 수야 있나요."

"하하하, 맞는 말이다. 호천대야와 영락대인이라……. 가히 인세에 한 번 볼까 말까한 싸움이지……."

호천대야의 등장으로 새로운 기운이 감돌기 시작한 해안가는 그러나 아무 일 없이 또 다시 하루를 흘려보냈다. 밤이 되자 어김없이 허소산의 숙영지에는 검은 그림자들이 방문을 했고, 새벽녘에는 다시 자취를 감췄다.

그런데 호천대야가 해안가에 상륙한 다음날 아침 일찍 금천장의 총관 비사도가 허소산을 찾아왔다.

"대야께선 파 대협을 초청하셨습니다."

"날 말이오?"

"그렇습니다."

"무슨 일로……?"

"오늘의 난국을 해결하기 위해서는 결국 세 분의 대화가 필요하시다는 게 대야의 판단이십니다."

"세 분?"

허소산이 고개를 갸웃하며 물었다.

"그렇습니다. 파 대협과 영락대인, 그리고 대야께서 이야기를 나누어야 하신다는 게 대야의 생각이십니다."

"그래서 우리더러 호랑이 굴로 들어오라?"

허소산의 빈정거리며 묻자 비사도가 고개를 저었다.

"그건 아닙니다. 초정을 허락하신다면 모두가 볼 수 있는 해안가 중앙에 자리를 마련하실 겁니다."

"음……. 그렇다면 거절할 이유가 없지. 하지만 사실 내가 두 사람의 대화에 끼어들 이유는 없는데……. 난 그저 호천대 야와 영락대인 중 승자와 손을 잡고 보물을 이송하면 그뿐인 것을……."

허소산의 말에 비사도가 정중하게 말했다.

"두 분이 어떤 결론을 내리든 그 가운데서 공정하게 판단을 내려주실 분이 필요하지요."

"하하하, 그러니 나보고 판관의 역할을 해달라?"

"그런 면도 없지 않습니다."

"좋소, 좋아. 천하에서 가장 뛰어난 두 사람의 대결을 가까 이서 지켜보는 것도 큰 즐거움이지……. 하하!"

허소산이 호탕한 웃음을 터뜨렸다. 그러자 비사도가 고개를 저었다.

"대야께서는 대화로 이 일을 풀어내실 겁니다."

"글쎄… 그게 대야의 생각대로 되겠소?"

허소산이 빙그레 미소를 지으며 말했다.

허소산에게 호천대야 김류의 초정을 전한 비사도가 이번에 는 영락대인의 수하들이 머물고 있는 서쪽 해안가로 갔다. 그 곳에서 비사도는 대략 이각을 머물렀는데 그의 복귀가 늦어지 자 금천장의 고수들 일부가 해안가를 거슬러 오르려는 순간 그가 영락대인의 진영에서 벗어났다. 그리고 영락대인의 진영을 벗어난 비사도는 다시 허소산을 찾아왔다.

"그는 보았소?"

허소산이 다시 자신을 찾은 비사도에게 물었다.

"그렇습니다."

"음, 정말 그가 와있었군. 오왕의 보물 대단하군. 그를 다시 불러내다니……."

허소산이 탄복하며 말하자 비사도가 입을 열었다.

"그는 대야의 초청을 승낙했습니다. 단, 파 대협께서 두 사람 이 내린 결론에 승복해 주실 것인지가 궁금하다고 하더군요."

"나야 어차피 이 섬을 나가려면 배가 필요하니 어쩔 수 없지 않겠소?"

허소산의 말에 비사도가 고개를 끄덕였다.

"알겠습니다. 그럼 이 회합은 성사된 것으로 알겠습니다. 반 시진 뒤에 자리를 마련하겠습니다."

"좋소."

"그럼……!"

"잠깐!"

고개를 숙여보이고 금천장의 숙영지로 돌아가려는 비사도 를 허소산이 불러 세웠다.

"더 하실 말씀이 계신지요?"

"대야께 전하시오. 어떤 간계라도 숨어 있다면……. 오늘 이곳에서 금천장은 큰 곤욕을 치르게 될 거라고!"

"절대… 절대 그런 일은 없을 겁니다."

비사도가 단호하게 대답을 하고는 서둘러 금천장의 숙영지로 돌아갔다.

비사도가 금천장의 숙영지로 돌아간 지 반 시진 뒤, 금천장의 숙영지에서 십여 명의 사람이 모습을 드러냈다. 그들은 양쪽 숙영지의 정중앙, 그러니까 허소산이 머물고 있는 곳 바로 정면에 커다란 탁자를 준비했다. 탁자 위에는 뜨거운 차병과 세 개의 찻잔이 놓여졌다.

"다녀올게요."

양쪽의 숙영지에서 김류와 야율거공이 모습을 드러내는 순간 허소산도 자리에서 일어났다.

"조심하거라."

허산왕의 걱정스런 표정으로 말했다.

"걱정 마세요. 싸울 자들은 제가 아니니까요."

허소산이 빙그레 미소를 지어 허산왕을 안심시킨 후 천천히 탁자가 놓인 해안으로 걸어갔다. 김류와 야율거공 역시 어느새 찻잔이 놓인 탁자의 십여 장 앞에 도달해 있었다. 그리고 세 사람은 약속이나 한 듯 걸음을 멈췄다.

어쩌면 당금무림 최고의 고수들일지도 모르는 세 사람이 그렇게 한자리에 모였다.

第四章

탈각(脱殻)

찻잔 딸그락기리는 소리가 파노 소리보다도 크게 들렸다. 해안가 한가운데 마주 앉은 세 사람은 아무런 말없이 차를 마셨다. 그들은 가끔 시선을 돌려 바다의 먼 끝에 펼쳐진 군도들을 바라보기도 했다. 그러나 사람이 살아 있는 동안 침묵은 영원할 수 없다.

"차 맛이 좋소이다."

먼저 입을 연 것은 야율거공이었다. 그는 무창에서 허소산과 악연을 맺고도 표정엔 단 한 올의 불편함도 드러내지 않았다.

"귀한 차요. 해동의 남쪽 섬에서 가져온 것이오."

김류가 대답했다.

'해동이라… 역시…….'

허소산이 내심 김류의 본향을 생각하며 고개를 끄덕였다. 그사이 야율거공이 다시 입을 열었다.

"오릉에 삼보가 있었는데 그중 하나를 누가 가져갔을까 궁금했소이다. 그런데 역시 보물은 주인을 알아본다고 파 대협께서 천보도를 가져가셨구려."

야율거공의 말에 허소산이 대답했다.

"그 말은 나머지 두 개는 그대의 손에 들어갔다는 말이겠구려."

"하하하, 그렇소. 운이 좋아 천명검과 대하검법을 손에 넣을 수가 있었소."

"검과 검법이 어떠 하더이까?"

"글쎄올시다. 아직 충분히 시험해 보지 못해서……. 하나, 능히 천하제일을 다툴 만하다고 생각되오."

"그렇소? 그럼 오늘 이자리에서 천하제일인을 정하는 것도 좋겠구려."

허소산이 거침없이 말했다. 오히려 야율거공과 김류가 허소산의 거침없는 언사에 황한 듯 보였다.

"이 자리는… 싸우자고 마련한 자리가 아니오."

김류가 침착하게 말했다. 그러자 허소산이 빙글거리며 다시 입을 열었다.

"대저 무림의 일이란 게 싸우지 않고 결론을 내리는 경우는 드물지요. 그래 호천대야께서는 어떤 복안을 가지고 계시는지……?"

허소산의 질문에 김류가 잠시 생각에 잠긴 척하다가 말을
꺼냈다.

"그보다 먼저 야율공께서 원하시는 바를 듣고 싶소이다
만……."

김류의 질문에 야율거공이 망설이지 않고 응대했다.

"내가 원하는 바는 하나요. 난 여기 파 대협과 지난날의 오
해를 풀고 새로운 관계를 정립하기를 원하고 있소."

"후후, 솔직히 말하면 나의 재물을 원하는 것 아니오?"

허소산이 물었다. 그러자 야율거공이 겸연쩍은 미소를 지으
며 대답했다.

"솔직히 재물에 대한 욕심도 있소. 대업을 위해선… 역시 재
물이 필요한 법이니……."

"파 대협의 생각은 어떻소? 우리 금천장과 손을 끊고 야율
공과 손을 잡으실 생각이오?"

김류가 이번에는 허소산에게 묻자 허소산이 정색을 하며 말
했다.

"애초에는 그럴 이유가 없었지요. 하지만 금천장에서 먼저
신의를 어겼으니 이제는 어느 쪽과 손을 잡아도 나로서는 상
관이 없는 상태라고 할 수 있습니다."

"음……. 본 장의 실수는 정중히 사과드리오."

김류가 가볍게 고개를 숙여보였다. 이런 모습은 평소의 김
류라면 절대 나올 수 없는 행동이었다. 그건 곧 그가 야율거공

을 몹시 경계하고 있다는 의미기도 했다.

"사과는 받아들이지요. 하지만 그렇다고 나와 금천장의 관계가 예전으로 돌아가는 것은 아닙니다. 또한 영락대인과의 불쾌한 과거도 사라지는 것이 아니고. 그러니 방법은 하나! 두 분 중 한 분이 양보를 하시는 것이지요. 난 두 분의 결정에 따라 한쪽의 배에 오르겠습니다."

허소산이 김류를 보며 말했다. 그러자 김류가 조금 불쾌한 표정을 지으며 고개를 끄덕였다. 그리고는 야율거공을 보며 말을 건넸다.

"야율공!"

"말씀하시오."

"애초에 이번 일은 우리 금천장이 먼저 나선 일이었소. 그런데 야율공이 중도에 끼어든 것 아니오? 이는 강호의 예법이 아닌 줄 알고 있소만……."

"강호의 예법이라……. 우리 사이가 강호의 예법을 따라야 하는 사인지는 모르겠구려. 그리고 대저 강호에 예(禮)가 있소이까?"

야율거공의 대답에 김류의 표정이 일변했다. 그의 얼굴에서 싸늘한 살기가 흘렀다. 그러자 야율거공이 살짝 손을 내려 허리춤의 검을 잡아갔다. 그러나 김류는 손을 쓰지 않았다. 대신 한마디 말을 비수처럼 던졌다.

"하긴 야문의 행사에 예를 기대할 순 없지."

순간 야율거공의 동공이 커졌다. 동시에 그의 눈에서 숨길 수 없는 살기의 빛이 넘실거렸다.

"당신… 정말 위험한 인물이군."

야율거공의 말투가 일변했다.

'야문? 야문이 뭐길래 이자가 이리 흥분할까?'

의문이 구름처럼 허소산의 머리를 채웠다.

"설마 야문의 사람처럼 위험한 사람이 또 있겠소?"

야율거공의 서슬 퍼런 살기에도 김류가 전혀 동요하지 않고 말했다. 그러자 야율거공이 한참동안 김류를 노려보다 아주 나지막한 목소리로 입을 열었다.

"역시 금문의 눈은 매섭기 그지없구려."

야율거공의 말에 이번에는 김류의 눈빛이 번쩍였다. 그의 눈에서도 숨길 수 없는 살기가 흘렀다.

'이번엔 금문이라……. 정말 알 수가 없는 자들이구나. 하지만 어쨌든 이들은 서로의 정체를 어느 정도 알고 있다는 의미겠군.'

어쩌면 기대하지 않았던 소득을 얻을 수도 있다는 생각에 허소산은 묵묵히 두 사람의 대화를 듣고 있었다.

"본 문을 안다는 것은… 오래 전부터 우릴 주시하고 있었다는 말이겠군."

김류가 말했다. 그러자 야율거공이 입을 열었다.

"그대 역시 야문의 움직임을 파악하고 있다는 것은 금문이 드디어 움직이려 한다는 의미겠지."

"후후, 부인하지 않겠네."

김류의 말투가 변했다. 아랫사람 대하듯 하대를 하는 김류를 향해 야율거공이 차가운 미소를 지으며 대답했다.

"시기상조가 아니겠소? 여전히 천하는 야율씨의 것이오."

"흥. 대요의 기세는 이미 구주에서 꺾이지 않았던가? 아마도 그동안 흩어졌던 야문이 다시 활동을 시작한 것은 대요 황실이 구주에서 패한 후 위기감을 느끼고 있기 때문이겠지."

'구주라 함은 이십여 년 전 있었던 싸움이 아니던가. 당시 고려군에게 일패도지한 이후 더 이상 요는 해동을 넘보지 못하고 있는 실정인데…… 이자들의 말을 들어보니 이들은 과연 무림 이상의 세상과 연을 맺고 있구나.'

"고려와는 다만 화친을 하였을 뿐, 대요의 정기는 아직 시퍼렇게 살아 있소."

"후후후, 그래서 이 먼 곳까지 와서 재물을 구하고 있으신가?"

김류가 비웃듯이 물었다. 그러자 야율거공이 다시 노기를 드러내려다 애써 참으며 대답했다.

"그런 금문은 북방의 오랑캐들을 이끌고 과연 천년의 영화를 다시 향유할 수 있겠소? 그저 북쪽에 숨어 마소나 돌보며 목숨을 연명하는 것이 현명할 터인데……."

"갈! 감히 변방이 오랑캐 주제에 용의 혈통을 모욕하는가!"

김류의 입에서 호통이 터져 나왔다. 그러자 야율거공이 김류의 흥분에 만족한 듯 미소를 지으며 다시 말했다.

"왕후장상의 씨가 따로 있더이까? 오늘 날 세상을 지배하고 있는 것은 우리 야율씨요. 그 사실을 잊지 마시오. 오늘이라도 당장 대요의 정병이 금문으로 향할 수도 있다는 것을 명심하시오."

"후후후, 과연 대요에 그런 여력이 있을까? 그대들이 중원에 들어온 지도 어언 일백 년 그동안 과거의 서릿발 같던 정기는 사라지고 환락에 중독된 연약한 종족이 되어 있지 않은가? 아래서는 고토의 회복을 노리는 송이 호시탐탐 북벌을 노리고 있고, 동으로는 대호 고려가, 북에는 거친 이리 몽골이, 서쪽으로는 서하에 밀리는 상황에서 과연 금문으로 정병을 보낼 수 있을까? 보낼 수 있다면 보내보시게. 아마도 북방의 깊은 숲에서 대요의 명운은 끝이 날 걸세. 후후후!"

김류의 말에 야율거공의 볼이 한 차례 씰룩였다. 그리고는 낮으면서도 단호한 목소리로 말했다.

"아직 천하는 대요의 것, 사위의 적들은 결국 대요의 깃발 아래 무릎을 꿇을 것이오."

"후후, 입으로야 어찌 천하를 농락하지 못할까. 그러나 이미 역사의 수레바퀴는 대요를 밟고 지나고 있다네."

"흥, 그렇게 말한다면 금문의 야망도 결국 헛된 것 아니오?"

야율거공의 힐난에 김류가 순순히 고개를 끄덕였다.

"물론 그럴지도 모르지. 어찌 시간을 다시 거스를 수 있을 것인가? 그러나… 인간은 또한 자신의 숙명대로 삶을 살아야 하는 것, 불가능한 일이라도 난 결국 그 길을 갈 수 밖에 없다. 그래서 오늘 이곳에선 그대가 양보를 해야겠어."

김류의 눈에서 다시 서릿발 같은 한광이 흘러나왔다.

"미안하지만 그럴 수는 없겠소이다. 저 재물은… 천하의 운명을 바꿀 수도 있는 것이오."

야율거공이 허소산의 숙영지 뒤편에 쌓여 있는 목함들을 보며 말했다. 그러자 김류가 차가운 표정으로 물었다.

"정녕 이곳에서 승부를 보고 싶은가?"

"아무래도 그게 나을 것 같소. 뭍으로 나가면 금천장과 연관된 자들이 워낙 많으니 승부를 장담할 수 없을 것 같소."

"이곳에서는 자신있다는 말이군."

"비밀을 요하느라 금천장이 이번 행사에 오직 금천장의 고수들만을 동원하지 않았소? 금천장이 강호에서 끌어들인 뭍고수들은 항주에 두고 온 것으로 알고 있소만……."

"하나는 알고 둘은 모르는군."

김류가 냉소를 흘리며 말했다. 그러자 야율거공이 고개를 저으며 물었다.

"아니, 아니오. 난 그 둘도 알고 있소. 아마도 호천대야께서는 육왕문의 고수들을 염두에 두고 하신 말씀일 거요."

"그것까지 알고 있으면서도 승리를 자신한다?"

김류가 고개를 갸웃했다. 그러자 야율거공이 미소를 지으며 말했다.

"그러니 오늘의 일은 대야께서 양보하시는 것이 좋겠소."

"미안하군. 나 또한 양보할 생각이 없네. 자네 말대로 천하를 두고 벌이는 싸움이니……."

순간 허소산이 벌떡 자리에서 일어났다. 그리고는 호탕한 목소리로 소리쳤다.

"이렇게 된 이상 망설일 이유가 없을 것 같군요. 서로 힘을 겨뤄 이기는 자가 나의 동업자가 될 것이오. 그럼 이 파 모는 물러갈 테니 두 분께선 승부를 보시기 바라오. 하하하! 이거 오왕의 재물보다 더 귀중한 구경을 하게 생겼네."

허소산이 말을 마치고는 훌쩍 날아올라 장내를 벗어났다. 그러자 김류가 허소산의 뒷모습을 바라보고 있다가 불쑥 입을 열었다.

"저자에 대해 어떻게 생각하나?"

김류의 물음에 야율거공은 상대가 자신의 적이라는 사실을 잊은 듯 정색을 하며 대답했다.

"종잡을 수 없는 자요."

"음……. 그에 대해 아는 것이 전혀 없나?"

"없소. 나보다야 그와 손을 잡은 금천장이 오히려 잘 알고 있지 않겠소?"

그러자 김류가 고개를 저었다.

"아니, 우리도 저자에 대해서는 잘 모르네. 도대체 어떻게 저 나이에 저런 절대의 무공을 가졌는지. 그의 사문이 어디인지… 아는 것이 하나도 없어. 단지 오산금림과 인연이 있다는 것 빼고는……."

김류의 말에 야율거공이 눈빛을 빛내며 대답했다.

"그 정도는 나도 알고 있는 일이오. 하지만 그도 결국에는 본색을 드러내지 않겠소?"

"그렇겠지."

팟!

김류의 말이 채 끝나기도 전에 탁자 아래에 위치해 있던 야율거공의 손이 불쑥 솟구쳐 올랐다.

콰아악!

순간 야율거공과 김류 사이에 놓여 있던 탁자가 반으로 갈라지면서 시퍼런 검기가 김류의 몸을 쪼개갔다. 그야말로 아무도 예상치 못한 공격이었다.

"흥!"

그러나 김류는 침착했다. 어느새 자신의 눈앞에 도달한 야율거공의 검기를 한 자 길이의 작은 검으로 쳐냈다.

캉!

강력한 충돌음과 함께 두 사람 사이에서 폭죽 터지듯 강렬한 불꽃이 일어났다 사라졌다. 그리고 그 순간 김류의 몸이 한차례 흔들거리더니 번개처럼 야율거공의 곁을 스치고 지나며 왼손을 쭉 뻗었다.

슈욱!

김류의 손이 기형적으로 늘어났다. 아니, 그건 그의 손이 늘어난 것이 아니라 그의 손 모양으로 이루어진 장력이 뻗어나가는 모습이었다. 순간 야율거공이 마치 허공을 걷듯 반으로 갈라진 탁자 사이를 날아 넘어 김류의 장력을 피해냈다.

쾅!

김류의 장력이 아슬아슬하게 야율거공을 비껴 지나가 반으로 갈린 탁자를 부숴놓았다. 장력의 힘에 밀린 탁자의 파편들이 사방으로 튀어나갔다.

스슥!

한 차례씩 공방을 주고받은 두 사람은 십여 장의 거리를 두고 약속이나 한 듯 걸음을 멈췄다. 그리고는 천천히 신형을 돌려 서로를 바라봤다.

"노구에도 그런 힘을 지니고 있으시다니 대야의 노익장에 감탄을 금할 수 없소이다."

야율거공이 조롱인지 칭찬인지 모를 말을 했다. 그러자 김류가 한 줄기 냉소를 흘리며 대답했다.

"그대 또한 변방 출신답지 않게 제법 고절한 무공을 지니고 있군."

거란 출신의 야율거공을 비웃자고 하는 대답이었으나 야율기공은 별 반응을 보이지 않고 대답했다.

"해가 동쪽에서 떠서 서쪽으로 지듯이 세상의 중심은 항상 변하게 마련이 아니오. 무학 또한 마찬가지라서 지금의 천하가 대요의 것이듯 무림 천하 또한 우리 야율가의 것이오."

"하하하, 무림이 언제 세속의 권세에 따라 움직였는가? 더군다나 그대의 말처럼 태양의 떠서 지는 것이 세상의 이치라면 대요 또한 지는 석양과 같다고 할 수 있지. 그러니 그대의 야문 또한 이제 그 이름대로 밤에 살아야 할 운명일 뿐이야."

"글쎄올시다. 내 생각은 이제부터 천하의 낮과 밤이 모두 우리 야율씨의 손에 들어올 것 같소이다만……."

"하하하, 마지막 석양이 장엄한 법이지. 오늘 그 장엄함의 끝을 보게 될 걸세. 그리곤… 대요의 암흑이 시작될 것이야."

"그런 일은 일어나지 않을 것이오, 나 야율거공이 있는 이상. 그보다는 계림천년 사직의 복원이 수백 년 늦춰질 수는 있을 거요. 대야가 오늘 이곳에서 실족을 한다면 말이오. 아니면 영원히 불가능해지든지……."

"금문에 나만 있는 것은 아니네."

"그래도 대야가 없는 금문은 평범한 무가에 지나지 않을 뿐이지요."

"그대는… 금문을 모르는군. 천년의 사직이 뭘 의미하는지도 모르고……."

"그저 흘러간 영화일 뿐 아니겠소?. 계림은 다시는 해동의 주인이 될 수 없을 것이오. 아니, 이건 어떻소. 대요에 힘을 보탠다면 계림이 다시 해동의 주인이 되는 것을 도와줄 수 있을 것이오. 대요의 힘을 얻는다면 왕씨를 제압하는 어렵지 않을 것이오."

야율거공의 말에 김류가 한 줄기 미소를 지었다.

"대저 야율씨의 말은 믿을 것이 못되지. 그대들이 성국을 멸망시킨 것도 바로 그 간교함이 아니던가. 약속을 깨뜨린 간교함! 더군다나… 구주에서 참패한 대요의 군세라는 것도 과거 초원을 질타하던 엄정함을 기대하기 어렵지."

"그래서… 북쪽 오랑캐의 힘으로 천하를 노리겠다?"

"그들은 애초부터 삼한의 수족이었다."

"후후, 그래봐야 천한 오랑캐들……. 그들로선 절대 왕씨를 이기지 못할 거요."

"어리석군. 내 눈은 해동에만 가 있는 것이 아니다."

순간 야율거공의 눈빛이 번쩍였다.

"설마… 중원을 노리는 거요?"

야율거공의 반문에 김류가 담담하게 대답했다.

"내 시선은 천하에 있다."

"크하하! 해동에서도 밀려난 처지에 너무 야망이 큰 것 아니오?"

"야율씨도 한때는 북방의 작은 촌락에 머물렀지 않았던가?"

"후후후……. 그 야망이 부질없음을 오늘 알게 될 것이오."

번쩍!

한순간 야율거공의 검에 햇살이 반사되어 김류의 눈을 어지럽혔다.

"그것이 오릉삼보라는 천명검인 모양이군."

"그렇소. 그 어떤 병기도 천명검 앞에서는 아이들 노리개에 지나지 않소."

"도검의 강약이야 하수들이나 논하는 것이고……."

"후후 나도 처음에는 그리 생각했었소. 그러나 천명검을 다르더이다. 오늘 노야께 검에도 신이 깃듦을 보여드리리다."

"기대하지."

김류가 담담한 표정으로 대답하자 야율거공이 천천히 검을 들어 하늘로 세웠다. 그러자 기이한 현상이 일어났다. 야율거공의 몸에서 흘러나온 묵색 기운이 마치 천명검을 감싸듯 검의 주위를 휘돌기 시작했던 것이다. 그런데 그보다 더 대단한 것은 천명검 스스로 그 묵빛 기운들을 더욱 강렬하게 부풀리고 있다는 것이었다.

우우웅!

살아 있는 생명처럼 천명검이 울음을 울었다. 그제야 김류의 표정도 변했다. 수십 년 강호행의 노련한 그로서도 이런 기이한 검을 대하는 것은 처음인 듯싶었다. 더군다나 천명검의 효용이 검의 날카로움에만 있는 것이 아님은 분명했다.

"이 검을 제대로 쓰자면 대하검법이 필요하오. 그 또한 오릉삼보 중 하나! 그 둘이 나에게 들어왔다는 것은 하늘이 내게 무림천하를 준 것이나 다름없소."

"병기와 무공은 수단일 뿐!"

김류가 차갑게 소리쳤다.

"그 수단 없이 어찌 천하를 손에 넣겠소. 이제 천명검이 펼치는 대하의 흐름을 보게 된다면 노야 또한 천하에는 거스를 수 없는 힘이 있다는 사실을 깨닫게 될 것이오."

스스슥!

말을 마친 야율거공이 서서히 검을 사선으로 그어 내리기 시작했다. 그러자 그에 따라 묵빛 기운들이 거대한 파도를 이뤄 김류를 쓸어가기 시작했다.

"대단하구나!"

김류의 입에서도 탄성이 흘러나왔다. 그러나 그의 눈에 두려운 빛은 보이지 않았다. 대신 그는 짧은 자신의 검을 들어 다가오는 검기의 파도에 맞섰다.

번쩍!

한순간 김류의 검이 눈부신 광채를 흘려냈다. 그리고 잠시 후 그의 검에서 벼락처럼 한 줄기 검기가 뻗어나갔다.

쐐애액!

김류의 검을 벗어난 검기가 자신을 향해 밀려드는 야율거공의 검기를 그대로 반으로 갈랐다. 그러자 한순간에 허공에 검기의 길이 생겨났다.

팟!

김류가 가볍게 모래사장을 박찼다. 몇 알의 모래가 그의 발끝에 밀려 허공으로 비산했다. 김류가 그 힘으로 자신의 검기에 의해 열린 허공을 길을 따라 야율거공을 향해 폭사했다.

"대하검!"

순간 야율거공의 입에서 사자후가 터져 나왔다. 순간 놀라운 일이 벌어졌다. 김류에 의해 반으로 갈렸던 야율거공의 검기가 마치 물이 빈 그릇을 채우듯 다시 하나로 모여들기 시작했던 것이다.

"놀랍구나. 본시 한 번 흩어지면 다시 모이기 힘든 것이 진기이거늘……. 다시 그 기운을 모아 내다니!"

멀리서 싸움을 지켜보던 원보의 입에서 탄성이 흘러나왔다.

"저 검법이 대하검법이라는 이름을 가진 데에는 이유가 있었군요."

허소산도 야율거공의 펼치는 무공에 자못 놀란 모양이었다.

"저 늙은이가 제법 고생을 하겠군."

원보가 야율거공의 묵빛 검기를 뒤집어쓰고 있는 김류를 보며 중얼거렸다.

김류가 좌우에서 밀려드는 묵빛 검기에 잠시 당황한 듯 멈칫거렸다. 대하검법은 이름처럼 거대한 강과 같은 검법이었다. 밀려드는 파도 앞에서는 사람은 속수무책이듯, 야율거공이 펼치는 대하검법의 위력 앞에 김류가 할 수 있는 것은 아무것도 없는 것처럼 보였다. 더군다나 야율거공이 들고 있는 검은 천하제일의 명검 천명검이 아니던가.

"홈……!"

한순간 김류가 체념한 듯한 소리를 흘려내더니 불쑥 허공으로 솟구쳤다. 그러더니 마치 파도 위로 올라서듯 밀려드는 대하검법의 검기 위로 발을 내딛었다.

"아!"

멀리서 누군가의 탄성 소리가 들려왔다. 김류의 몸이 발부터 그대로 야율거공의 검기에 휩쓸려 들어갈 것처럼 보였기 때문이었다. 그런데 그 순간 놀라운 일이 벌어졌다. 갑자기 김류의 두 발이 보이지 않을 정도로 빠르게 교차하기 시작했다. 그건 마치 하늘을 달리는 듯한 자세였는데 그 순간부터 그는 밀려드는 검기 위를 걷기 시작했다.

"오오!"

금천장의 고수들 쪽에서 이번에는 감탄의 소리가 흘러나왔다. 위기에 몰렸던 김류가 놀라운 신공을 선보이며 허공을 걷는 모습은 그야말로 한 명의 천신을 보는 듯했다.

"저 노인네… 정말 보통 노인이 아니군."

대하검법의 실체를 보는 순간 김류의 열세를 예상했던 원보가 고개를 저으며 중얼거렸다.

"정말 대단하구려. 난 세상에 저런 무공이 존재하리하고는 생각지 못했소."

허산왕도 허공을 자유롭게 움직이고 있는 김류의 무공을 보며 혀를 내둘렀다. 그러자 감천홍이 입을 열었다.

"하지만 그렇다고 영원히 허공에 떠 있을 수는 없지 않겠습니까?"

"그렇겠지. 아마도 빨리 대하검법의 대응할 수 있는 타개책을 찾아야 할 걸세."

원보가 고개를 끄덕였다. 그러는 순간 갑자기 김류의 입에서 한마디 기합성이 터져 나왔다.

"핫!"

순간 김류가 들고 있던 검이 자신의 발밑에서 밀려 올라오는 검기를 향해 떨어져 내렸다.

쿠웅!

묵직한 진기의 충돌음이 김류의 발아래서 일어났다. 그러자 그 순간 김류의 몸이 대하검범과 자신의 검기가 만들어내는 반탄력을 이용해 좀 더 높이 하늘로 치솟았다.

"아!"

다시 사람들의 입에서 탄성이 흘렀다. 김류의 몸은 사람이 도달할 수 없는 높이의 허공까지 치솟은 듯 보였다. 그리고 그의 신형이 허공의 정점에 도달했다고 느끼는 순간 갑자기 바람개비 돌듯 무섭게 회전하며 야율거공의 후미로 날아갔다.

"음!"

야율거공의 입에서 자신도 모르게 낮은 침음성이 흘러나왔다. 그가 펼치는 거대한 검기의 바다, 대하검범의 놀라운 위력은 그의 전방에서만 일어나는 현상이었다. 그런데 한순간 김류가 신묘한 신법을 발휘해 그의 후미로 내려섰으니 그로서는 허를 찔린 격이었다.

"이젠 내 검을 받아보시게!"

김류의 입에서 차가운 음성이 흘러나왔다. 동시에 그의 검이 열십자를 그렸다.

슈욱!

부드럽기까지 한 파공음이 김류의 검에서 일어났다. 그러자 그의 검에서 생겨난 열십자의 검기가 순식간에 사람의 몸을 덮을 정도로 커지며 야율거공의 몸을 베어갔다.

"놀라울 뿐이오, 노사의 무공!"

야율거공이 닥쳐드는 김류의 검기를 향해 천명검을 휘두르며 소리쳤다.

쾅!

강렬한 격돌음이 두 사람 사이에서 일어났다. 두 사람의 신형이 거의 동시에 삼 장여 뒤로 밀려났다. 그런데 바로 그 순간 김류의 몸이 재차 야율거공을 향해 달려들었다.

기운을 모을 새도 없이 달려드는 김류의 공세는 어찌 보면 성급한 것도 같지만 기실 김류가 선택할 수 있는 최선의 방법이었다. 그로서는 야율거공이 대하검법을 온전하게 펼칠 수 있는 기회를 주지 않는 것이 싸움에서 승리할 수 있는 유일한 방법이기 때문이었다.

김류가 야율거공이 대하검법을 펼칠 여유를 주지 않기 위해 싸움의 속도를 높이자 이제 싸움은 힘과 힘이 아닌 속도의 대결로 변했다. 두 사람의 신형이 사람들의 눈에 보이지 않을 정도로 빠르게 해안가를 오고갔다.

어지럽게 움직이는 두 사람의 자취는 오직 그들의 발이 모래사장에 남긴 무수한 발자국을 통해서만 확인할 수 있었다. 사람들은 뿌연 연무로 화해 움직이는 두 사람의 잔영들을 그저 감탄의 눈으로 바라볼 뿐, 그들이 교환하는 초식의 실체는 거의 확인하지 못하고 있었다.

"천하에서 가장 강한 자들일 것이다."

원보가 손을 땀을 쥐며 말했다. 그의 얼굴이 붉게 달아올라 있었는데 야율거공과 김류가 자신들의 적이라는 사실을 잊고 어느새 두 사람의 무공에 무인으로서의 흥분을 느끼고 있는 듯 보였다.

반면 허소산은 넌지시 시선을 돌려 서쪽의 야율거공 수하들과 동쪽의 금천장 수하들을 살피고 있었다. 문제는 야율거공과 김류의 싸움이 아니었다. 두 사람의 대결로 이 싸움의 승패를 결정짓는 것은 허소산이 원하는 바가 아니었다. 그의 계획대로라면 가급적 이 싸움은 양측 간에 전면전이 일어나야 하는 싸움이었다.

"결국 어둠을 이용할 수밖에 없겠군."

허소산이 중얼거렸다.

"무슨 소리냐?"

허산왕이 허소산의 말을 듣고는 물었다.

"밤에 아버지와 할 일이 있다는 말이에요."

"나와?"

"네."

"허허, 무슨 일을?"

"제법 재미있는 일이 될 거예요."

허소산이 빙그레 미소를 지었다.

차차창!

김류와 야율거공의 싸움이 근 반 시진을 넘어서고 있었다. 그들이 교환한 초식수가 일천여 초가 넘어선지 오래였다. 그러나 그들의 움직임에는 전혀 변화가 없었다. 여전히 바람처럼 빠르게 모래사장을 이동하며 격전을 벌이고 있는 두 사람이었다.

그러나 영원히 지치지 않는 사람은 없다. 두 사람의 격돌이 다시 이각 정도를 더 지나자 서서히 그들의 초식이 사람들 눈에 잡히기 시작했다. 대체로 싸움은 김류의 공격을 야율거공이 막아내는 모습으로 진행되고 있었다. 그렇다고 김류가 싸움의 주도권을 온전히 잡고 있는 것은 아니었다. 가끔 반격을 가해오는 야율거공의 천명검이 김류를 위기에 몰아넣기도 했다.

"일단 말려야겠어요."

허소산이 입을 열었다.

"왜 승부를 보게 놓아두지?"

원보가 아쉬운 듯 말했다.

"그래서야 우리의 계획대로 일이 될 수 없잖아요. 승부가 날 것 같지도 않고, 힘이 떨어지니 초식도 처음만 못하니 구경거리도 줄었잖아요."

허소산의 말에 원보가 입맛을 다셨다. 그런 원보를 뒤에 두고 허소산이 천천히 걸음을 옮겨 싸움이 벌어지고 있는 해안가로 다가갔다.

차차창!

허소산이 두 사람의 십여 장 거리까지 다가서자 날카로운 충돌음이 허소산의 귀를 때렸다. 강력한 진기가 서려 있는 검의 충돌음이 뼛속까지 그 울림을 전했다.

허소산은 그런 두 사람의 격돌을 다시 일각여 정도 지켜보

았다. 두 사람은 허소산의 존재를 느끼지 못하는지 오직 서로
에게만 열중해 있었다. 그러던 한순간 문득 허소산의 입이 열
렸다.

"잠시, 멈추시지요!"

허소산의 목소리는 무척 나직했다. 그런데 이상하게도 그의
목소리는 싸우는 두 사람은 물론 멀리 떨어져 있는 양측의 고
수들 귀에도 또렷하게 들렸다.

그러자 거짓말처럼 두 사람이 움직임을 멈췄다. 물론 조금
가쁜 숨을 몰아쉬며 서로를 노려보고는 있었지만 그 누구도
더 이상 검을 들어 상대를 공격하려 하지는 않았다.

그러자 허소산이 다시 입을 열었다.

"두 분께서는 이미 충분히 실력을 보이셨으니 오늘은 그만
하시지요?"

허소산의 말에 두 사람이 서로에 대한 경계를 늦추지 않으
면서도 허소산을 돌아봤다.

"어차피 내야 할 승부네."

김류가 말했다. 그러자 허소산이 미소를 지으며 대답했다.

"그렇긴 하지만 오늘은 그만하시지요. 이미 해가 지고 있습
니다. 설마 밤을 새워 승부를 보시겠습니까?"

평소 파금검으로 살고 있는 허소산답지 않은 정중한 말투
다. 그러자 이번에는 야율거공이 입을 열었다.

"파 대협의 말처럼 오늘은 그만 검을 거두시는 게 어떻겠
소?"

야율거공까지 허소산의 말에 동조하자 김류가 두 사람을 번 갈아 바라보다가 고개를 끄덕이고는 망설이지 않고 검을 거뒀다. 그리고는 야율거공을 보며 차갑게 말했다.

"내일은… 승부가 날 것이오."

"기대하지요."

야율거공도 지지 않고 자신만만한 태도로 응수했다. 그러자 김류가 그런 야율거공을 한 차례 쏘아보고는 이내 걸음을 옮겨 자신의 숙영지로 걸어가기 시작했다.

"참으로 대단한 늙은이야."

김류가 멀어지자 야율거공이 고개를 저으며 말했다.

"그대 역시 그에 못지않소."

허소산이 야율거공을 칭찬했다.

"후후후, 하지만 당신에게는 미치지 못한다?"

"글쎄올시다. 그건 봉화호에서 이미 증명한 것 같은데……. 아, 천명검이 생겼으니 또 모르겠군. 나중에 두고 보면 알겠지."

허소산이 능글거리는 미소로 대답했다. 그러자 야율거공의 손에 든 천명검을 들어 올리며 말했다.

"역시 오릉에서 천명검을 취하기를 잘했다는 생각이 드는 군. 이 검과 대하검법이 아니었다면 그대는 물론 호천대야 저 자를 상대할 수 없었을 테니까."

"그런데 사실은 그대의 일신에 숨겨준 수가 그게 전부는 아 닐 것 같구려."

"그리 보셨소? 하하하, 생각보다 의심이 많구려."

"한 번 속은 자에게 두 번 속지 않을 정도는 되오."

"흐흐, 여전히 나 야율거공을 멸시하는구려."

"멸시가 아니라 조심이라고 해둡시다. 푹 쉬시오. 내일은 정말 목숨을 건 승부를 해야 할 테니."

허소산이 말을 하고는 휑하니 돌아서 자신의 숙영지로 돌아 갔다. 그러자 야율거공이 차가운 눈으로 허소산을 보며 중얼 거렸다.

"네가 아무리 날뛰어봐야 넌 애송이에 지나지 않아. 우리와 같은 사람들을 상대하기에는 넌 너무 어리다. 네 손에 들어온 오왕의 재물들은 결국 내 것이 될 것이다. 그리고 난 이 남송 에 또 하나의 요를 세울 것이다. 오직 나만의 대요를!'

야율거공이 나직하게 읊조리고는 천천히 수하들이 기다리 고 있는 서쪽 해안가로 걸어갔다.

"뭘 하자는 거냐?"

허산왕이 의혹 어린 표정으로 물었다.

"김류와 야율거공 두 사람의 싸움으로 승패를 보게 되면 일 이 우리가 계획한 대로 될 수 없어요."

"그래서?"

"양측이 전면전을 벌이게 만들어야지요."

"어떻게 말이냐?"

"아버지와 제가 그렇게 만들 수 있어요."

허소산이 빙그레 미소를 지었다.

"도대체 뭘 할 생각인 거냐?"

두 사람의 대화를 듣고 있던 원보도 허산왕과 마찬가지로 의문 어린 표정으로 물었다. 그러자 허소산이 금천장 사람들이 야율거공의 세력을 상대하기 위해 배에서 가지고 나왔던 화살통을 들어 보이며 말했다.

"이 화살 수십 개면 저들을 오늘 밤 내내 싸우게 만들 수 있을 거예요."

"응? 그러니까 양쪽으로 서로 활을 쏘아 보내자는 말이냐?"

"그렇지요. 대신 아버지와 제가 서로 반대편으로 이동해서 활을 쏴야 할 거예요. 저들 중 고수들은 화살이 날아오는 방향으로 쏘아 보낸 위치를 알 수 있으니까요."

"좋은 방법이기는 한데…… 위험하지 않을까? 자칫하면 몸을 빼기 힘들 수도 있는데……."

원보가 걱정스런 표정으로 말했다. 허소산은 몰라도 허산왕의 경우는 위험에 빠질 수도 있었다.

"어르신께서 아버지와 함께 가주세요."

"음… 알겠다."

원보가 순순히 고개를 끄덕였다.

"녹사님은 저와 함께 가세요."

"이것들은?"

감천홍이 그들의 뒤에 쌓여 있는 목함을 가리키며 말했다.

"그것들은 이곳에 놓아두어야지요. 처음에 말씀드렸듯이

저들이 다툴 재물을 남겨 두어야 우리를 찾지 않을 거예요."

"음, 그래도 너무 많이 남기는 게 아닐까?"

"너무 적으면 저들의 발을 잡을 수 없지요. 그리고 이 정도는 되어야 저들이 끝까지 싸우게 될 거예요."

"알겠다."

감천홍이 고개를 끄덕였다.

"언제 시작할 테냐?"

허산왕이 물었다.

"자시쯤이 좋겠어요."

해안가에 어둠이 찾아들었다. 간간히 밀려드는 파도 소리가 사람의 귀를 어지럽혔지만 자연의 소리는 침묵에 다름 아니기에 사람들은 깊은 잠에 빠져 있었다. 그런데 그 어둠을 뚫고 움직이는 사람들이 있었다. 허소산 일행이었다.

허소산은 감천홍과 함께 하나의 활과 다섯 개의 전통을 맨채 해안가를 따라 형성된 숲을 헤쳐 나가고 있었다. 두 사람이 움직이는 소리는 워낙 은밀해서 바다에서 들려오는 파도 소리에 금세 묻혀 버렸다.

그렇게 얼마나 이동했을까. 숲 앞쪽 야율거공이 끌고 온 세 척의 배가 괴물처럼 모습을 드러냈다. 해안가에는 수십 개의 천막이 세워져 있었는데 번을 서는 자들 십여 명을 제외하고는 움직이는 자가 보이지 않았다.

"이쯤이 좋겠어요."

허소산이 감천홍을 보며 낮게 말했다. 그러자 감천홍이 고개를 끄덕이고는 자리를 골라 반대편 동쪽 해안의 금천장 숙영지가 보이게 시야를 확보했다. 허소산 역시 나무 사이로 동쪽을 향해 시야를 확보한 후 전통들을 모래사장에 꽂았다. 그리고 그중 하나의 전통에서 세 개의 활을 꺼내 시위에 걸었다.

"시작할까요?"

한 번에 세 개의 활을 걸어 시위를 당긴 허소산이 감천홍을 보며 말했다. 그러자 감천홍도 시위에 화살을 걸며 말했다.

"먼저 시작하거라."

"그러죠."

허소산이 고개를 끄덕이고는 동쪽 금천장 식솔들을 향해 활을 날려 보냈다.

피웅!

날카로운 파공음이 일어나며 시위를 떠난 화살이 금천장 숙영지를 향해 날아갔다. 그리고 잠시 후!

"악!"

"조심해! 화살 공격이다!"

금천장 진영에서 비명 소리와 함께 거친 음성이 터져 나왔다. 그러자 뒤이어 감천홍도 화살을 날렸다. 그때부터 두 사람은 연이어 화살을 금천장 숙영지를 향해 날리기 시작했다.

"악!"

"적이닷!"

"놈들이 야습을 해왔다!"

금천장 숙영지가 벌집을 쑤셔놓은 것처럼 혼란에 빠졌다. 그러자 야율거공의 숙영지에서 웅성웅성 사람들의 목소리가 흘러나오기 시작했다. 그러나 그도 잠시!

   "아악!"

   "악!"

   갑자기 야율거공의 숙영지에서도 비명 소리가 터져 나오기 시작했다. 어두운 밤하늘을 뚫고 동쪽에서 화살이 날아들었던 것이다.

   "조심해. 놈들이 활을 쏘고 있다!"

   야율거공의 숙영지도 삽시간에 극심한 혼란에 빠져들기 시작했다.

第五章
일전

독경
讀經

"와아아!"

늦은 밤 해안가가 때 아닌 고함 소리로 가득 찼다. 그리고 수십 명의 사람들이 동쪽과 서쪽에서 서로를 향해 돌진하기 시작했다. 양쪽 진영에서 밝혀 놓은 횃불에 반사된 흉측한 도검의 광채들이 살기를 뿜어내며 번뜩였다. 급기가 거리가 가까워진 양측의 고수들이 불문곡직하고 서로를 향해 부딪쳤다.

차아앙!

사람의 함성을 깨뜨리는 도검의 충돌음이 수많은 불꽃과 함께 일어났다. 그리고 그날 밤의 살육전이 시작됐다.

"아이쿠야. 이거 생각보다 대단하구나."

멀리서 금천장과 야율거공 수하들을 격돌을 지켜보고 있던 원보가 조금 놀란 표정으로 말했다.

"생각보다 치열하구려."

허산왕 역시 자신들이 일으킨 싸움의 파장이 예상을 뛰어넘자 걱정스런 표정으로 대답했다.

"싸움은 커질수록 좋은 것 아니겠습니까? 이곳에서 저들의 손실이 커질수록 항주에서 만재방이 자리를 잡기에 유리할 테니까요. 그나저나 우린 언제 가지?"

감천홍이 허소산에게 물었다. 그러자 허소산이 뒤쪽을 보며 대답했다.

"곧 신노께서 오실 거예요."

"음, 이 소리를 듣고 걱정하지나 않을지 모르겠구나."

허산왕이 어두운 얼굴로 말했다.

"신노께는 이미 말씀드렸어요."

"그랬느냐? 잘 했다."

허산왕이 고개를 끄덕이는데 갑자기 그들의 뒤쪽에서 인기척이 느껴졌다.

"경주님!"

어둠속에서 늙은 목소리가 들려오더니 설도우가 불쑥 신형을 드러냈다.

"어서 오십시오, 어르신!"

원보가 재빨리 일어나서 설도우를 맞이했다.

"음, 싸움이 제법 크게 번졌군요."

여전히 설도우의 시선은 허소산에게로 가 있었다.

"오왕의 재물이라면 서로 목숨을 걸 만하니까요. 그 재물의 향방이 천하의 향방을 결정한다고 생각하고들 있을 겁니다. 더군다나 한밤중의 기습은 서로를 더욱 흥분시키지요."

허소산이 대답했다. 그러자 설도우가 고개를 끄덕이고는 다시 입을 열었다.

"모든 준비는 끝났습니다. 가시지요."

"그럴까요?"

허소산이 자리에서 일어났다. 그러자 원보가 아쉬운 기색으로 말했다.

"싸움의 승패를 보고 가면 좋을 터인데……."

"그건 내일 아침이면 알 수 있을 거예요."

"어떻게?"

원보가 허소산을 보며 되물었다.

"일단 바다로 나가면 배를 이쪽으로 몰아 올 테니까요."

"아, 그렇구나. 그럼 되겠군. 오히려 서둘러야겠는걸?"

그러자 설도우가 목함들을 보며 물었다.

"더 가지고 갈까요?"

"뒤쪽에 몇 개 빼 놓았어요. 귀한 것들 같아서……."

"알겠습니다. 모두 저것들을 들어라."

설도우의 명에 그를 따라온 사내들이 뒤쪽에 나와 있는 목함들을 어깨에 들쳐 멨다.

"자, 그럼 가시죠."

사내들이 목함을 모두 집어 들자 설도우가 앞서서 길을 잡기 시작했다.

아련하게 들리는 도검의 충돌음과 사람들의 비명 소리를 들으며 허소산 일행은 해안가 숲을 떠나 섬 중앙의 초지로 나왔다. 그즈음에서도 뒤쪽 해안가에서 번쩍이는 도검의 빛을 볼 수 있었다.

일행은 그곳에서 다시 방향을 틀어 섬의 북쪽으로 길을 잡았다. 그러자 잠시 후 언덕과 숲에 가려 이제 해안가의 혈전은 잊혀진 일처럼 침묵 속으로 사라졌다.

일행은 해안가를 떠나 근 두어 시진을 이동했다. 작은 섬에서의 이동치고는 무척 긴 움직임이었다. 밤은 그만큼 깊어 어둠은 극에 이르고 있었다.

"어르신!"

일행이 어둠에 동화되어 침묵 속에 길을 가던 도중 갑자기 일행 앞에 한 사내가 모습을 드러내 설도우에게 고개를 숙여 보였다. 나타난 사람은 금림삼룡 왕신이었다.

"준비는 되었는가?"

설도우가 왕신에게 물었다.

"네. 어르신! 모든 준비는 끝났습니다. 지금이라도 출발할 수 있습니다."

"그럼 바로 출발을 하지요?"

설도우가 허소산에게 물었다. 그러자 허소산이 가볍게 고개를 끄덕였다.

"그렇게 하시죠."

허소산의 허락이 떨어지자 설도우가 다시 왕신에게 명을 내렸다.

"지금 즉시 출발하세. 일단 배를 섬의 동쪽으로 몰게."

"알겠습니다."

왕신이 고개를 숙여보이고는 이내 숲속으로 사라졌다.

숲을 벗어나자 섬 쪽으로 움푹 들어온 작은 해안가에 한 척의 큼직한 배가 파도에 출렁이고 있었다. 배에서 바닷가로 이어진 사다리를 통해 몇 명의 사내들이 어둠속에서 배로 짐을 올리고 있었다.

"몇 명이 온 겁니까?"

문득 원보기 설도우에게 물었다.

"모두 스물이네."

"생각보다 많이 왔군요."

"짐이 많으니까."

"하하하, 그렇지요. 그것도 어디 보통 짐인가요."

원보가 실소를 흘렸다.

해안가의 짐은 이내 배에 모두 실렸다. 그러자 설도우가 허소산을 보며 말했다.

"배에 오르시지요."

"그러죠."

허소산이 고개를 끄덕이고는 배로 걸음을 옮겼다.

배는 어둠속에서 해안가를 출발했다. 섬 안쪽으로 밀려오는 파도를 거슬러 바다로 나가는 일이 쉬운 것은 아니었지만, 오산금림의 배를 모는 자의 솜씨가 무척 뛰어나서 섬 주위의 강한 해류도 배의 움직임을 막지는 못했다.

배는 섬으로부터 백여 장 떨어진 곳까지 나아간 후 방향을 틀어 섬의 동쪽으로 향하기 시작했다.

배가 대략 한 시진 정도 이동을 하자 섬의 동쪽 해안이 어스름하게 눈에 들어왔다. 어느새 밤이 지나가고 새벽이 다가오고 있었다. 해안가에서 번쩍이는 불꽃들도 이제는 새벽빛에 그 위력을 잃고 있었다. 들리느니 오직 단말마의 비명과 도검의 충돌음 뿐이었다.

아스라한 격전의 소리는 싸움의 치열함이 아직도 식지 않았음을 말해주고 있었다.

"얼마나 죽었을까?"

문득 허산왕이 어두운 안색으로 말했다. 험상궂은 얼굴에 평생 사냥꾼으로 살았고, 또 허소산과 헤어져서는 살수의 길을 가려고도 했었지만 허산왕은 본성이 여린 사람이었다.

"아마… 살아 있는 사람이 죽은 사람보다 적을 거요."

원보가 대답했다.

"음……. 지금쯤은 그들이 우리의 계획을 알아채지 않았을까요?"

감천홍이 입을 열었다.

"여전히 싸우는 것으로 보아서는 아직은 아닌 것 같으이⋯⋯."

"좀 더 접근을 해봅시다."

설도우가 말을 하고는 고개를 돌려 키를 잡은 사내에게 소리쳤다.

"해안가로 몰아가게."

"옛, 어르신!"

키를 쥔 사내의 대답이 있은 직후 배가 서서히 선수를 틀어 싸움이 벌어지고 있는 해안가 쪽으로 다가갔다. 그런데 배에 탄 사람들이 해안가의 싸움을 눈으로 확인할 수 있는 거리까지 도달했을 때 문득 해안가의 싸움이 거짓말처럼 멈춰졌다. 그리고 누군가의 외침이 들려왔다.

"없습니다. 그들이⋯ 그들이 사라셨습니다!"

워낙 큰 목소리인지라 배에 있던 허소산의 등의 귀에도 외침소리가 병확하게 들려왔다.

"이크, 이제야 눈치챈 모양이군."

원보가 짐짓 움찔하며 말했다. 그러는 사이 해안가에서 싸우던 자들이 며칠간 허소산 일행이 숙영하던 곳으로 달려가는 것이 보였다. 그리고 연이어 사람들의 웅성거리는 소리가 조용한 새벽 바다를 뚫고 들려왔다.

"어찌들 할까?"

원보가 호기심을 가득한 눈으로 해안을 보며 중얼거렸다.

"우릴 찾아 나서지 않겠소?"

허산왕이 대답했다. 그러자 곁에서 허소산이 고개를 저었다.

"그러지는 않을 거예요."

"무슨 말이냐?"

"그들이 욕심낼 만한 충분한 재물을 남겨 두었으니 우릴 쫓는 대신 남은 재물을 두고 다시 싸울 거예요."

"그럴까?"

허산왕이 고개를 갸웃하며 물었다.

"불확실한 재물보다야 눈앞의 재물이 훨씬 유혹적인 법이지요."

"흐흠……. 그렇긴 하다만……. 이크! 정말이구나."

허산왕이 말이 이어지는 동안 해안가에서 다시 도검의 충돌음이 들려왔다. 그리고 그 소리는 지금까지 보다 훨씬 강렬하고 치열했다. 순식간에 해안이 처절한 비명들이 가득 찼다.

"참으로 무섭게도 싸우는구나. 저러다가 정말 양쪽이 모두 전멸하고 말겠어. 쯔쯔……."

원보가 혀를 찼다. 그러자 감천홍이 입을 열었다.

"김류와 야율거공이 그렇게 어리석은 사람들은 아니죠. 양패구상까지 가지는 않을 거예요."

"하지만 승부가 나지 않는다면……."

"적당한 선에서 타협을 하겠죠. 둘 모두 이곳에서 승부를 보는 것보다는 대륙에서 천하를 놓고 겨루기를 원하겠죠."

"그럴까?"

원보가 고개를 갸웃했다. 그런데 그 순간 갑자기 해안가에서 강렬한 사자후가 터져 나왔다.

"모두 싸움을 멈추라!"

김류의 목소리였다. 순간 해안가에서 들려오던 충돌음이 씻은 듯이 사라졌다. 그리고 다시 김류의 목소리가 이어졌다.

"야율공, 잠시 이야기를 나눕시다!"

"하하하, 대야의 초대를 기다리고 있었소이다."

이제 새벽빛이 거의 어둠을 물리치고 있었다. 그 빛 속으로 야율거공의 숙영지에서 한 명의 신형이 새처럼 허공을 날아 전장의 한가운데 떨어져 내렸다. 야율거공이었다.

야율거공이 나타나자 살아남은 양측의 고수들이 일제히 뒤로 물러났다. 그러자 동쪽에서 김류 역시 신형을 날려 야율거공의 앞에 모습을 드러냈나.

"좀 더 가까이 가지요."

허소산이 설도우를 보며 말했다. 그러자 설도우가 걱정스런 표정으로 대답했다.

"저들이 가만히 있겠습니까?"

"지금으로서야 저들이 할 수 있는 일이 없지요. 이미 칠 할 이상의 전력들이 상했습니다. 저들이 우릴 공격하는 것은 그야말로 죽음을 자처하는 일이지요. 두 사람이 그걸 모를 리 있나요."

"그렇군요. 그럼 가 볼까요? 배를 해안으로!"

설도우의 말에 키를 잡고 있던 사내가 고개를 숙여보이고는 천천히 배를 해안가로 몰아갔다.

"음······!"

얼굴을 맞대고 허소산이 남겨 놓은 보물의 처리를 놓고 거래를 하려던 김류와 야율거공이 허소산이 탄 배가 가까이 다가가자 대화를 멈추고 배를 향해 시선을 돌렸다. 그리고는 배 위의 허소산을 발견한 두 사람이 거의 동시에 침음성을 흘렸다.

"하하하, 두 분 편히 주무셨소이까?"

두 사람이 자신을 발견하자 허소산이 호탕한 웃음을 흘리며 안부를 물었다. 그러자 야율거공의 얼굴이 붉게 변하며 이내 노성을 흘려냈다.

"이 모든 것이 그대의 짓인가?"

"그게 무슨 소리요?"

"우리 양쪽을 이간하여 싸움을 붙인 것이 결국 그대의 농간이었냐고 묻고 있는 것이다."

"저런저런, 무슨 그런 오해를 하시오. 내가 뭘 어쨌다고······?"

허소산이 어리둥절한 표정을 지으며 물었다.

"뒤로 재물을 빼돌리고 은밀하게 배를 준비한 것이 아무것도 아니란 말인가?"

야율거공이 차갑게 물었다. 그러자 허소산이 혀를 차며 말했다.

"쯔쯔……. 야율공께서는 왜 그렇게 어리석은 말을 하시오? 도대체 내가 무슨 재물을 빼돌렸다는 것이오. 이 재물들은 본래부터 나의 것이었소. 그 재물을 어찌 처리할지는 오직 나만의 결정할 문제란 말이오. 그리고 내가 만약을 대비해 배를 준비한 것은 당연한 일이었소. 금천장 역시 나 모르게 후군을 데려왔고… 야율공, 당신은 아예 이 섬에 초대받지도 않은 사람 아니오? 도대체 누가 누구를 탓하는 것이오?"

허소산의 반박에 야율거공이 대답을 하지 못하고는 더욱 얼굴을 붉혔다. 그러자 이번에는 김류가 입을 열었다.

"파 대협, 그대의 생각을 알고 싶구려. 왜 이곳을 떠나 다른 길을 택한 것이오?"

"음, 그야 저로서는 당연한 선택이었지요. 지난밤 보아하니 양쪽 모두 내가 찾은 재물을 반드시 차지하겠다는 의욕이 강하더군요. 만약 내가 몸을 피하지 않으면 둘 중 누가 승리를 해도 분명 나조차 베어버릴 것 같더란 말이외다. 그런데 나와 내 일행들은 비록 천하무적의 무공… 음… 뭐 천하무적은 아니지만, 어쨌든 우리가 아무리 대단한 무공을 지니고 있다고 하더라도 노야나 영락대인의 세력을 감당하기는 어렵겠더군요. 해서… 우리도 살길을 찾을 수밖에 없었습니다."

허소산의 말에 김류가 고개를 끄덕였다.

"이해는 가네. 그대가 충분히 위협을 느낄 만한 상황이지. 그런데 내가 이해가지 않는 것이 하나 있네."

"말해보시지요."

허소산이 고개를 끄덕였다.

"도대체 왜 재물들을 모두 가져가지 않고 저렇게 많이 남겨둔 것인가? 보아하니 절반은 남겨둔 것 같은데……."

"두 가지 이유가 있지요."

"듣고 싶군."

"한 가지 이유는 금천장에 대한 의리 때문입니다. 물론 금천장이 나와의 신뢰를 깨뜨리기는 했으나 그래도 오늘날 내가 오왕의 재물을 찾은 데에는 금천장의 도움이 컸지요. 그래서 그 몫으로 재물을 남겨둔 겁니다."

"두 번째 이유는 뭔가?"

"두 번째 이유는 보다시피 제가 준비한 배가 이렇게 작기 때문입니다. 그 재물을 모두 싣고 가다가는 바다에 가라앉겠지요. 그러니 어쩌겠습니까? 남겨둘 밖에……."

"후후. 그렇군. 그럼… 남아 있는 재물은 우리 금천장의 것이군."

"저야 그런 의도로 남겨둔 것이지만 여전히 영락대인께선 그 재물을 자신의 것이라 우기실 테니 주인이 누군지는 서로 이야기를 나눠 보십시오. 이제 전 남겨둔 재물에 대한 관심은 없습니다."

"하면 그냥 떠나지, 왜 이리로 온 것인가?"

김류가 허소산의 내심을 읽기라도 하려는 듯 날카로운 눈으로 허소산을 보며 물었다.

"그래도 한 동안 인연을 맺었던 사이인데 매정하게 떠날 수가 있어야지요. 그래서 작별의 인사나 남기려고 잠시 들렀습니다. 두 분, 그럼 수고하십시오. 이 몸은 이만 떠나겠습니다. 남아 있는 보물의 주인이 누가 될 지 궁금하기는 한데……. 뭐, 멀리서 구경은 좀 하지요. 부디 두 분 모두에게 행운이 깃들기를 바랍니다."

"후후후, 우릴 바보로 아는군."

야율거공이 허소산을 노려보며 말했다.

"그게 무슨 말이시오? 천하에서 가장 뛰어난 두 분을 바보로 알다니. 무슨 소린지 모르겠구려."

"그대가 재물을 남긴 것은 우리를 이간시키려는 의도가 아닌가?"

야율거공이 차갑게 물었다. 그러자 허소산이 눈살을 찌푸리며 말했다.

"내가 굳이 두 분을 이간시킬 이유가 뭐가 있소? 내가 아니더라도 서로 싸울 수밖에 없는 인연들이구먼. 두 분 모두 강호무림을 손에 넣고 싶어 하는 것 아니오?"

"지난밤의 화살 공격 그대의 짓이 아닌가?"

"젠장, 그런 얄팍한 수는 당신이나 하는 짓이지!"

허소산이 차갑게 응대했다. 그리고는 더 이상 말을 섞기 싫다는 듯 고개를 돌려 설도우를 보며 말했다.

"그만 가지요."

"알겠습니다."

설도우가 정중하게 고개를 숙여보이고는 키를 잡고 있는 사내에게 소리쳤다.

"배를 바다로 몰게."

"옛, 어르신!"

키를 잡은 사내의 대답이 흘러나온 직후 배가 다시 바다로 밀려가가 시작했다. 그러자 김류가 급히 물었다.

"어디로 갈 텐가?"

"어디로 가겠습니까? 항주로 가야지."

"항주? 그럼 다시 볼 수 있겠군."

김류의 말에 허소산이 빙그레 미소를 지으며 대답했다.

"물론 그렇긴 하지만 아마 다시 보기가 그리 쉽지 않을 겁니다. 전 한 번 속지, 두 번은 속지 않지요. 하하하! 하지만 항주에는 수백 개의 주루가 있으니 어느 주루에서든 한 번은 마주치겠지요. 이 많은 재물로 술을 마시려면 몇 십 년, 아니 몇 백 년은 걸릴 테니 말입니다. 하하하!"

호소산의 호탕한 웃음이 터져 나오는 사이 배는 이제 서로 대화를 나눌 수 없을 만큼의 거리로 멀어졌다. 그러자 김류가 야율거공을 보며 말했다.

"그의 말대로 남아 있는 재물은 우리 금천장의 것이다. 그대는 과욕을 부리지 말고 그만 물러나라."

"후후, 그럴 수는 없소이다. 수많은 수하를 희생시키고 아무것도 얻어가지 못한다면 천하의 강호인들이 나 야율거공을 비웃을 거요."

"아무리 야문의 고수들을 동원했다해도 이 싸움에서 그대가 승리를 할 수는 없다."

"그렇다고 대야께서 승리할 수도 없지 않소?"

야율거공이 지지 않고 응대했다. 그러자 김류가 차가운 안광을 흘려내며 소리쳤다.

"정녕 둘 중 하나가 죽어야 승부를 끝내겠다는 말인가?"

"두려우면 물러나면 그뿐 아니오?"

"누가 너 따위 애송이를 두려워하랴! 좋아. 승부를 보자. 어차피 천하를 두고 다툴 야문이라면 이곳에서 그 싹을 자르는 것도 나쁘지 않으리……."

"하하하! 과연 금문에 그럴 능력이 있는지 모르겠소."

"후회하게 될 것이다."

"노야야말로!"

순간 김류의 손에 들린 검이 번쩍였다.

팟!

한줄기 검기가 야율거공의 목을 훑고 지나갔다.

"홍!"

야율거공의 입에서 차가운 비웃음이 흘러나왔다. 그의 고개가 직각으로 꺾이며 천명검이 김류의 허리를 베어갔다.

"음!"

김류가 야율거공의 목을 노리던 초식을 이어가지 못하고 훌쩍 뒤로 물러났다. 그렇게 다시 두 사람의 대결이 시작됐다.

"어리석은 자들 같으니라구."

원보가 새벽부터 다시 싸움을 벌이는 김류와 야율거공을 보며 혀를 찼다.

"그들이 어리석은 게 아니지요. 사람은 본래 욕망 덩어리인 거지요. 사실 강호에서 저들만큼 똑똑한 자들도 드물 겁니다."

감천홍이 대답했다.

"그런 건가? 결국 사람의 욕심이란 타고난 총명함도 덮는 것인가?"

"권력이나 재물의 그늘에 들어가면 대부분의 사람은 한 치 앞도 보지 못하는 어린 아이가 되지요."

"흐흐흐, 옳은 말이야. 그래서 세상이 어지러운 게지. 그런데 이제 가는 거냐?"

원보가 허소산에게 물었다. 그러자 허소산이 고개를 저으며 대답했다.

"붙여 놓은 싸움의 끝은 보고 가야지요."

광풍 같은 김류와 야율거공의 싸움은 거의 반 시진을 이어 갔다. 싸움의 양상은 어제와 비슷해서 김류의 뛰어난 무공을 야율거공이 천명검과 대하검법을 이용해 상대하는 형국이었다.

두 사람의 발자국이 다시 해안가를 뒤덮었다. 간밤의 혈전으로 피가 스며든 해안가 모래사장은 다시 두 사람의 움직임으로 난장판으로 변해갔다. 그러는 사이 이번에는 그들 주위에서 살아남은 금천장과 야율거공의 수하들이 주인들을 따라 싸움을 이어가고 있었다.

그러나 지난밤과 달리 죽는 사람은 그리 많지 않았다. 지금까지 살아남은 사람들은 모두 뛰어난 고수들이라 자신의 목숨 챙기는 데에는 큰 걱정이 없는 사람들인 듯 보였다. 이러다가는 싸움이 몇날 며칠을 이어갈지 모르는 상황, 그런데 그때 변수가 생겼다.

뿌우우!

갑자기 바다 쪽에서 높고 긴 뿔피리 소리가 들려왔다.

"저것은……?"

원보가 고개를 돌리며 눈을 가늘게 떴다. 잠시 후 소리의 주인공들이 눈앞에 다가왔다. 높게 세워진 돛대 위에 펄럭이는 깃발에는 검은 매가 수놓아져있다.

"해천방이군요."

감천홍이 말했다.

"음……. 이래서는 아무래도 금천장이 불리하겠는걸."

원보가 중얼거렸다. 아마도 야율거공은 섬 외해에 또 다른 해천방의 배들을 대기시켜 놓고 있었던 모양이었다. 야율거공이 수하들을 수없이 희생시키면서도 해안가에서 물러나지 않은 이유가 밝혀지는 순간이었다.

해천방의 배들은 허소산이 타고 있는 배에는 눈길도 주지 않고 곧바로 해안가를 향해 질주했다. 남해를 주름잡고 있는 해천방의 배들답게 세 척의 배는 순식간에 해안가에 당도했다.

그러자 해안가의 상황이 크게 변하기 시작했다. 하늘이 무너져도 눈 깜짝할 것 같지 않던 김류의 얼굴에 당황한 빛이 어리기 시작했다. 그리고 그의 판단은 빠르고 정확했다.

카릉!

한순간 김류가 지금까지의 그 어떤 초식보다도 강력한 초식으로 야율거공을 몰아붙였다. 그러자 야율거공이 천명검을 앞에 들어 김류의 검을 막아내며 뒤쪽으로 십여 장 물러났다.

"오늘의 승부는… 그대가 이긴 것으로 하지."

김류가 차갑게 말했다.

"이대로 가시려고?"

"다음번에는 반드시 이 빚을 갚아주마!"

"난 오늘 대야를 보내드릴 생각이 없소이다만……."

"그럼 목숨을 걸어야겠지. 금천장의 모든 식솔을 죽이고 오왕의 재물을 차지한다고 해도 그대의 목숨을 지키는 것은 어려울 거다. 내 자신의 목숨을 내놓는다면 말이야. 그리하겠나?"

김류가 치열한 눈빛으로 야율거공을 노려보며 물었다. 그러자 야율거공의 얼굴에 갈등의 빛이 서렸다. 김류와 같은 고수가 죽음을 무릅쓰면 어떤 일이 벌어지는지 그 또한 잘 알고 있었던 것이다. 과연 오늘 이 자리에서 무리를 해서라도 김류의 목을 벨 것인가? 아니면 일신의 안위를 살피며 오왕의 보물을 차지하는 것으로 만족할 것인가를 결정해야하는 야율거공이었다. 야율거공의 고민은 오래가지 않았다.

"배웅치 않겠소이다."

야율거공의 가볍게 포권을 해보였다.

"잘 생각했네. 다시 볼 날이 있을 거야."

"그때는 이렇게 쉽게 보내드리지 않을 거요."

"그땐… 자네 목숨이 사라질 걸세."

김류가 차갑게 말을 내뱉고는 미련 없이 신형을 돌렸다. 그리고는 서릿발 같은 음성으로 살아남은 금천장 고수들에게 명을 내렸다.

"철수한다. 배에 올라라!"

"끝났군. 결국 야율거공 그 영악한 자가 이겼어."

원보가 조금 아쉬운 듯한 표정으로 말했다. 금천장 고수들이 서둘러 배에 오르는 모습을 보고 난 후의 일이었다. 더군다나 그들은 자신들이 며칠 동안 지냈던 숙영지도 그대로 둔 채였다. 그야말로 일패도지의 형국이었다.

"우리로서는 나쁘지 않은 결과지요."

허소산이 대답했다.

"나쁘지 않다고?"

"애초에 만재방이 만보대전을 금천장의 방해 없이 열 시간을 만들기 위함이었잖아요. 더군다나 금천장의 세력도 많은 손실을 입었고, 특히 오릉의 재물 중 일부도 건지지 못했으니 금천장으로서는 무척 큰 실패지요."

"그렇긴 하다만… 독기가 더 오르지 않을까?"

"일단 만재방이 만보대전을 성공적으로 치러냈다면 항주의 상권은 순식간에 변할 거예요. 방주께서 만보대전을 여시는 동시에 항주에 들어와 있는 무림각파와도 인연을 맺을 거라 했거든요. 특히 관의 고관들에게 신경을 쓰신다고 했으니 일순간에 누구도 쉽게 침범할 수 없는 성세를 이룰 겁니다."

"역시 타고난 상인이야. 어떻게 모든 것을 일순간에 변화시킬 수 있는 그런 계획을 세울 수 있는 걸까?"

"본시 전 방주께서는 평범했던 만재방을 홀로 천하의 거상으로 만들어 오신 분이 아닙니까?"

허산왕이 말을 거들고 나섰다.

"그렇긴 하지만 나와 같은 사람은 생각할 수 없는 대담한 계획을 세우니 말이오. 배포도 대단하고. 그나저나 우리도 가야지?"

해안가에서 서서히 밀려나오고 있는 금천장의 배를 보며 원보가 급히 말했다.

"그래야죠. 그만 떠나지요."

허소산이 조금 떨어져 있던 설도우에게 말을 건넸다. 그러자 설도우가 고개를 끄덕이고는 고개를 돌려 소리쳤다.

"출항한다!"

섬을 떠난 배는 순풍을 타고 미끄러지듯 군도들 사이를 비집고 나갔다. 허소산이 탄 배 뒤쪽으로 한 척의 금천장 배가 따르고 있었는데 그들이 몰고 온 세 척의 배 중 두 척은 섬에 그대로 놓아두고 온 듯싶었다. 아마도 손가지도에서의 손실이 워낙 커서 나머지 두 배를 몰고 바다로 나올 사람이 없는 모양이었다.

그런 면에서 보자면 금천장이 이번 출항에서 입은 손실이란 결코 적은 것이 아니었다. 재물을 얻는 것에 실패한 것은 그렇다 쳐도 수십 명의 인명 손실과 두 척의 배를 잃은 것은 아무리 대부호 금천장이라 해도 속이 쓰릴 수밖에 없는 손실이었다.

그런데 그렇게 섬을 떠난 지 채 반나절이 되지 않아 김류와 금천장에게 다시 위협이 찾아들었다.

뿌우우!

귀에 익은 뿔나팔 소리가 바다를 건너왔다. 그리고 어느새 나타났는지 여섯 척의 배가 호천대야 김류가 타고 있는 배를 추격하기 시작했다.

"역시 영악한 자야. 절대 후환을 남기지 않겠다는 의도군."

추격에 나선 해천방의 배들을 보며 원보가 혀를 찼다.

"섬에서 싸우다가는 자신이 다칠 위험이 있다고 생각했던 모양이군요. 더군다나 일단 남아 있는 재물을 손쉽게 확보할 생각도 했겠지요. 역시… 심기가 깊은 자예요."

허소산도 밀려오는 해천방의 배들을 보며 근심 어린 표정으로 말했다.

"놈들이… 우리도 공격할까?"

허산왕이 걱정스런 표정으로 물었다.

"모르겠어요. 하지만… 일단은 속도를 내야겠지요. 그리고 만약을 위해 준비를 좀 해둬야겠어요."

허소산이 설도우를 바라봤다. 그러자 설도우가 대답했다.

"이 배는 난공불락입니다. 애초에 경주님의 명을 받은 후 일당백으로 적을 맞을 수 있도록 준비를 했습니다."

"물건은 준비되었습니까?"

허소산이 물었다. 그러자 설도우가 미소를 지으며 대답했다.

"충분히 준비했습니다. 혹여라도 저들이 가까이 다가선다면… 지옥을 경험하게 되겠지요."

설도우의 말에 허소산이 손을 들어 바람의 방향을 살폈다.

"북풍이라 아쉽군요."

"가까이 붙으면 배를 돌려 서로의 위치를 바꾸겠습니다."

"미리 준비를 해주세요. 그게 가장 중요하니까."

"알겠습니다. 경주!"

설도우가 대답을 하고는 서둘러 배를 몰고 있는 사내에게로 다가갔다.

"서랏!"

두 척의 배가 빠르게 허소산이 타고 있는 배를 향해 다가왔다. 배 위에서 두터운 수염을 기른 자가 커다란 도를 휘두르며 소리쳤다.

"망할 놈들, 해적질을 해먹던 놈들이라더니 정말인 모양이군."

본시 해천방은 남해에서 악명을 떨치던 해적의 무리에서 출발했다는 것이 정설이었다. 그러던 것이 세가 커지면서 강호에서 사단을 일으켜 쫓기던 고수들이 하나둘 스며들었고, 해천방은 그런 자들을 받아들여 오늘날의 거대한 세력으로 성장했던 것이다. 그래서 그들이 비록 지금은 제법 당당하게 무림 문파의 이름을 내걸고 있지만 그 내면에는 예전 해적 시절의 왈패기질이 여전히 남아 있었다.

"서지 않으면 배를 수장시키겠다!"

다시 수염 기른 자의 호통이 들려왔다. 야율거공이 보이지 않는 것을 보아서 그는 김류를 상대하기 위해 뒤에 남은 듯 보였다.

두 척의 배가 바람처럼 다가와 이십여 장 안쪽으로 거리가 좁혀지자 문득 허소산이 탄 배가 선수를 돌리기 시작했다. 그건 마치 직선으로 쫓겨서는 추격하는 배를 따돌릴 수 없기에 방향을 틀어 측면으로 도주하는 것처럼 비춰졌다.

허소산이 탄 배가 빙그르 방향을 회전해 둥글게 원을 그리며 도주했다. 해천방의 추격선들도 도주하는 배가 만들어 놓은 포말을 따라 크게 원을 그리며 바다 위를 회전하기 시작했다.

그런데 먼저 방향을 틀어 추격하던 자들의 남쪽으로 이동해 자리를 잡은 오산금림의 배가 더 이상 도주할 생각이 없는지 그 자리에서 멈췄다. 그러자 추격하던 배들도 방향을 튼 이후 급히 속도를 줄이며 바다 위에 멈춰 섰다.

"하하하, 그 배에 현명한 자가 타고 있는 모양이구나. 목숨을 구할 방도를 알고 있으니."

수염 기른 자가 호탕한 웃음과 함께 소리쳤다. 그러자 허소산이 불쑥 앞으로 나서며 소리쳤다.

"그대는 누구인가?"

"나? 난 해천방 십이해신 중 오인발이라고 한다. 항복하는 자에게는 살 길을 열어줄 테니 이제 그만 배에 실은 재물을 내놓거라."

"오인발이라……. 그대에게 날 추격하라도 명한 자가 누구인가?"

"그야 당연히 대인이시다."

"대인? 영락대인 말이냐?"

"어허, 어린놈이 말이 거칠구나."

오인발의 호통에 허소산이 고개를 갸웃하며 잠시 침묵을 지켰다.

"자자, 어서 재물을 건네거라. 목숨은 살려주마!"

오인발이 다시 협박을 해댔다. 그러자 허소산이 되물었다.

"그가 날 추격하면서 당부한 말이 없더냐?"

"대인께서 절대 너희들과 근접선을 하여 싸우지 말라시는 당부를 하시긴 했지. 대인께선 너희들의 무공을 제법 높게 평가하시더구나. 그러나 너희들이 아무리 뛰어나도 이 바다에선 나 오인발을 상대할 수 없다. 수장되고 싶지 않다면 어서 재물을 넘기라!"

"후후후, 영락대인 그자가 널 몹시 미워하는가 보군."

"그게 무슨 엉뚱한 소리냐? 간교를 부릴 생각은 말아라. 이 오인발이 그리 호락호락한 사람이 아니다."

"후후후, 술책은 야율거공 그자나 부리는 것이고…… 난 그대에게 경고를 하는 것이야."

"경고?"

"그렇다. 야율거공 그자를 조심해. 언제든 그대를 사지로 보낼 수 있는 간악한 자이니……"

"이놈이 보물을 내놓기 싫으니 별 소리를 다하는구나. 안 되겠다. 따끔한 맛을 보여줘야지. 모두 공격준비를 하라!"

오인발의 명이 떨어지자 해천방의 고수들이 활과 배에서 쓰는 투석기 등을 준비하기 시작했다. 흔들리는 배 위에서 능숙하게 움직이는 모습으로 보아 과연 해전에 관해서는 노련한 자들이 분명했다. 그 모습을 보고 있던 허소산이 다시 소리쳤다.

"오인발 그대는 야율거공에게 속았다."

"네놈의 헛소리를 더 이상 들어주지 않겠다."

"야율거공은 널 사지로 보낸 것이다. 감히 이 파금검을 막으라고 하다니. 강호에서 나 파금검의 앞을 막은 자들이 모조리 죽음을 면치 못했다는 사실을 알고 있느냐?"

"흥, 파가 애송이가 강호에서 제법 유명하다는 소리는 들었다. 그러나 여긴 땅이 아니라 바다니라. 바로 내 안방이지! 공격해!"

오인발이 차갑게 명을 내렸다. 그러자 두 척의 해천방 배에서 활과 돌덩어리들이 오산금림의 배로 날아오기 시작했다.

퍼퍼퍽!

화살들이 무서운 속도로 날아와 배에 꽂혔다. 그러나 투석기로 쏘아 보낸 돌들은 그 무게를 이기지 못하고 배 바로 앞에서 바다에 떨어져 내렸다. 배에서 쓰는 투석기는 육지의 공성전에서 쓰는 투석기에 비해 그 크기가 작았으므로 적을 공격할 수 있는 거리가 훨씬 짧았다.

차창!

배 안 이곳저곳에서 화살을 쳐내는 소리가 들렸다.

파팟!

허소산도 한 손으로 재빨리 두 개의 화살을 낚아챘다. 그리고는 노한 음성으로 오인발을 보며 소리쳤다.

"좋다. 네가 죽기를 원했으니 죽여주마. 죽을 때가 되어서야 네놈은 야율거공이 널 죽음의 함정에 밀어 넣은 것을 알게 되리라."

허소산이 호통을 치고는 고개를 돌려 설도우를 바라봤다. 그러자 설도우가 재빨리 다섯 개의 호리병을 가지고 허소산에게로 다가왔다.

"무슨 독이죠?"

허소산이 물었다.

"신황림의 독지에서 채취한 목독(木毒)입니다."

"치명적인가요?"

"운이 나쁜 자들은 죽을 것입니다. 물론… 바람이 불고 있으니 운 좋은 자는 살겠지만……."

설도우가 대답했다.

"내키지는 않지만 저들에게 우릴 추격하는 것이 얼마나 위험한 일인지 알려줘야 할 필요가 있어요. 이 남해는 해천방의 영역이니 그들이 마음먹고 추격하면 벗어나기기 쉽지 않을 겁니다. 우리에게 비장의 수가 있다는 걸 알아야 추격을 멈추겠지요."

"그럼 살포할까요?"

"그러죠."

허소산이 고개를 끄덕이고는 다섯 개의 호리병 중 하나를 들어 지체없이 오인발이 타고 있는 배를 향해 던졌다. 그러자 설도우 역시 호리병을 들어 해천방의 배로 던지기 시작했다.

호리병들은 허소산의 공력에 실려 수십 장을 날아가 정확하게 오인발이 타고 있는 배에 떨어졌다. 호리병이 해천방의 배에 떨어지자 병이 깨지면서 검은색 연무가 솟구쳐 오르기 시작했다. 그리고 잠시 후 해천방의 배에서 다급한 목소리들이 터져 나왔다.

"독, 독이다! 커억!"

"으으… 독이야! 독……."

다섯 개의 호리병이 일으킨 흑색 연무가 남쪽에서 부는 바람을 타고 두 척의 해천방 배를 뒤덮었다. 배에 타고 있던 해천방 무사들이 속속 갑판에 쓰러졌다.

"이… 놈들!"

오인발이 배를 휘감는 독무를 피해 몸을 움직이며 허소산이 탄 배를 향해 노성을 발했다. 그러자 문득 허산왕이 곁에 있던 활을 집어 들었다.

"다른 놈을 몰라도 저 놈은 제대로 버릇을 고쳐줘야겠다."

허산왕이 한 대의 활을 시위에 걸었다. 그리고는 일행을 노려보고 있는 오인발을 향해 망설이지 않고 화살을 날렸다.

핑!

경쾌한 파공음을 일으키며 시위를 떠난 화살이 허공을 갈랐다.

"흥!"

오인발의 입에서 한마디 비웃음이 흘러나왔다. 동시에 도를 비틀어 날아오는 화살을 막아냈다.

"이놈… 헉!"

화살을 막아낸 오인발이 다시 허소산 일행을 향해 욕설을 퍼부으려는 순간 갑자기 그의 동공이 커졌다.

쐐애액!

그의 머리 위로 어느새 세 대의 화살이 내리꽂히고 있었다. 한 대의 화살을 막아내며 방심했던 틈을 타 허산왕이 연이어 날린 세 대의 화살을 보지 못했던 것이다. 물론 허산왕의 귀신 같은 궁술 때문이기도 했지만.

차창!

퍽!

"욱!"

가까스로 두 대의 화살을 쳐낸 오인발이었지만 그중 하나의 화살이 어깨를 파고드는 것까지 막을 수는 없었다.

"이이……."

오인발이 어깨를 꿰뚫은 화살을 보며 분노로 이를 갈았다. 그런 그의 귀에 허소산의 목소리가 들려왔다.

"네놈의 목을 취하는 것은 어렵지 않아. 마치 주머니 속의 물건을 꺼내는 것처럼 쉬운 일이지. 하지만 네놈 역시 야율거공 그자에게 속아 죽을 길을 찾아든 것이니 불쌍하구나. 내 네놈의 처지를 불쌍히 여겨 목숨을 붙여둘 테니, 서둘러 배를 돌리거라. 급히 해약을 처방하면 수하들의 목숨은 건질 수 있을 것이다. 고집을 부려 우릴 따라온다면 그땐… 네놈들 모두를 수장시켜 줄 것이다."

픽!

허소산의 말이 끝나는 순간 다시 한 대의 화살의 오인발의 귀밑을 스치고 지나가 갑판에 꽂혔다. 순간 오인발이 부르르 몸을 떨었다. 자신을 죽이려 했다면 화살은 그의 목을 꿰뚫었을 터였다.

"다시 보자!"

죽음의 위기에서 벗어난 오인발의 귀에 다시 허소산의 목소리가 들려왔다. 오인발이 재빨리 갑판에 몸을 숨긴 채 허소산이 탄 배를 바라봤다. 그러자 어느새 허소산이 탄 배는 해천방의 배를 지나쳐 대해로 나아가고 있었다.

"모두 추격… 으음!"

오인발이 자신도 모르게 추격의 명을 내리다 말고 입을 닫았다. 그를 따르던 수하들은 이미 독에 중독되어 그의 명을 따를 처지가 아니었던 것이다.

第六章
구룡문

"그래도 조금 아깝기는 하군."

더 이상 해천방의 추격이 없는 것을 확인한 후 원부가 아쉬운 표정으로 말했다.

"뭐가 말이우?"

허산왕이 물었다.

"놈들에게 주고 온 그 재물들 말이오."

"어차피 다 가지고 올 수도 없었던 것 아니오?"

"하지만 그 주인이 야율거공 그자가 되었다는 것이 마음에 걸리오. 그자가 오릉에서 한 짓을 생각하면……."

"우리로서야 금천장이 재물의 주인이 되는 것보다는 낫지 않겠소? 금천장의 손에 그 재물들이 들어가면 만재방은 그들을 상대로 더욱 어려운 싸움을 해야 했을 테니……. 그리고 사실 야율거공이 하고자 하는 일은 해동과는 별 관련이 없을 수도 있고 말이오."

"당장을 보면 그렇지만 멀리 보면 그렇지도 않소이다. 만약 야율거공이 중원무림을 차지하게 되면 야율씨가 천하를 장악할 가능성이 크오. 그러면 구주에서 대패한 이후 약화된 대요가 다시 세력을 확장해 해동을 욕심낼 수도 있을 것이오."

"그게 그렇게 되는 것이오?"

허산왕이 그제야 걱정스런 표정으로 말했다. 그런데 그때 문득 바다 저쪽에서 다섯 척의 배가 모습을 드러냈다.

"저건 또 뭘까요?"

배들을 먼저 발견한 감천홍이 경계심을 드러냈다.

"음……. 어디서 오는 배들일까?"

원보 역시 걱정이 앞서는지 눈을 가늘게 뜨고 수평선에 나타난 배들을 바라봤다.

"모두 경계를 단단히 하라."

설도우 역시 배들을 발견했는지 오산금림의 고수들에게 주의를 줬다. 그러는 사이 수평선에 나타난 배들이 미끄러지듯 바다를 달려 어느새 수십 장 앞으로 다가왔다.

"구룡문이군."

원보가 놀란 표정으로 말했다. 일행 앞에 나타난 배들은 그 돛대 위에 푸른색 천에 아홉 마리의 용이 새겨진 깃발을 세우고 있었다. 강호에서 이런 깃발을 달고 바다를 누빌 곳은 오직 하나, 서해의 주인 구룡문밖에 없었다.

"구룡문이 이 먼 곳까지는 무슨 일일까요? 본시 남해에는 배들을 보내지 않는 것으로 알고 있는데……?"

감천홍이 여전히 걱정스런 표정으로 말했다. 그러는 사이 이제 양측의 배가 서로 대화를 나눌 수 있을 만큼 가까워졌다.

"잠깐 말 좀 묻겠소이다."

문득 구룡문의 배 위에서 청수한 노인 한 명이 허소산이 탄 배를 향해 소리쳤다. 그러자 설도우가 앞으로 나서며 대답했다.

"혹 구룡문의 영웅들이시오?"

"그렇소이다. 난 구룡문의 후백이라 하오. 노사의 존성대명은 어찌 되시는지……?"

"반갑소이다. 난 오산금림의 설도우라 하오."

"아! 금림삼왕 설 노사셨군요. 후배 인사드립니다."

구룡문의 후백이란 자 역시 지긋한 나이였지만 백여 세에 가까운 설도우에 비할 수는 없었다.

"구룡문에 일곱 분의 영웅이 계셔, 구룡칠웅이라 일컬어짐을 잘 알고 있소이다. 후 노사께선 특히 그중에서도 가장 뛰어난 분으로 알고 있소. 이렇게 만나게 되어 반갑소이다."

"하하하, 저와 같이 미천한 바닷사람을 금림삼왕께서 알아봐 주시니 고맙습니다."

"그런데 구룡문이 이 남해에는 어쩐 일이시오?"

설도우가 묻자 후백이 정색을 하며 되물었다.

"혹 근방에서 해천방의 배를 보지 못하셨습니까?"

"해천방이라 하셨소?"

"그렇습니다. 보셨습니까?"

후백이 재차 묻자 설도우가 슬쩍 시선을 허소산에게 돌렸다. 그러자 허소산이 가볍게 고개를 끄덕였다. 허소산의 허락이 있지 설도우가 다시 후백에게 말을 건넸다.

"어디 보기만 했겠소이까?"

"무슨 일이 있으셨군요."

후백이 긴장하며 물었다.

"그렇소이다. 지금 그들과 일합을 겨루고 오는 길이오."

"아니 어쩌다가 해천방과……?"

후백이 강렬한 호기심을 드러냈다.

"그럴 일이 좀 있었소."

"하면 싸움의 승패는 어찌 되었습니까?"

"글쎄올시다. 그들은 뒤에 남고 우리는 이렇게 앞에 나와 있으니… 뭐, 우리가 조금 득을 봤다고 할 수 있을 거요."

"그러면 그들은……?"

"지금 뒤에서 또 다른 싸움을 하고 있다오."

그러자 후백의 눈빛이 번쩍였다.

"또 다른 싸움이라고 하셨습니까?"

"그렇소이다. 지금 그들은 금천장의 고수들과 일전을 벌이고 있을 거요. 물론 금천장이 무척 위험한 상태이겠지만……."

"금천장! 그들이 항주를 떠나 어디론가 향했다는 소문은 들었습니다만 이곳에 있을 줄은 몰랐군요."

"그런데 나도 하나 물읍시다. 도대체 구룡문은 이곳에 이쩐일이오?"

"음……. 사실 최근 들어 우리 구룡문과 해천방의 관계가 썩좋지 않습니다. 아니, 좋지 않은 정도가 아니지요. 해천방이근자에 공공연히 북상하여 구룡문의 영역을 침범하고 있지요. 해서 우리 구룡문도 해천방의 도발을 더 이상 묵과할 수 없어반격을 가하기로 했습니다. 그런데 본 문의 세작들이 해천방의 배들 수척이 이쪽 군도로 향했다는 소식을 전해와 그들에게 본보기를 보여주기 위해 이렇게 달려왔습니다."

"음……. 위험한 행보를 하셨구려."

"이번에 출정한 본 문의 배는 빠르기로는 천하에서 따를 배가 없습니다. 아무리 이곳이 해천방의 수역이라도 충분히 그들을 상대할 수 있지요. 전장이 남쪽입니까?"

후백은 이미 전의를 불타고 있었다.

"그렇소이다. 하지만 내 생각에는 이 싸움에는 관여치 않는것이 좋을 것 같소."

"다른 이유가 있으신지요?"

"지금 해천방과 금천장의 싸움에는 두 명의 절대고수가 포함되어 있소. 금천장에는 호천대야 김류라는 사람이, 해천방에는 영락대인 야율거공이란 자가 우두머리 노릇을 하고 있소. 그 둘에 대해 알고 계시오?"

"아, 호천대야 김류… 거기에 영락대인이라……. 그 두 사람이 그곳에 있단 말인가요?"

후백이 놀란 표정으로 물었다.

"그렇소. 그들을 알고 계시구려."

"음……. 사실 호천대야 김류와 본 문은 약간의 왕래가 있었
지요. 영락대인이야 지난번 오릉혈사로 천하에 이름이 널리
알려진 자이고……."

후백의 말에 이번에는 허소산 일행의 눈빛이 번쩍였다.

"지금 김류 왕래가 있다고 하셨소이까?"

설도우가 급히 물었다.

"그렇습니다. 그자는… 우리 구룡문에 무척 관심이 많지요.
자신과 손을 잡자고 지금도 여전히 사람을 보내고 있습니다."

"그렇구려. 그자는 어떤 자요?"

"사실 우리도 최근 들어서야 그에 대해 알게 되었습니다. 처
음에는 그저 금천장의 숨은 주인정도로 생각했지요. 그래서
서해의 상로를 확보하기 위해 구룡문에 손을 내민 것이라고
여겼습니다. 그런데… 알고 보니 그자의 흉중에는 보통 큰 야
망이 들어 있는 것이 아니더군요."

"음……. 그자의 야망이 대단한 것은 우리도 알고 있소."

"그자가 천년사직의 신라황족임은 알고 계십니까?"

"아! 역시 그랬구려. 아무래도 가능성이 있다고 생각하고 있
었소."

"그는… 아마도 무너진 계림의 황국을 다시 세우고 싶은 모
양이더군요. 그러자면 우리 구룡문의 힘이 절실히 필요하지

요. 중원에서 힘을 길러 해동을 도모하려면 아무래도 서해를 장악해야 하니 말입니다."

"해서 구룡문의 대답은 무엇이었소?"

설도우의 질문에 후백이 고개를 저으며 대답했다.

"우리 구룡문이 비록 서해를 장악하고 있다고는 해도 천하 왕조의 변천에 관여할 만큼 대단한 곳은 아니지요. 구룡문은 무림 이외의 일에 관여할 생각이 없습니다."

"하하하, 역시 현명한 판단이오. 유구한 역사의 무림문파 중 천하의 왕조사에 깊이 관여한 문파가 없다는 것은 무림 문파 가 취해야 할 바를 말해주는 것이나 다름없다고 할 수 있소이 다. 구룡문주께서 현명하기가 제갈량 같다더니 그 소문이 사 실이구려."

"그리 말씀해주시니 감사합니다. 그러나 오산금림이 은자 의 위치를 지키는 것에 비하면 구룡문은 지나치게 세속적이지 요."

"하하하, 바다에서 이런 인연을 만나는 것도 쉽지 않은데 뜻 이 통하니 더욱 반갑소이다. 그래, 여전히 해천방의 문도들을 만나보실 생각이시오?"

"흠……. 그 일이 금천장을 돕는 일이 될 수도 있겠지만 지 금으로서는 해천방이 본 문의 제일적입니다."

"알겠소이다. 그럼 무운을 빌겠소. 그런데 내 한 가지 충고 를 하고 싶구려."

"노사의 충고시라면 만금을 주고라도 얻고 싶습니다."

"하하하, 그리 대단한 말은 아니오. 단지… 해전에 집중하라고 말씀드리고 싶소, 야율거공은… 천명검과 대하검법이라는 무공을 지니고 있소. 오릉에서 나온 것들인데… 호천대야 김류도 그의 무공에는 감히 승기를 잡지 못했소. 그러니……."

설도우의 조심스런 충고에 후백이 고개를 끄덕였다.

"알겠습니다. 노사의 충고 명심하지요. 본시 우리 구룡문은 배를 떠나서는 잘 싸우지 않지요."

"충고를 받아들이니 마음이 놓이오. 그리고 또 한 가지……."

"말씀하시지요."

"그들의 배가 모두 여섯인데 그중 한 척에는 수만금의 재물이 들어 있소. 만약 싸움에 관여치 않고 뒤로 빠져 있는 배가 있다면 그 배를 유심히 살피시오. 어쩌면 구룡문에 엄청난 재물을 선물할 수도 있을 것이오."

설도우의 말에 후백이 조금 놀란 표정을 지었다.

"수만금의 재물이라고 하셨습니까?"

"아마 그도 표현이 부족할 정도의 재물일거요."

"도대체 그런 재물을 어디에서……."

"하하하, 오늘날 이곳에 천하의 강자인 그 두 사람이 오게 된 것은 바로 그 재물들 때문이오. 하지만 바다를 떠나기 전에는 재물의 주인이 결정된 것은 아니지 않겠소?"

설도우의 은근한 말에 후백의 눈에서 광채가 일어났다.

"좋은 소식 감사합니다. 그 보물들이 해천방의 손에 들어가는 일은 없어야 할 겁니다. 모두 서둘라. 그들이 수만금의 재물을 얻게 되면 그들을 상대하는 일은 더욱 어려워진다!"

"알겠습니다. 단주!"

뒤쪽에서 구룡문 고수들의 대답이 우렁차게 들려왔다. 그리고 잠시 후 구룡문의 다섯 척 배들이 빠르게 움직이기 시작했다.

"노사! 다음에 다시 뵙기를 기원하겠습니다."

허소산이 탄 배를 지나쳐가면서 후백이 정중하게 포권을 해 보였다. 그러자 설도우가 마주 포권을 하며 덕담을 건넸다.

"무운을 비오!"

잠시 만났던 바다의 인연은 순식간에 멀어졌다. 구룡문의 배들은 바람을 거슬러 가면서도 전혀 힘들이지 않고 속도를 내어 남쪽으로 니아갔다.

"아주 마음에 드는 사람이구먼!"

원보가 후백에게 호감을 드러내며 말했다.

"예전부터 구룡문의 사람들은 호방하기로 이름이 높았지요."

감천홍이 대답했다.

"저들이 그들을 상대할 수 있을까?"

허산왕이 걱정스런 표정으로 허소산에게 물었다. 그러자 그 대답을 감천홍이 대신했다.

"직접 도검을 맞대는 것이 아니라면 천하에서 구룡문과 해전으로 맞설 세력은 존재하지 않습니다."

"음, 그렇게 대단한 곳인가?"

"김류가 그들에게 손을 뻗힌 것만 봐도 알 수 있는 일이지요."

"도대체 저런 자들이 어디서 튀어 나온 것일까? 구룡문이 강호에 모습을 드러낸 것이 채 이십여 년이 안되었는데……."

원보가 고개를 갸웃했다. 그러자 감천홍이 나직하게 입을 열었다.

"어사대에 있을 때 그들에 대한 조사가 은밀히 진행된 적이 있었지요. 다행히 그들이 조정을 적대시 하지 않는 것이 확인되어 조사를 그만두었습니다만. 그때 그들의 뿌리에 대한 단서가 있기는 했습니다."

"무엇인가?"

원보가 호기심을 드러냈다.

"구룡문의 문주는 장산조라는 사람입니다. 혹 집히시는 바가 없으신지요?"

감천홍이 수수께끼를 내듯 물었다. 그러자 원보가 잠시 생각에 잠겼다가 고개를 저었다.

"음……. 모르겠는걸?"

그러자 허소산이 나직하게 대답했다.

"성이 장씨라면… 혹 수백 년 전, 사해의 항로를 장악했던 청해진이 떠오르는군요."

"오라. 역시 소산 네가 책을 많이 읽은 티가 나는구나."

감천홍이 고개를 끄덕였다. 그러자 원보가 짐짓 불쾌한 기색으로 입을 열었다.

"지금 내가 무식하다고 흉을 보는 것인가?"

"아이고, 무슨 그런 말씀을 하십니까?"

감천홍이 깜짝 놀라며 평소 그답지 않게 다급히 손을 내저었다. 그러자 원보가 빙그레 미소를 지으며 말했다.

"하하하, 농담일세. 농담이야. 어쨌든 정말 그들이 장 대사의 청해진과 관련이 있는 것인가?"

"그들이 매해 장 대사와 청해진 수뇌들에 대한 제사를 받들고 있다는 것을 확인했지요. 그러니⋯⋯."

"음, 그렇다면 역시 관련이 없다고 할 수 없겠구먼. 청해진의 피를 이어받았다면⋯ 오늘의 성세를 능히 이해할 수 있구먼! 사실 청해진이 와해된 이후 그들의 후손이 어딘가에서 분명 생존해 있을 거란 이야기는 많이 돌았지."

원보가 고개를 끄덕였다. 그때 문득 허소산이 설도우를 보며 말을 건넸다.

"다시 돌아가지요."

"그게 무슨 소리냐?"

설도우 보다도 원보가 놀라 되물었다.

"그들의 실력을 보고 싶군요."

"구룡문 말이냐?"

"네."

"하지만 그 싸움터로 다시 돌아간다는 것은⋯⋯."

원보가 걱정스러운 표정으로 말했다.

"가 봐요. 전 제대로 된 해전을 보지 못해서요."

"하하하, 알겠습니다. 경주! 구룡문과 해천방이라면… 좋은 구경이 되겠지요."

설도우가 너털웃음을 터뜨리고는 이내 키를 잡은 사내를 향해 소리쳤다.

"배를 돌려라. 돌아간다!"

*   *   *

둥둥둥!

다섯 척의 구룡문 배들이 요란하게 북을 울리며 전진했다. 그러자 김류가 타고 있던 금천장의 배를 거의 침몰 직전까지 몰아넣었던 해천방의 배들이 금천장의 배에서 떨어져 나와 다가오는 구룡문의 배들을 향해 방향을 틀었다.

물론 그 중 한 척은 여전히 금천장의 배를 공격하고 있었으나 위기에서 벗어난 금천장 고수들의 반격도 만만치 않아 쉽게 상대를 침몰시킬 수는 없을 것 같았다.

그러나 해천방으로서도 당장 급한 것은 금천장의 배를 침몰시키는 것이 아니었다. 해천방의 고수들도 바다에서만큼은 세상의 그 어떤 세력도 구룡문 만큼 위험하지 않다는 것을 알고 있었던 것이다.

뿌우우!

길게 물소 뿔 소리가 해면을 타고 흘렀다. 그러자 해천방의 배들이 마름모 대형으로 정렬을 하더니 구룡문의 배들을 향해 속도를 올리기 시작했다.

바람은 남풍이었다. 그러니 남쪽에서 다가오는 해천방의 전선들이 유리한 위치에 있는 것은 분명했다. 그런데 한순간 구룡문의 배들이 기이한 진세를 만들었다.

구룡문의 배들 중 왼쪽에 위치한 배가 가장 앞으로 나서더니 이내 다른 배들은 조금씩 차이를 두고 뒤로 떨어져 길게 사선의 형태를 취했다.

"사선진이군요."

감천홍이 입을 열었다.

"사선진?"

원보가 되묻자 감천홍이 고개를 끄덕였다.

"주로 기병을 쓰는 군대의 전술이지요. 약한 쪽을 아래로 두어 적을 끌어들이고 양끝의 주력은 우회를 해서 적의 측면이나 후방을 공격하는 수법이지요."

"기병이 쓰는 전법을 바다에서 쓴다?"

"지금으로서는 좋은 전술 같습니다. 해천방에서 공격진형으로 나오니 정면으로 승부를 하는 것보다 우회하여 측면을 공격하는 것이 좋을 겁니다."

"음……. 역시 관부의 사람이라 보는 눈이 다르긴 다르군."

원보가 고개를 끄덕이며 말했다. 그러는 사이 드디어 구룡문과 해천방의 전선들이 충돌하기 시작했다.

쐐애액!

선제공격을 한쪽은 해천방이었다. 해천방의 전선에서 요란한 함성 소리와 함께 화살을 폭우처럼 날려 보냈다. 화살 공격을 받은 구룡문 전선들의 속도가 조금 느려졌다. 그러나 그 와중에서 가장 좌측에서 선두로 질주하는 구룡문 전선 두 척은 좀 더 넓게 거리를 벌리며 속도를 줄이지 않고 오히려 높였다.

해천방의 전선들은 좌측으로 빠져나가는 구룡문 전선 둘을 미처 제지하지 못하고 남아 있는 세 척이 배를 향해 육박했다.

둥둥둥!

구룡문 전선들 사이에서 다시 북소리가 울려 퍼졌다. 그러자 이번에는 구룡문의 무사들이 일제히 다가오는 해천방 전선을 향해 화살을 날렸다. 하늘을 가득 메운 화살들이 비처럼 해천방의 전선 위로 쏟아져 내렸다.

화살 공격을 받자 무서운 속도로 질주하던 해천방의 전선들도 잠시 전열이 흐트러지면서 주춤거리기 시작했다. 그러자 구룡문의 무사들이 사기를 올리면서 더욱 강하게 화살 공격을 퍼부었다.

이제 양측은 거의 정지한 상태로 서로를 향한 화살 공격으로 승부를 겨루고 있었다. 그러는 사이 어느새 좌측으로 빠져나간 두 척의 구룡문 전선들이 급격하게 방향을 틀더니 해천방의 전선들 뒤쪽을 향해 밀려들기 시작했다.

"와아아아!"

두 척의 구룡문 전선에 탄 무사들이 일제히 함성을 지르며 화살을 날렸다. 그러자 해천방의 전선들 중 일부가 급히 방향을 틀어 후미를 공격해 오는 구룡문 전선들을 향해 돌아서기 시작했다.

그러나 적진을 향해 달려드는 구룡문 전선들의 속도는 지금까지 움직이던 것과는 차원이 달랐다. 마치 그동안 배의 속도를 일부러 줄였었다는 듯 두 척의 구룡문 전선은 해천방 전선들이 방향을 완전히 틀기도 전에 그들의 후미를 그대로 치고 들어갔다.

쿠쿠쿵!

배와 배가 충돌하며 강력한 충돌음이 일어났다. 그러자 방향을 틀다가 후미를 공격당한 해천방의 전선 두 척이 중심을 잃고 크게 흔들리기 시작했다.

쿠쿵!

흔들리는 해천방의 전선을 다시 또 다른 구룡문의 배가 측면으로 들이받았다. 거대한 물보라가 두 배 사이에서 일어났다. 직후 충선을 시도했던 구룡문의 배가 바람처럼 해천방의 배에서 멀어졌다. 동시에 구룡문의 문도들이 배의 후미가 완전히 파괴된 해천방의 배를 향해 불화살을 날리기 시작했다.

화전(火箭) 공격을 받은 해천방의 배가 한순간에 화염에 휩싸이기 시작했다. 더군다나 불어오는 남풍은 불길을 더욱 승하게 만들었다. 그 사이 또 다른 한 척의 해천방 전선 역시 구룡문의 공격을 받고 다시 화마에 휩싸였다.

"무섭군. 무서워……."

원보가 거침없이 해천방 전선들을 파괴하는 구룡문의 전선들을 보며 혀를 내둘렀다. 구룡문의 사선진이 위력을 발휘하자 해천방의 배들은 힘 한 번 제대로 쓰지 못하고 패퇴하고 있었다.

다섯 척의 해천방 전선 중 두 척이 단번에 바다로 수장되고 남아 있는 나머지 세 척도 구룡문의 다섯 척 전선에 포위된 채 위급한 지경에 처해 있었다.

뿌우우!

그때 문득 뒤에 남아 금천장의 배를 공격하고 있던 해천방 전선에서 길게 뿔피리 소리가 울려나왔다. 그러자 해천방의 배들이 서둘러 기수를 돌려 남쪽으로 달아나기 시작했다.

구룡문의 전선들은 이내 해천방 전선들을 따라 붙으며 불화살과 석포 공력을 해댔다.

"너무 쉽게 싸움이 끝나는군요."

감천홍이 조금 싱거운 듯 아쉬운 기색으로 말했다. 그러자 원보가 대답했다.

"그러게 말이야. 남해의 패자라고 해서 제대로 된 해전을 구경하나 했더니……."

"어쨌든 금천장은 운이 좋군요."

거의 반파되다시피한 금천장의 배가 해천방의 공격에서 벗어나 다시 손가지도로 향하고 있었다. 아마도 손가지도에 두고 온 다른 배로 옮겨 타려는 모양이었다. 그들이 타고 있던 배는 손상이 너무 심해 대해를 항해할 수 없었다.

"재물은 어찌 될까?"

허산왕이 허소산을 보며 물었다.

"모르겠어요. 침몰한 배들에 실렸는지 아니면 모든 배에 골고루 나누어 실었을 수도 있지요."

"구룡문이 끝까지 추격할까?"

"오래 추격하지는 못할 거예요. 누가 무래도 남해의 주인은 해천방이니 깊이 추격하는 것은 위험한 일이지요."

"그렇겠구나."

허산왕이 고개를 끄덕였다.

"우린 돌아가죠."

허소산이 설도우를 보며 말했다. 그러자 설도우가 고개를 끄덕이고는 서둘러 배를 모는 사람 곁으로 다가가 항로를 변경하기 시작했다.

철썩철썩!

대해를 가르는 뱃전으로 거친 파도가 부딪혔다. 허소산은 상쾌한 바닷바람을 맞으며 배의 선두에 서 있었다.

끼룩끼룩!

문득 허소산의 머리 위로 갈매기 소리가 들려오기 시작했다. 고개를 들어보니 어느새 수십 마리의 갈매기들이 배 주변에 몰려들어 있었다.

"뭍이 가까워지는 모양이구나."

허소산의 곁에서 함께 하늘을 보고 있던 허산왕이 말했다.

"그러게요. 이제… 본격적으로 일을 시작할 때군요."

"음……. 비록 금천장이 이번에 큰 손실을 보았다고 해도 그들을 상대하는 일이 그리 쉽지는 않을 게다. 더군다나 이제 그들도 우리를 적으로 생각할 것이고 말이다."

"어떤 면에서는 그게 더 유리할지도 몰라요."

"무슨 말이냐?"

"아직은 우리가 만재방과 깊은 인연이 있다는 것을 모르고 있을 테니까요. 두 개의 강적을 상대하는 쪽은 생각이 많아질 수밖에 없지요. 그래서 아마도 그라면… 여전히 우리와의 관계를 회복하려 할 수도 있어요."

"그럴 수도 있겠구나. 그들이 화해를 하자고 나오면 어쩔 생각이냐?"

"그렇다면 우리로서는 고마울 따름이죠."

"음……. 위험할 수도 있어. 그들이 우릴 함정에 빠뜨릴 수도 있을 것 같구나. 아예 인연을 맺지 않은 것이 좋을지도 모른다."

"그렇긴 하지만 좋은 기회를 그냥 흘려보낼 수는 없지요."

"휴우……. 이 싸움은 결국 고려까지 이어지겠지?"

"그렇게 되겠지요."

"음……. 변수가 많은 싸움이야. 야율거공도 그렇고……. 목인몽이라는 그자도 그러하고……."

"아마 긴 싸움이 될 거예요."

허소산이 언뜻 비치는 땅의 그림자를 보며 말했다.

*　　　　*　　　　*

섬에 파도가 밀려들고 있었다. 하늘은 거짓말처럼 검은 구름을 몰고 와 당장에라도 비를 뿌릴 것 같았다. 노인은 한층 늙은 모습으로 어두워지는 바다를 바라보고 있었다.

"대야!"

문득 또 다른 노인이 다가와 깊이 허리를 숙였다. 침통한 기색이 역력한 모습과 목소리였다.

"뭐가 잘못된 걸까?"

노인, 호천대야 계림공 김류가 고개를 돌려 금선옹을 보며 물었다.

"대야!"

금선옹이 노인의 물음에 대답을 하지 못하고 다시 고개를 숙였다.

"내가 너무 방심한 걸까?"

"천운이 닿지 않았을 뿐입니다. 대야께서는 결코 실수를 하지 않으셨습니다."

"후후 그렇다면 더욱 문제가 아닌가?"

"무슨 말씀이시온지……?"

"내가 실수를 하지 않아도 천운이 닿지 않으면 대업을 성취할 수 없다면 말이야. 그렇다면 우리의 대업이란 것이 너무 불확실하지 않은가 말일세."

"대야……. 하지만 오늘의 일은 그저 작은 실패에 지나지 않을 뿐입니다."

금선옹이 말하자 김류가 고개를 저었다.

"아니, 아니야. 이건 결코 작은 실패가 아니네."

"오왕의 재물이 없다 해도 대업을 추진하는 데는 문제가 없습니다. 이제 항주의 상권도 거의 금천장 손에 들어왔고……. 그동안 축적한 부와 세력이면 대업을 시도할 수 있습니다."

"나도 그렇게 생각해 왔네. 그런데… 예감이 좋지 않아. 그자가 계속 마음에 걸려."

"야율거공 말씀이온지요?"

"아니, 파금검!"

"음……. 그자는……."

금선옹의 낯빛도 어두워졌다.

"생각보다 너무 영활한 자 아닌가? 설마 우리 몰래 다른 수를 부리고 있을 줄은 몰랐네. 무공만이 문제가 아니었어. 이리 되면 그자의 진실한 정체와 목적을 다시 살펴봐야 할 걸세."

"항주로 돌아가면 즉시 알아보겠습니다."

"이렇게 적으로 돌아선다면… 쉽지 않은 상대일 것 같으이……."

"야율거공을 어찌 할까요?"

"그대로 놓아둘 수는 없겠지. 우리에 대해 너무 많은 것을 알아. 이번에 진 빚도 있고……. 돌아가면 그의 소재를 파악한다. 그리고 빚을 갚아준다. 더군다나 야문이 아닌가? 본 문과 양립할 수 없다."

"그러나 그를 상대하는 일에 너무 치중하다 보면 대업에 차질을 줄 수도 있습니다."

"아니, 대업을 위해서라도 그를 반드시 제거해야한다. 우리의 목적이 황족 몇 죽이는 것이 아니라 천년의 사직을 다시 세우는 일이라면 결국 북방의 힘을 키울 필요가 있어. 그런데 야율거공 그자가 있는 한 북방에서 세력을 키우기 쉽지 않아. 놈이 여전히 야문의 수장으로서 요 황실에 충성을 하고 있다면, 언제 어느 때 요의 군대를 흑수로 보낼지 모른다. 그전에 놈을 제거해야 한다."

"그렇군요. 말씀을 듣고 보니 오히려 그자의 일이 급하군요."

"그의 위치를 확인하는 데 모든 힘을 기울이게. 파금검 그자보다도 사실 야율거공이 더 위험하이……."

"알겠습니다. 그리하겠습니다!"

금선옹이 깊이 고개를 숙이며 대답했다.

*　　　*　　　*

세 척의 배가 큰 파도에 너울거리고 있었다. 돛이 펼쳐져 있었지만 군데군데 찢어져 제대로 바람을 받지 못하고 있었다.

"망할 놈들!"

쾅!

중년의 사내가 강하게 배의 난간을 내려쳤다. 그러자 그의 손이 닿은 난간이 가루가 되어 사라졌다. 멀리 섬의 군락이 눈에 들어왔으니 배가 더 이상 필요 없다고 생각했는지도 몰랐다.

"대인!"

노인이 중년 사내를 만류하듯 불렀다. 조치효였다.

"조 노, 그대의 생각은 어떤가?"

"무슨 말씀이시온지?"

"해천방을 몰아가 구룡문을 쓸어버리고 싶은데……."

"위험한 생각입니다."

"불가능하다는 것인가?"

야율거공이 차가운 눈으로 조치효를 돌아보며 물었다. 그러자 조치효가 머리를 조아리며 대답했다.

"구룡문은 이미 황해의 패권을 장악한 지 오래입니다. 그들의 배는 튼튼하며 해전의 능숙함은 천하에 따를 곳이 없습니다. 반면 해천방은… 그 시작이 해적인지라 구룡문에 비하면 조악한 전선과 전술을 가지고 있습니다. 상대가 되기 어렵습니다."

"황실의 힘을 빌리면?"

"그건 더 위험합니다."

"어째서?"

"관선을 동원한다면 송과 고려 또한 가만히 있지 않을 것입니다. 잘 아시다시피 저희 대요가 해전에 능한 나라는 아니지 않습니까?"

쾅!

다시 야율거공의 손이 배의 난간을 박살냈다.

"그럼 이 수모를 그대로 참으란 말인가?"

"일단 중원무림을 도모하는 것이 우선입니다. 중원무림이 손에 들어오면 구룡문의 뿌리를 뽑을 수 있을 것입니다. 노기를 푸는 것은 미뤄두심이……."

조치효의 말에 야율거공이 고개를 끄덕였다.

"내가 일의 선후를 모르는 것은 아니다. 단지 분노가 크기에 해본 말이야."

"잘 알고 있습니다. 대인!"

"일단 뭍으로 나가 항주로 북상한다."

"항주로요?"

"천하의 무인늘이 항주로 모여들고 있다니 그곳에서… 승부를 낸다. 호천대야 역시 그 곳에 있을 터이고……. 파가 놈도 그곳에 있겠지."

"그럴 것입니다."

"아쉬워……. 하필이면 오왕의 재물을 실은 배가 침몰을 하다니… 수심이 깊어 다시 가 건져낼 수도 없고……. 그 재물들이 있었다면 일이 좀 더 수월했을 터인데……."

"항주에는 대상들이 많지요."

조치효가 의미심장한 말투로 말했다.

"그래……. 항주의 상권을 손에 넣으면 굳이 오왕의 재물 따위 필요 없겠지. 세력은 이미 충분해. 사천과 삼문이라면 강호의 절반이다. 항주에 깃발을 세운다. 천하무림을 모이게 할 깃발을……. 그 누구도 나 야율거공의 뜻을 거역하지 못하리……."

야율거공이 천천히 고개를 끄덕였다.

*　　　　*　　　　*

알 수 없는 것이 세상의 인심일까. 상계는 변해 있었다. 누구의 눈길도 받지 않고 항주로 귀항한 허소산 일행이 처음으로 전해 받은 소식은 만재방의 놀라운 재기였다.

만보대전은 여전히 진행되고 있었다. 만재방주 전욱은 만보대전을 보름동안이나 열고 있었다. 만보대전은 항주 상계의 큰 손들이 모여 있는 금화로 천화각에서 열리고 있었는데 항주의 고관대작은 물론 상계의 거부, 그리고 무림의 강자들까지 초대된 만보대전은 이내 항주 최고의 화제가 되었다.

특히 더불어 만보대전의 주체가 만재방이라는 사실이 알려지면서부터는 더욱더 사람들의 이목을 끌고 있었다.

만보대전에 나온 수많은 서역의 물건들은 새롭고 희귀한 것을 갈구하는 항주의 부유층들을 끌어모았다.

전욱은 만보대전을 열면서 탁월한 장사꾼으로서의 능력을 발휘해 항주의 고관대작들에게 특별한 선물을 함으로써 그들을 단번에 만재방의 후원자들로 끌어들였다.

그래서 만보대전이 열린지 십여 일 쯤 지난 후부터는 만보대전에서 서역의 물건을 하나라도 취하지 않은 사람은 감히 항주에서 고귀한 신분이라고 불릴 수 없다는 경쟁 심리까지 생겨나고 있었다. 만재방의 만보대전은 예상보다도 훨씬 대단한 성과를 이루어가고 있었던 것이다.

"소산!"

오산금림의 안가와 통하는 담장의 비밀문을 통해 전조명이 모습을 드러냈다. 허소산은 오랜만에 뭍에서의 밤을 보내고 조용히 산보를 하고 있었다.

"왔어?"

허소산이 전조명을 돌아보며 미소를 지었다.

"무사히 돌아왔구나."

진조명이 나는 듯 다가와 허소산의 손을 잡았다. 마치 전장에서 돌아온 낭군을 맞이하는 듯한 전조명이었다.

"어려운 길은 아니었어."

"그래도 다행이야. 이렇게 몸 성하게 돌아와서……."

"날 그렇게 못 믿었던 거야?"

"그런 것은 아니지만……."

전조명이 배시시 웃음을 베어 물었다. 그러다 문득 다시 입을 열었다.

"그런데 어떻게 됐어?"

"뭐가?"

"그 보물들 말이야."

"아직 그 이야기는 듣지 못했구나."

"네가 돌아왔다는 소식을 듣자마자 달려오는 길인걸."

전조명의 목소리에서 애틋함이 느껴졌다. 그런 전조명의 손을 힘주어 잡으며 허소산이 전조명을 이끌었다.

"좀 걷자. 오랜만에 땅을 밟으니 좋네."

"그래? 하긴 한 달이 넘게 걸렸으니까."

전조명이 고개를 끄덕였다. 두 사람은 아침햇살 속에 장원의 담장을 따라 천천히 산보를 즐겼다.

"그래서 절반 정도만 가지고 돌아왔다고?"

전조명이 물었다.

"응, 나머지는 실을 곳도 없었어."

"그것만으로도 천하에서 가장 부유한 사람이 되었다는 거지?"

"그렇다니까. 이젠 조명을 평생 동안 가장 호화롭게 먹여 살릴 수가 있게 된 거지."

허소산이 짐짓 농을 던졌다. 그러자 전조명이 얼굴에 살짝 홍조를 띠었다.

"사실 아버님과 너에 대한 이야기를 자주 나누었어."

"무슨 이야기?"

"우리 혼사 이야기……."

"뭐라서?"

허소산이 조금 걱정스런 표정으로 물었다. 말을 꺼내는 전조명의 표정이 어두웠기 때문이었다.

"아버님은⋯ 조금 걱정이 되시나봐."

"뭐가?"

"네가."

"내가? 왜지?"

허소산이 의아한 표정으로 물었다. 그러자 전조명이 고개를 돌려 허소산의 눈을 보며 말했다.

"넌 이미 무림에서 큰 인물이 되었어. 아버지는 상가의 사람이야. 상계와 무림은 불가근불가원이거든. 더군다나 너의 존재가 강호무림에 큰 산이 되어가고 있으니 아버지는 그걸 걱정하셔."

"내가 만재방에 해가 될 수도 있다는 의미군."

허소산이 고개를 끄덕였다.

"해는 아니더라도⋯ 내가 무림에서 살아가는 걸 바라지는 않으시는 거지."

"그래서 조명의 생각은 어때?"

"나?"

"그래 조명 생각이 중요한 것 아닌가?"

"물어볼 것도 없잖아? 언제든⋯ 우린 함께 있을 테니까."

"됐어, 그럼."

"뭐가 됐다는 거야?"

"조명이 나와 함께 있겠다면 함께 있는 거야. 방주님이라도 그걸 막을 수는 없어."

"정말?"

전조명의 눈을 반짝이며 물었다.

"그럼. 더군다나 조명 말처럼 난 강호에서 손꼽히는 고수야. 방주님도 이젠 날 함부로 무시할 수 없다고. 거기에 더해 수만금의 재물을 가지고 있지. 나 같은 사위를 만나는 것은 거의 불가능해."

"핏, 그래도 아버지가 반대하면 무척 곤란할 걸?"

"걱정 마. 방주님이 걱정하시는 일은 생기지 않아. 모든 일이 해결되고 우리가 고려로 돌아간다면 방주님은 오히려 다른 걸 걱정하셔야 할 거야."

"무슨 걱정을 하셔야 하는데?"

"내가 조명과 함께 산속에 들어가 다신 세상으로 나오지 않을 것을 걱정하셔야 할 거야. 오히려 그때는 무림에라도 관여하길 바라실 거야."

"정말 은거할 거야?"

"은거는 무슨, 이 나이에. 그냥 산사람으로 돌아가는 것뿐이지."

"에휴… 고생길이 훤하네."

전조명이 미소를 지으면서도 입을 삐쭉 내밀었다.

第七章
만보대전

"칠월칠석이라……. 좋은 날이지."

걸음을 옮기는 일행의 발걸음은 가벼웠다. 모든 일이 생각한 대로 이뤄지고 있었다.

근 보름을 이어온 만보대전의 마지막 날, 허소산 일행은 금화로 천화각으로 향하고 있었다. 시작은 함께하지 못했지만 그 화려한 끝은 직접 두 눈으로 보고 싶었기 때문이었다. 그리고 이제는 항주 무림에 파금검의 존재를 드러낼 때이기도 했다.

"그런데 이상하죠?"

감아라가 화려한 항주 성내로 나들이 나온 홍분도 잊은 듯 고개를 갸웃하며 말했다.

"뭐가 말이냐?"

감천홍이 물었다.

"만보대전을 끝내는 날인데 초대한 사람이 겨우 서른이라니까요. 금화로 천화각이라면 수백의 사람을 초대해도 되었을 텐데요?"

"그만큼 오늘의 행사가 중요하단 의미란다."

"어째서요?"

"오늘 만보대전의 마지막 날 초대받는 사람들은 항주는 물론 천하에 이름 높은 거상들과 권력자들이다. 그들에게 자신들이 특별한 대접을 받는다는 느낌을 주어야 하는 자리다. 오늘 그들의 마음을 사로잡을 수 있다면 만재방의 재기는 거의 완벽하게 성공한 것이라고 할 수 있을 테니까."

"그러니까 그들의 자존심을 세워주기 위해 그들만 부른다는 말이군요?"

"그렇지. 거기에 그들만이 취할 수 있는 물건을 내놓을 테니 아마도 오늘 초대된 사람은 만재방에 마음을 주지 않을 수 없을 것이다."

"방주님은 정말 치밀한 분이군요."

"괜히 천하제일의 대상이 된 것은 아니란다."

감천홍이 빙그레 미소를 지었다. 그런데 그때 문득 허소산이 걸음을 멈췄다.

"왜 그러느냐?"

허산왕이 의아한 표정으로 허소산을 보며 물었다. 그러자 허소산이 손을 들어 말없이 포구를 가리켰다. 사람들의 시선이 포구로 향했다. 그리고 잠시 후 누가 먼저랄 것도 없이 나직한 탄성이 흘러나왔다.

"아… 그들이구나. 역시 무사했군."

"그런데 이제야 돌아오다니 생각보다 조금 늦었구려."

원보가 허산왕이 연달아 입을 열었다. 항구로 진입해 들어오고 있는 배는 금천장의 배였다. 긴 항해로 배조차 지쳐 보이는 금천장의 사람들을 맞이하기 위해 항주에 남아 있던 식솔들이 항구로 몰려와 있었다.

"때를 정말 잘 맞추는군. 하필 오늘 돌아오다니. 후후, 꽤나 가슴이 쓰리겠어."

원보가 미소를 지었다.

"그들이 방해하지는 않을까?"

허산왕이 걱정스런 표정으로 허소산에게 물었다. 그러자 허소산이 고개를 저었다.

"그들에게는 오늘 만재방의 행사를 방해할 여력이 없을 거예요. 이제 갓 돌아왔고……. 만재방이 이런 식으로 재기할 것이란 걸 예상치 못했을 거니까요. 더군다나 오늘 천화각에 초대한 사람들의 면면을 본다면 감히 분란을 일으키기기는 어려울 거예요."

"음… 그래도 난 조금 걱정이 되는구나. 워낙 간계들이 무궁한 자들이라……."

"일단 조심을 해야겠습니다."

감천홍이 곁에서 입을 대답했다.

　일행은 천상의 시전처럼 화려한 금화로를 유유히 걸었다. 오색창연한 등들이 대낮임에도 켜져 있었고, 금화로를 가득 메운 화려한 상점들에는 비단옷을 차려입은 상인들이 고고한 자태로 오가는 손님들을 맞이하고 있었다.

　"다른 시전들과는 확실히 다르군."

　원보가 금화로의 상점들을 보며 고개를 끄덕였다.

　"맞아요. 시끄럽지가 않아요. 호객을 사는 사람도 거의 없고요."

　감명이 대답했다.

　"그만큼 이 금화로의 상인들은 자부심이 강하다는 말이겠지. 손님조차도 상인들을 함부로 대하지 않는 곳이라 하더구나."

　감천홍이 대답했다.

　"장사를 하는 방법도 참 각양각색인 것 같아요."

　감아라가 눈빛을 반짝이며 말했다.

　"오호라. 우리 아라는 장사에 관심이 있는 모양이구나?"

　원보가 감아라의 머리를 쓰다듬으며 물었다. 그러자 감아라가 고개를 끄덕였다.

　"요즘 들어서는 그래요. 조명 언니와 함께 지내다 보니 장사를 하는 것도 재미가 있을 것같더라구요."

　"그런데 그건 좀 어렵지 않을까?"

"왜요? 제가 재능이 없어보이나요?"

감아라가 걱정스런 표정으로 물었다. 그러자 원보가 고개를 저으며 말했다.

"재능의 문제는 아니다. 단지 네 아버지가 허락할지 그게 의문이구나. 고려에서는 본시 장사를 천하게 생각지 않더냐? 녹사 나리께서 귀한 따님을 장사꾼으로 만드시려 할까?"

원보의 말에 감아라가 감천홍을 보며 물었다.

"아버지 안 되는 건가요?"

감아라가 묻자 감천홍이 고개를 저으며 대답했다.

"아니다. 네가 하고 싶으면 하거라."

"어? 의외인걸? 자네 진심인가?"

원보가 놀란 표정으로 물었다. 그러자 감천홍이 한줄기 미소를 지으며 대답했다.

"관을 떠나 살다보니 세상이 달리 보이더군요. 이제는 세상을 사는 방법이 여러 가지란 걸 알겠습니다. 또한 사람의 귀천은 그 직업이 아니라 사람됨에 달렸다는 것도 깨달았지요."

"오호라……. 이젠 자네도 고리타분한 문사의 틀을 벗어버렸군. 이렇게 되면 관으로 돌아가는 것이 점점 더 힘들어지는데……."

"저도 장사나 하죠 뭐."

"뭣? 장사라고? 자네가? 하하하! 그런 안 될 말일세."

"왜 저는 안 된다고 생각하시는지요?"

"자넨 장사에 재능이 없어. 아라라면 몰라도……."

"제가… 그런가요?"

"그럼. 자네 같이 고지식한 사람이 장사를 했다가는 금세 밑천을 털어먹고 말 걸세."

"제가 아라보다도 못하군요."

"후후, 사람에게는 누구나 타고난 자질이 있는 걸세. 자넨 아예 장사 같은 것은 할 생각 말게."

"그럼… 농사를 지어야겠군요."

"음, 그건 괜찮을 것 같군. 자네가 끈기는 제법이니. 하하하!"

원보의 말에 사람들이 기분 좋은 웃음을 터뜨렸다. 그러다 문득 감명이 감아라를 보며 말했다.

"그런데 아라야. 난 네게 좀 실망했다."

"제가 뭘 잘못했나요. 오라버니?"

감아라가 장난스럽게 물었다.

"네가 그렇게 쉽게 사람을 배신할 줄은 몰랐거든."

"아니 제가 누굴 배신했다는 거예요?"

감아라가 뜻밖의 말에 장난이 아니라는 듯 소리쳤다.

"넌 지금 조명 아가씨와 무척 친하지?"

"그럼요. 우린 거의 매일 같이 있는 걸요."

"좋아. 그럼 잘 생각해 보거라. 몇 개월 전 넌 누구와 가장 친했느냐?"

"몇 개월 전이요? 몇 개월 전이라면… 아… 헤헤!"

감아라가 갑자기 머리를 긁적였다.

"너도 인정하지?"

감명이 제법 엄한 눈으로 물었다. 그러자 감아라가 입을 삐쭉이며 대답했다.

"하지만 뭘 제가 아원 언니를 배신한 것은 아니에요."

"어째서 배신이 아니란 말이냐? 넌 분명 소산 형님을 지켜달라는 소림주의 부탁을 받고 강호로 나오지 않았느냐? 그런데 그 약속을 지키기는커녕 지금은 소산 형님과 혼약을 할 조명 아가씨와 매일 붙어 있지 않느냐? 도의적으로 그건 좀 문제가 있는 것 아니냐?"

감명의 추궁이 매섭다. 그러자 감아라가 쉽게 대답을 하지 못하고 머뭇거리다가 이내 반발했다.

"소산 오라버니와 조명 언니는 제가 두 분을 알기 전에 이미 혼인을 약속한 사이잖아요. 그러니 제가 어찌 해볼 도리가 없는 일이지요. 전 아원 언니를 배신하지 않았어요."

"흥, 그렇다고 해도 네가 조명 아가씨와 그렇게 가깝게 지내는 것은 소림주에게 좀 미안한 일 아니냐?"

감명이 다시 쏘아 붙였다. 그러자 감아라가 대답은 하지 못하고 그저 시선을 돌려 새침한 표정을 지었다.

"하하하, 오늘 명이가 단단히 아라를 구박하는구나. 하지만 이제 그만하거라, 다 온 것 같으니……."

원보가 두 아이의 다툼이 마냥 귀여운지 웃음을 흘리며 말했다.

"어서들 오세요. 기다리고 있었어요."

전조명은 천화각을 벗어나 일행을 기다리고 있었다.

"준비는 모두 끝났는가?"

원보가 물었다.

"네. 어르신. 모두 끝났어요. 들어가세요."

전조명이 서둘러 일행을 천화각 안으로 불러들였다. 일행은 전조명의 안내에 따라 천화각으로 들어섰다.

천화각은 본시 항주 금화로에서도 내로라하는 주루였다. 평범한 손님은 받지를 않아 세인들의 호기심을 자극하는 주루기도 했다. 그런데 기실 이 천화각은 만재방이 그동안 은밀히 항주에 마련한 거점 중 하나였다.

본시 만재방주 전욱은 기루나 객잔에는 손을 대지 않았지만, 지난 세월 항주를 떠나 있는 동안 상계의 소식을 접하기 위해서는 주루만 한 곳이 없기에 천화각을 은밀히 운영하고 있었던 것이다.

천화각은 보통의 주루와는 달랐다. 보통의 주루는 기녀를 두고 술장사를 하지만 천화각에는 그런 기녀가 없었다. 물론 시중을 드는 여인들이 없는 것은 아니지만 그녀들은 그저 술상만 낼 뿐 보통의 기녀들과 달리 술시중을 들지는 않았다.

사내가 술을 마실 때 기녀가 없다면 흥을 느낄 수 없는 것이 인지상정인데 천화각은 기녀가 없음에도 제법 장사가 잘 되었다. 이유는 단 하나, 손님들의 비밀을 철저히 보장해 주는 주루기 때문이었다.

그래서 고관대작이나 상인 중 비밀스런 거래를 하려는 사람들은 다른 어떤 주루나 기루보다도 이 천화각을 애용했다. 더불어 천화각에는 천하에 산재하는 명주들이 항상 그득했으므로 순수하게 술을 즐기는 자들도 천화각을 자주 찾았다.

그런 천화각이 근자에 들어서는 다른 이유로 세인들의 입에 오르내리고 있었다. 바로 수 년 전 항주에서 물러난 해동의 거상 만재방이 보름 전부터 이 천화각에서 만보대전이라는 호화로운 잔치를 열고 있기 때문이었다.

사람들은 만재방의 만보대전을 보면서 세 가지에 놀라고 있었다.

그 첫 번째는 도도하기 이를 데 없었던 천화각이 만재방에 주루를 내주어 만보대전을 열게 허락했다는 것이었고, 두 번째는 만재방이 만보대전에 내놓은 상품들의 기이함과 호화로움이었다.

그리고 세 번째는 만보대전에 초대된 사람들의 면면이었다. 만보대전에 초대된 사람들은 하나같이 고관대작에 부호들이어서 한편으로는 만보대전에 들르는 손님들을 구경하는 것 또한 금화로의 큰 화젯거리가 되곤 했던 것이다.

허소산 일행은 그렇게 보름 사이 항주 최고의 화제가 된 천화각에 발을 들여놓았다. 천화각에 들어서자 세 개의 거대한 장원과 그 장원들 사이에 서 있는 네 채의 화려한 전각이 눈에 들어왔다. 전각들에는 오색의 등들이 영롱한 아름다움을 만들어내며 걸려 있었고, 모든 전각이 밖을 향해 활짝 문을 열고 있었다.

그리고 각 전각의 일층에는 호화로운 빛깔의 비단 천을 씌운 매대가 설치되어 있었는데 그 매대 위에는 중원에서 보기 힘든 기이한 물건들이 올려져 있었다.

"우리가 제일 먼저 온 건가?"

천화각에 들어서며 허소산이 물었다.

"응, 오늘 초대된 서른 명의 손님들은 저녁이 되어서야 올 거야."

전조명이 대답했다.

"그럼 시간이 조금 남았네."

"따라와. 기다리는 사람이 있어."

"날?"

"응."

전조명이 허소산의 팔을 잡았다. 그러자 원보가 물었다.

"그럼 우린 어쩌나?"

"다른 분들은 물건들을 구경하셔야죠."

"살 것도 아닌데……."

"왜요? 하나씩은 사셔야죠."

전조명이 웃으며 말했다. 그러자 원보가 고개를 내저었다.

"아니 우리에게 무슨 금자가 있어서 이렇게 귀한 물건들을 사나. 우린 못 사."

"그런 말씀 마세요. 손가지도에서 가지고 오신 재물이 있잖아요. 그리고 참, 오늘 만보대전에 내놓은 물건 중 다섯 개는 경합을 통해 주인을 정할 거예요. 그때… 파금검 나리의 재력을 한 번 자랑해 보시죠."

전조명이 허소산을 보며 말했다.

"흐흠……. 그것도 재미는 있겠군."

대답은 허소산 대신 원보가 했다. 그러자 전조명이 웃으며 다시 입을 열었다.

"자, 파금검 대협은 이제 제가 데려갈게요."

"뭐, 주인이 데려가겠다는데 할 말 없지. 쩝!"

원보가 고개를 끄덕였다. 그러자 전조명이 이번에는 허산왕을 보며 말했다.

"아버님을 좀 만나봐 주세요."

"방주님을?"

"네, 기다리고 계세요. 도금!"

"네, 아가씨."

"허 협사님을 아버님께 모셔다드려."

"알겠습니다. 따라 오세요."

고려에서부터 전조명을 수행했던 시녀 중 하나인 옥도금이 허산왕을 안내해 동쪽 전각으로 향했다. 그러자 전조명이 다시 허소산의 팔을 잡아 끌었다.

"우린 이쪽이야."

"도대체 누굴 만나는 거지?"

"아주 무서운 사람."

"난 세상에 무서운 사람 없는데?"

"오호라. 천하의 파금검 대협이시라 이거군?"

"후후, 바로 그렇소이다. 전 소저!"

허소산이 짐짓 능글거리는 목소리로 대답했다.

전조명은 허소산을 후원의 전각 이층으로 이끌었다. 본래 천화각의 전각은 모두 다섯이었다. 그중 넷은 세 개의 정원을 사이에 두고 천화각의 전면에 잇닿아 있었고 나머지 하나는 천화각의 뒤편 깊숙한 곳에 외따로 떨어져 있었다. 전조명이 허소산을 이끌고 간 곳은 바로 그 외딴 전각이었다.

"어서 오게."

허소산이 전각에 오르자 한 명의 호방한 중년 사내가 허소산을 맞이했다.

"소방주님!"

사내는 만재방의 소방주 전무산이었다. 본시 전무산은 고려에 있을 때는 재능은 뛰어나되 귀하게 자란 티를 벗지 못해 만재사신 사이에서도 그 성장에 한계가 있을 거라고 말들 하곤 했었지만 지난 세월 만재방이 몰락하는 과정에서 큰 고난을 겪으면서 그를 제약했던 과거 부유한 기운은 이미 사라진지 오래였다.

이제 그는 서역까지 고된 상행을 다녀온 노련한 상인이 되어 있었다. 더불어 오히려 호쾌함을 더한 면에서는 만재방주 전욱보다도 더 영웅적인 기상이 풍기는 전무산이었다.

"기다리고 있었네. 이리로 앉으시게."

전무산이 허소산을 대하는 태도도 예전과는 달랐다. 예전에 그는 허소산을 그저 한 명의 산골 소년 이상으로 보지 않았으나 재회를 한 이후에는 허소산을 무척 존중하고 있었다.

허소산은 전무산이 권하는 대로 서탁 한쪽에 자리를 잡고 앉았다. 그러자 전조명이 다소곳이 허소산 곁에 앉았다.

허소산이 자리에 앉자 전무산이 찻병을 들어 허소산의 찻잔에 차를 따르며 유심히 허소산을 살폈다. 허소산은 전무산의 시선을 느끼고 있었지만 아랑곳하지 않고 창을 통해 바라보이는 천화각의 정경에 눈길을 주고 있었다.

"큰 재산을 모았다고?"

문득 전무산이 입을 열었다. 그러자 허소산이 그제야 전무산을 바라보며 미소를 지었다.

"제게 재운이 좀 있나 봅니다."

"하하하, 하긴 재물이란 것은 사실 운에 따라 붙기도 하고 떠나기도 하지……. 그런데 재물은 요물이라서 사람이 만든 것이면서도 나중에는 사람을 변하게도 만들지."

전무산이 그 뜻이 모호한 말을 했다. 그러나 허소산은 금세 전무산의 말을 알아챘다.

"소방주님의 충고 명심하겠습니다."

"흐흠, 역시 예나 지금이나 총명하군. 하긴 이젠 강호의 영웅이니 나 같은 장사치의 충고 같은 것은 필요 없겠지?"

전무산이 빙그레 미소를 지으며 물었다.

"아닙니다. 저야 여전히 애송이지요."

"하하, 애송이라……. 그럼 그 애송이에게 금천장이 당한 건가? 하하하!"

전무산이 호탕하게 웃음을 터뜨렸다. 그러자 전조명이 살짝 아미를 모으며 입을 열었다.

"오라버니 도대체 소산에게 하고 싶은 말씀이 뭐예요?"

"그걸 지금 몰라서 묻는 거냐?"

"그럼 제가 오라버니 속마음을 어찌 알겠어요?"

"넌 어릴 때는 무척 총명하더니 지금은 조금 바보가 된 듯싶구나."

"뭐라고요?"

전조명의 눈을 흘기며 소리쳤다. 그러자 전무산이 손을 저으며 말했다.

"아니다. 아니야. 내 농을 한 번 해본 것이다. 음… 소산!"

"예, 소방주님!"

"이런이런……. 언제까지 날 소방주라고 부를 거지?"

"……?"

허소산이 이번만큼은 전무산의 말뜻을 쉽게 알아듣지 못하고 전무산을 바라봤다.

"소산 자네가 조명과 혼인을 약속한 사이라면 이제 날 부르는 호칭도 달라져야지 않겠는가?"

"오라버니……!"

허소산보다 전조명이 먼저 입을 열었다.

"넌 좀 가만히 있거라. 아무리 허물없는 사이라지만 아녀자가 왜 자신의 혼사 이야기에 이리 두서없이 나서느냐?"

전무산의 핀잔에 전조명이 얼른 입을 닫았다. 그러자 전무산이 다시 허소산을 보며 말했다.

"소산, 이제는 날 형님이라고 불러라."

"소방주님……."

허소산의 표정이 살짝 변했다.

"이런 여전히 소방주냐?"

"…알겠습니다, 형님!"

"하하하, 좋아, 좋아. 소산 너와 같은 매제라면 내가 황송하지. 하지만 앞서 말했지만 이걸 명심해. 천하의 권세와 부귀가 찾아온다 해서 마음이 변해 우리 조명일 괄시한다면 내가 가만있지 않을 게다."

"걱정 마십시오. 그 부귀와 권세는 언제라도 버릴 수 있는 것들이니까요. 제게는 그렇습니다."

"음……. 소산 넌 본래 그런 사람이었지. 하지만 그래서 우리 만재방과는 사실 어울리지 않는단 말씀이야."

"그건 또 무슨 말이에요, 오라버니?"

"인석아. 만재방이 어떤 곳이더냐? 부를 위해 상행을 하는 상가가 아니더냐? 그런 집안의 사위가 되려면 사실 재물에 대한 욕심은 조금 있어야 하는 것 아니겠느냐?"

"소산이 우리 집안에 들어오는 게 아니라 제가 소산에게 가는 거예요."

"어이구야. 이거 벌써 출가외인의 티를 내는 것이냐?"

"흥, 오라버니가 이렇게 괄시를 하면 오늘이라도 소산을 따라나설 거예요."

"이런……. 쯔쯔… 이제야 본심이 나오는구나. 하지만 인석아. 조금 기다려야 할게다. 아버님께서 지금 허 엽사님과 너희의 이야기를 나누고 있을 테니 말이다."

"그래서 허 엽사님을 보자고 하신 거군요?"

전조명이 반색을 하며 물었다.

"그래. 너희들 혼사 이야기를 나누실 거다."

"아, 다행이다. 아버지가 반대하실까 봐 걱정했는데……."

"후후, 천하에 소산 아우 같은 사위를 거부할 사람은 없지. 문제는 소산이 너무 뛰어나다는 건데……."

"쳇, 그게 무슨 문제에요? 서역에서 돌아오셔서는 자꾸 그런 말씀들을 하시네?"

"옛부터 잘난 사위를 두는 것은 제법 어려운 일이었거든."

"에이, 무슨 말이 그래요."

전조명이 얼굴을 찌푸리며 말했다. 허소산은 두 남매의 이야기를 미소와 함께 조용히 듣고 있었다. 그러자 한순간 전무산이 정색을 하며 말했다.

"혼인을 서둘지는 않으실 생각인 듯싶다."

"왜요?"

전조명이 실망한 표정으로 물었다.

"아직은 소산이 파금검으로서의 삶을 좀 더 살아야 하기 때문이다."

"그렇기는 하지만… 이 싸움이 언제 끝날지 알 수 없잖아요?"

"음……. 하지만 일단 우리 만재방이 항주에 단단히 뿌리를 내린 후 혼인을 시키시고 싶은 모양이시더라. 아버님은… 네 혼사를 제대로 치르고 싶으신 거야. 그러니 너도 불평하지 말아라."

"난 예식 같은 거 신경 안 써요."

"물론 넌 그렇겠지. 너야 소산만 있으면 되니까. 하지만 부모의 마음은 그게 아니다. 더군다나 아버님은 어머님 없이 널 홀로 키우지 않으셨더냐. 그러니… 조금 기다리거라."

그러자 전조명이 허소산을 보며 물었다.

"괜찮아?"

"나야 조명만 괜찮다면 상관없어."

"뭐?"

한순간 전조명의 눈꼬리가 올라갔다. 그러자 전무산이 얼른 입을 열었다.

"소산, 소산, 넌 아직 조명을 성정을 모르는 거냐? 그렇게 대답하면 안 되지."

"그런가요? 하하."

허소산이 실없이 웃음을 터뜨렸다.

"저 녀석은 무척 잘 삐치는 녀석이니 너도 제법 힘들게다. 하하하!"

전무산 역시 호탕한 웃음을 터뜨렸다. 그러자 가운데서 전조명이 두 사람을 노려봤다.

"아무튼… 오늘로 만보대전이 끝나면 우리는 창룡곡으로 거처를 옮길 거야."

"창룡곡의 정확한 위치가 어디지요?"

허소산이 물었다. 그러자 전무산이 손을 들어 북쪽을 가리켰다.

"북쪽 해안의 절곡이지. 아주 오래전부터… 그러니까 우리가 항주에 온 직후부터 아버님이 눈여겨보셨던 곳이지. 그래서 미리 그 곳의 땅을 매입하고 은밀히 사람을 보내 만재방의 본가를 세우셨던 거야. 서역으로 떠나기 전 맡기신 일인데 꽤 오래 진행된 일이지."

"흠, 나도 그곳에 직접 가본 적이 거의 없어."

어느새 본색을 회복한 전조명이 말했다.

"한 번 보고 싶군요."

"오늘은 만보대전의 마지막을 치러야하니 내일 나와 함께 가보지."

"사람들 눈이 있는데 괜찮을까요?"

전조명이 물었다. 그러자 전무산 입을 열었다.

"비록 소산이 파금검으로 살아간다고 해도 우리 만재방과 얼굴을 보지 않고 살 이유는 없겠지. 이미 파금검이란 이름은 무림에서 유명하니까. 우리 만재방이 강호영웅 파금검에게 접근하는 것은 이상한 일이 아니다."

"금천장을 자극하시려는 거군요."

허소산이 물었다.

"그런 의도가 없는 것은 아니지. 그들은 소산 네가 우리 만재방과 가까워지는 것을 보면 무척 신경 쓰일 거야. 너의 무공도 무공이지만 네가 가지고 있는 재물의 가치를 잘 알고 있으니……. 하하, 아마도 너에게 다시 접근할지도 모르겠구나."

"흐흠, 이번에는 쉽게 손을 잡아줄 수 없지요."

"후후, 그리되면 결국 그들로서는 최악의 패를 내놓게 되겠지."

전무산이 낮게 웃음을 흘렸다. 그러자 허소산이 차를 한 모금 마시고는 입을 열었다.

"이 싸움 언제 끝날까요?"

"글쎄. 쉬운 일은 아닐 거 같다. 금천장이 단순한 상가가 아니라는 사실이 밝혀진 이상… 싸움은 고려로 이어지게 될 것이고, 결국 고려로 들어가 그들의 뿌리를 파헤치기 전에는 싸움이 끝났다고 말할 수 없겠지."

"긴 싸움이 되겠군요."

"그렇겠지."

전무산이 약간 그늘진 표정으로 대답했다.

해가 서쪽으로 지고, 천화각에서 밝힌 등들이 위력을 발휘하기 시작했다. 천화각의 밤은 낮에 비해 수배는 더 화려했다. 전각 곳곳에 밝혀놓은 등들은 천화각을 지상에 존재하지 않을 듯한 신비지처로 만들었고, 전각들 일층에 전시된 서역의 기이한 물건들을 한층 더 값지게 보이게 했다.

그리고 천화각이 그렇게 빛의 궁전으로 변해갈 때 만재방에서 초대한 손님들이 하나둘 천화각으로 들어서기 시작했다.

"저 사람은 구주표국의 국주 모화량이네."

전무산이 막 천화각으로 들어서는 굴강한 중년 사내를 가리키며 말했다.

"생각보다 젊군요."

"음, 그가 구주표국의 국주가 된 것은 채 오년이 되지 않았네. 하지만 그 능력은 전대 국주를 능가한다고 알려진 자네. 그렇지만 역시 강호의 연륜을 어쩔 수 없어서 강호명가들에게는 조금 무시를 당하는 면이 있지. 그래서 세를 확장하려 무척 노력중인 사람일세."

"됨됨이는 어떤지요?"

허소산이 전무산에게 물었다.

"글쎄. 듣기로는 호걸의 풍모가 있다고 하더군. 하지만 직접 겪어보지 못했으니 알 수 없는 일이네."

전무산과 구주표국주 모화량에 대해 이런저런 이야기를 나누는 사이 어느새 전욱이 급히 나와 모화량을 맞이하고 있었다. 그러자 전무산이 자리에서 일어났다.

"아버님이 나서셨으니 나도 그만 나가봐야겠네. 오늘은 자네도 만보대전의 귀빈이니 즐겁게 지내시게."

"하하, 그래도 되나요?"

"후후, 오늘 만큼은 자네가 나설 일이 생기지 않았으면 좋겠네. 그럼 천천히 나오게."

전무산이 가벼운 미소를 짓고는 장내를 벗어났다. 그러자 전조명이 얼른 허소산 곁에 앉으며 말했다.

"소산!"

"왜?"

"그런데 내가 잊고 있었던 일이 있는 것 같아."

"뭘?"

"흠……. 손가지도에서 엄청난 재물을 얻었다고 했지?"

"그랬지."

허소산이 고개를 끄덕였다.

"그런데… 왜 아무것도 없어?"

전조명이 눈을 가늘게 뜨며 물었다.

"무슨 말이야?"

"모른 척할 거야? 내 선물 말이야. 설마 빈손으로 온 건 아니지?"

"아! 그렇군. 내가 잠시 잊고 있었네!"

허소산이 무릎을 치고는 품속에서 작은 석함을 꺼냈다.

"뭐야?"

전조명이 허소산이 석함을 꺼내자 호기심을 보이며 물었다. 허소산이 아무 대답 없이 석함을 열었다. 그러자 영롱한 녹색 빛깔의 구슬이 모습을 드러냈다.

"예쁘다."

전조명 역시 여인은 여인, 영롱한 녹주를 보며 전조명의 눈이 황홀하게 변했다.

"선물이야."

"정말? 날 주는 거야?"

전조명이 되묻자 허소산이 고개를 끄덕였다. 그러자 전조명이 만면에 웃음을 담은 채 석함을 받아들었다. 녹주에서 흘러나오는 빛이 전조명의 얼굴을 아름답게 물들였다. 허소산은 그런 전조명의 미모에 취한 듯 전조명을 바라보고 있었다. 그러다 문득 전조명이 물었다.

"무슨 구슬이야?"

"피독주야."

"피독주?"

전조명이 조금 놀란 표정으로 물었다. 그러자 허소산이 고개를 끄덕였다.

"그래. 천하에 몇 개 없는 거라고 하더라고."

"누가?"

"금천장주 금선옹이. 무척 탐을 내던걸? 그 물건이 조명에게 있는 걸 알면 아마도 무척 속이 상할 거야."

"흐음……. 금선옹조차 탐내는 물건이란 말이지?"

"강호에서 살아가자면 아무래도 피독주 같은 것이 필요할 때가 있으니까."

"알았어. 정말 고마워. 난 그저 작은 금붙이 정도의 장신구를 원했었는데……."

"후후, 그래도 오왕의 재물을 손에 넣은 나인데 이 정도 선물은 해야지."

허소산이 호기롭게 말했다.

"후후, 부자 낭군을 두니 좋긴 좋네."

전조명의 배시시 미소를 짓고는 다시 피독주에 눈을 돌렸다. 그런데 그때 문득 입구 쪽에서 감아라의 목소리가 들려왔다.

"뭐해요?"

"응? 아라구나. 어서와."

전조명이 감아라를 안으로 불렀다. 그러자 감아라의 뒤를 따라 감명도 장내로 들어섰다.

"뭐예요?"

감아라가 전조명의 손에 들린 피독주를 보며 물었다.

"응, 소산이 날 위해 준비한 선물이라는 구나."

"선물이요? 와, 이쁘다. 이게 무슨 구슬이에요?"

"피독주라는구나. 웬만한 독은 물리쳐 주는 구슬이지."

"와, 그럼 이건 정말 귀한 거군요?"

"그렇다고 할 수 있지. 천하에 몇 개 없대."

허소산의 선물을 한껏 자랑하고 싶은지 전조명이 피독주의 귀함을 연신 입에 올렸다. 그러자 감아라가 입을 비쭉하며 말했다.

"흥, 역시 소산 오라버니는 언니만 생각하시는군요. 제게는 아무런 선물도 없으면서……."

"도대체 형님이 왜 네게 선물을 해야 하는 건데?"

감명이 허소산을 대신해 퉁명스럽게 물었다. 그러자 감아라가 정색을 하며 말했다.

"비록 우리가 피를 나누지는 않았지만 소산 오라버니와 우린 친남매와 다름없잖아요. 같이 죽을 고비도 넘겼고, 무인도에서 육 년을 같이 살았어요. 그러니 당연히 소산 오라버니는 내게 선물을 줄 의무가 있다고요. 안 그런가요, 오라버니?"

감아라가 허소산을 빤히 바라보며 물었다. 그러자 허소산이 고개를 끄덕이며 대답했다.

"오냐. 듣고보니 아라 네 말이 맞구나. 내가 실수를 했다. 음……. 이렇게 하자꾸나. 나에게는 수만금의 금자가 있으니 아라 네가 원하는 물건은 뭐든지 사주마. 오늘 이 만보대전에는 귀중한 물건이 많이 나와 있으니 한 번 골라보려무나."

"앗! 정말요?"

감아라가 손뼉을 치며 물었다.

"물론이다. 내가 아라에게 그 정도는 해줄 수 있지."

"후후, 이거 횡재했네. 어떤 물건을 고르지?"

감아라가 두 손을 모으며 한껏 기분을 냈다. 그러자 감명이 차가운 목소리로 말했다.

"아서라. 그랬다가는 아버님께 혼쭐이 날 거야."

"흥, 소산 오라버니가 사주는 거면 아버지도 뭐라 하실 수 없을 거예요."

"글쎄 과연 그럴까?"

"오라버니 오라버니가 잘 말씀드려주실 거죠?"

감아라가 다시 허소산을 보며 물었다. 그러자 허소산이 고개를 끄덕였다.

"오냐. 걱정 말거라. 감 녹사님께는 내가 말씀드리마."

"고마워요, 오라버니. 자 그럼 이제 선물을 고르러 가봐야죠?"

감아라가 장내의 사람들을 둘러보며 말했다. 그러자 전조명이 자리에서 일어나며 말했다.

"그래. 함께 가보자. 내가 아주 괜찮은 물건을 봐 두었어."

"그래요? 그럼 어서 가요, 다른 사람이 차지하기 전에."

감아라가 전조명의 팔을 이끌고는 장내를 벗어났다.

천화각을 찾은 손님의 숫자가 어느새 스물을 넘고 있었다. 전욱은 그들을 위해 매우 세심하게 신경을 썼다. 그래서 천화각을 찾은 손님들은 나란히 늘어선 네 개의 전각 곳곳에 자신들만의 자리를 삽고 전각 일층에 마련된 물건들을 둘러보고 있었다.

전조명과 감아라는 이미 전각들 일층에 마련된 서역의 물건을 두고 정신없이 이야기를 나누고 있었다. 허소산과 감명은 거리를 두고 두 사람을 따르며 이런저런 이야기를 나눴다.

그런데 그때 문득 전욱을 포함한 만재방의 수뇌들이 분주하게 천화각 정문으로 몰려나왔다.

"무슨 일이지?"

허소산이 고개를 돌려 천화각 입구를 바라봤다. 그러자 관복을 입은 초로의 노인이 천천히 천화각 입구로 들어서고 있었다.

"누구죠?"

감명도 눈빛을 빛내며 물었다. 그런데 그 대답은 멀리서 초로의 노인을 맞이하는 전욱의 입에서 흘러나왔다.

"어서 오십시오. 절도사 어른!"

절도사라면 당금 절강성의 절도사인 정과임이 분명했다. 본시 절도사란 직책은 당조에서 시작된 관직인데 당 말에 각지의 절도사들이 분규를 일으켜 이씨 왕조 멸망의 원인이 되었기에 송조에는 절도사의 직위를 거의 거둬들인 상태였다.

그러나 절강성에는 여전히 절도사가 존재했는데 그 이유는 현재 절강의 절도사인 정과의 집안이 절강에서 무척 유력한 호족의 가문이어서 조정에서도 함부로 그 지위를 거둘 수 없는 세력을 가지고 있기 때문이었다.

"이렇게 귀한 자리에 초대해 주셔서 고맙소이다."

정과가 전욱의 인사를 받고는 조금 거만한 태도로 응대했다.

"무슨 말씀이십니까. 천한 장사치의 초대에 응해주신 것만으로 가문의 영광입니다."

"하하하, 내 듣기에 전 방주께서는 과거 해동과 중원 모두에서 천하제일이라 불리던 만재방의 주인이시라도 들었소이다. 그런 분이 어찌 천한 장사치일 수 있겠소. 더군다나 오늘은 만보대전의 끝날이라 가장 귀중한 물건을 내어 놓았을 뿐 아니라 초대받은 손님도 오직 서른에 한한다고 들었소이다. 이런 자리에 초대되었으니 나야말로 큰 영광이오."

말은 그렇게 했지만 노인의 얼굴에는 도도한 자신감이 가감 없이 드러나고 있었다.

"그리 말씀해주시니 감사합니다. 자 안으로 드시지요. 따로 자리를 마련했습니다."

"음, 그럽시다. 그런데……."

문득 절도사 정과가 슬쩍 천화각 내부를 훑어보며 말꼬리를 흐렸다.

"무슨 하문하실 일이라도……."

"음, 통판은 아직 오지 않았소?"

정과가 은근한 목소리로 물었다.

"왕 동관께서는 아직 오지 않으셨습니다."

"흥! 사람이 역시 살집만큼이나 걸음이 느리군. 갑시다."

정과의 한 줄기 비난을 흘리고는 전욱을 앞세워 걸음을 옮겼다.

"통판 왕대계와 절도사의 사이가 좋지 않다더니 정말인 모양이에요."

정과가 전욱과 함께 동쪽의 전각으로 들어가자 감명이 나직하게 말했다.

"그야 당연한 일 아니겠느냐? 본시 통판들은 조정에서 각 지방의 절도사나 지사들을 견제하기 위해 보낸 자들이 아니냐."

"그렇다면 오늘 두 사람의 자존심 싸움도 볼만하겠는데요?"

"후후, 그보다는 통판 왕대계가 우리 덫에 걸리는 구경이 더 재미있을 게다."

"정말 그를 끌어들이시려고요?"

"그의 약점을 잡고 있으니 그가 우리의 손아귀를 벗어날 수는 없을 거야."

"통판을 우리 사람으로 만든다면 항주에서 만재방의 일은 한결 수월하겠네요."

"두고 보자. 그를 실제로 보는 것은 나도 오늘이 처음이니. 어떤 자인지 궁금하구나."

第八章
불청객

독경
書經

친상방의 온중튱, 화련 상교하 항주 상계를 장악하고 있는 두 명의 대상(大商)이 거의 동시에 천화각으로 들어왔다. 그러자 전욱을 비롯한 만재방의 수뇌들이 한바탕 소동을 벌여 그들을 맞아들였다.

"경쟁자 아니면 친구가 될 사람들이군."

허소산이 두 사람을 보며 말했다.

"금천장은 초대하지 않았나 봐요?"

"초대를 하지 않았을 리가 없지 않느냐? 그들은 항주에서 가장 크고 강력한 상가인데……."

"그럼 오지 않는 걸까요?"

"모르겠구나. 하지만 오기가 쉽지는 않을 게다. 만재방의 재기에 대한 대책을 아직 세우지 못했을 테니. 본시 사람이란 머릿속에 뭔가 계획을 세웠을 때만 움직일 수 있는 법이란다. 그들로서는 이렇게 갑작스럽게 재기하는 만재방에 대한 대책을 세우기 힘들 거다. 더군다나 그 수장들이 오늘에서야 손가지도에서 돌아오지 않았더냐?"

"그들이 앞으로 어떤 방식을 택할까요? 이대로 두고 보지는 않을 것 아니에요."

"글쎄. 잘 모르겠구나. 어쩌면 혹은 화친의 손을 내밀지도……."

"설마요. 만재방을 몰락시킨 그들이 어떻게……."

감명이 말이 안 된다는 듯 고개를 저었다. 그러자 허소산이 웃으며 말했다.

"강호든, 상계든 하나의 원칙이 있다. 권력과 재물을 쫓는 자들에겐 영원한 적도 영원한 친구도 없다는 것이다."

"배신자들의 논리군요."

"후후, 일면 그런 면이 없지 않지. 하지만 그들의 목적이 권력과 재물이라면 의리나 도리는 같은 것은 이차적인 문제라는 거지."

"의와 도를 배제한다면 뭐 동물과 다를 바 없잖아요?"

"역시 명이 넌 녹사 어른의 아들이구나."

허소산이 빙그레 미소를 지었다.

"고지식하다는 말인가요?"

감명이 살짝 얼굴을 찌푸렸다.

"기분이 나쁜 거냐?"

"그런 건 아니에요. 단지… 전 아버지가 좀 더 융통성이 있는 분이었으면 하는 생각을 많이 했거든요. 해적선을 탄 이후에 많이 변하시기는 했지만 그래도 답답할 때가 많아요. 특히 고려에서는… 그런데 제가 그런 아버지를 닮았다니 이상한 기분이 들어서요."

"이상할 것 없다. 그건 네가 네 아버지의 아들이어서가 아니다."

"그럼요?"

"네가 어른이 되었기 때문이다. 그것도 아주 괜찮은 어른이 된 거지. 욕망이 아닌 도리를 아는 어른이 된 거니까. 네가 녹사 어르신의 심정을 이해하게 된 것이라고도 할 수 있다."

"음…… 그긴 맞아요. 요즘 들어 예전 고려에서의 아버지 행동이 이해는 돼요."

"후후, 나도 최근 들어서야 아버지의 사냥술 중 일부를 새롭게 이해할 수 있었단다."

"하하, 천하제일고수가 사냥술에 대한 이해를 새롭게 한다고요?"

"아버지는 해동제일의 사냥꾼이시지. 그렇다고 함부로 많은 짐승을 사냥한 것은 아니다. 난 예전에는 왜 아버지가 그렇게 뛰어난 실력으로 많은 짐승을 잡지 않는 걸까. 그걸 의아해했었다. 그런데 최근 들어서야 아버지가 그리하신 이유를 알겠구나."

"그 이유가 뭐죠?"

"그건 아버지가 산을 사랑하시기 때문이다."

"아유, 전 도대체 무슨 말인지 모르겠어요."

"하하, 그래 이건 좀 어려운 문제지. 아버지는 백두에서 사냥꾼이 아니라 산 그 자체이고 싶으셨던 것 같다. 누구도 자기 자신을 황폐하게 만드는 사람은 없다. 재물과 권력에 자신의 영혼을 팔지 않는 이상은……. 아버지에게 백두는 곧 자신이었던 거지. 그러니 그 속에 사는 짐승들 역시 함부로 사냥할 수 없었던 거다. 그래서 먹고 살 만큼만, 산이 내어주는 만큼만 사냥을 하셨던 거야. 그래도 뭐, 백두에서 가장 뛰어난 사냥꾼이었지만……."

"역시 어려운 말이네요."

"그래. 나도 그 이치를 요즘에 들어서야 조금씩 깨닫고 있단다. 그래서 더욱 조심하고 있다. 내가 사는 이 세상에 큰 흠집을 내지 않기 위해서……."

"형님이시라면… 그런 면에선 위험한 분이시지요. 마음먹기에 따라서는……."

"그래. 네가 내 말을 이해했구나. 그럼 부탁 하나 할까?"

"뭔데요?"

"내가 만약 세상을 너무 험하게 다루는 것 같을 때는 네가 내게 충고를 해다오."

"후후, 형님이 그렇게 이성을 잃을 리가 없지요."

"명아. 난 그렇게 뛰어난 사람이 아니란다."

"아뇨. 형님은 제가 본 사람 중 가장 뛰어난 분이에요."

감명이 단호하게 대답했다.

"통판 어른 듭시오!"

문득 정문 쪽에서 높은 목소리가 들렸다. 그러자 서역의 물건들을 구경하고 있던 사람들의 시선이 일제히 정문으로 향했다. 그리고 그중 발 빠른 사람은 어느새 문 쪽으로 달려 나와 천화각에 들어서는 푸짐한 풍채에 날카로운 눈매를 지닌 관복 사내에게 인사를 하고 있었다.

"저자가 왕대계구나."

선물을 찾겠다고 천화각 이곳저곳을 돌아보고 있던 전조명과 감아라가 어느새 허소산 뒤에 와서 입을 열었다.

"처음 보는 거야?"

허소산이 전조명에게 물었다. 만보대전이 열리던 지난 보름 동안 왕대계는 세 번 천화각에 들렀었다고 했다. 그런 그를 전조명이 보지 못했다는 사실은 이상한 일이었다.

"그가 이렇게 공공연히 모습을 드러내고 온 것은 오늘이 처음이야. 그동안은 은밀히 찾아 왔었지. 사람들의 눈에 띄지 않게 변복을 하고. 아버님이 특별히 그를 따로 만나셨었어."

"흠, 관부의 관리이니 마음 놓고 드나들기 어려웠던 게군."

"그렇다고 봐야지. 하지만 제법 많은 물건을 사기는 했어."

"후후후, 재물은 무척 많을 거야. 그는… 장사에 일가견이 있으니."

"병장기 장사?"

"그렇지. 그게 자기 목을 죌 테지만……."

허소산이 미소를 지었다. 그러는 사이 어느새 달려 나온 전욱과 만재방의 수뇌들이 왕대계를 맞이하고 있었다.

"어서 오십시오. 통판 어른……."

전욱이 정중하게 인사를 했다.

"다시 뵙는구려. 그래 사람들은 많이 왔소?"

"얼추 모두 온 것 같습니다."

"그렇구려. 절도사 나리는……?"

"먼저 와 계십니다. 저기……."

전욱이 슬쩍 몸을 돌려 동쪽 전각의 한 곳을 가리켰다. 그러자 전각 이층 창가에서 앞서 천화각을 찾은 절도사 정과가 아래를 내려다보며 서 있었다. 왕대계가 그런 정과를 향해 가볍게 고개를 숙여보였다. 그러자 정과 역시 고개를 까딱여 인사를 대신했다. 멀리 떨어져 있기는 했지만 두 사람 사이에 차가운 냉기가 흐르는 것은 누구나 알 수가 있었다.

"들어가시지요. 따로 방을 마련해 놓았습니다."

"그럽시다."

정과를 보았다는 것만으로도 기분이 상했는지 왕대계가 조금 싸늘한 표정으로 대답했다. 그런 왕대계를 전욱이 은근한 미소로 안내했다.

"통판까지 왔으니 이제 모든 사람이 온 것인가?"

허소산이 전조명을 보며 물었다.

"응, 다 온 것 같아. 그리고 이미 시간이 많이 지났어. 안 온 사람도 서넛은 있지만, 뭐 별로 중요한 인물들은 아니지. 아, 그러고 보니 금천장에선 아직 사람이 오지 않았구나."

"금천장이야 올 사정이 아니겠지."

"그렇긴 하지만……."

전조명이 고개를 끄덕였다. 그런데 그때 문득 전욱이 네 개의 전각과 세 개의 정원으로 둘러싸인 천화각의 중앙 공터에 모습을 드러냈다. 그의 곁에는 네 명 노고수가 서 있었는데 바로 만재사신이었다.

"시작하시려나 봐."

전욱이 앞으로 나서자 전조명이 말했다.

"그렇구나. 그럼 우리도 준비를 좀 해야겠군."

허소산이 대답하자 문득 감아라가 퉁명스럽게 말했다.

"난 아직 선물을 고르지 못했는데……."

"아라! 지금 선물 타령을 하고 있을 때냐?"

감명이 짐짓 차가운 시선으로 감아라를 꾸짖었다.

"알았어요. 알았다고요. 왜 화를 내고 그래, 흥!"

감아라가 새침한 표정으로 코웃음을 치는 사이 전욱이 진중한 목소리로 입을 열었다.

"오늘 본 방의 만보대전 마지막 날에 이렇게 왕림해 주신 여러 귀빈들께 만재망의 방주로서 감사의 말씀을 드립니다. 모두 아시다시피 이번 만보대전은 지난 세월 제가 중원을 떠나 서역을 여행하며 모아온 귀중한 물건들을 귀빈들께 선보이기 위해 만든 자리였습니다. 다행히 귀한 물건에는 귀한 주인이 있다고, 제가 서역에서 가져온 물건들 대부분은 그 주인을 찾아갔습니다. 이는 모두 여러 귀빈들께서 이 전 모의 사정을 보아주셨기에 가능한 일이었음을 알고 있습니다. 이 전 모가 다시 한 번 귀빈들께 감사의 인사를 올리겠습니다."

전욱이 잠시 말을 끊고 한 걸음 앞으로 나서며 정중하게 포권을 해보였다. 일단 전욱이 이야기를 시작하자 장내는 깊은 침묵 속에 빠졌다. 인사를 마친 전욱이 그 침묵 속에서 다시 말을 이었다.

"아시는 분은 아시겠지만 기실 저희 만재방은 칠 년 전, 큰 곤란을 겪었습니다. 해서 본 방은 항주의 모든 가업을 정리하고 서역으로 건곤일척의 상행을 떠날 수밖에 없었지요. 그런데 아직 천운이 이 전욱을 버리지 않았음인지 만재방은 서역의 상행에서 큰 이문을 남길 수 있었습니다. 그리고 드디어 오늘날 이렇게 만보대전을 열어 만재방이 다시 세상에 나섰음을 여러분께 알릴 수 있는 행운을 잡았습니다."

그때 문득 동쪽 전각이 이층에서 절도사 정과의 음성이 들려왔다.

"이는 모두 전 방주의 뛰어난 능력에 의한 것임을 어찌 모르겠소이까? 고난을 이겨낸 전 방주의 끈기와 노력, 그리고 만재방을 재건시킨 방주의 능력에 찬사를 보내는 바이오."

"맞소이다. 만재방이 일시의 어려움을 겪었지만 천하제일의 상가였음을 모르는 사람은 없을 것이오."

이번에는 중앙에 있는 전각에서 굴강한 목소리가 들려왔다. 구주표국의 국주 모화량의 목소리였다. 두 사람의 찬사에 전욱이 다시 한 번 포권을 하며 입을 열었다.

"두 분의 과찬에 감사드립니다. 그러나 세상일이란 것이 어찌 한 사람의 재능과 능력으로만 성취를 이룰 수 있겠습니까? 오늘날 만재방이 이렇게 다시 세상에 이름을 드러낼 기회를 얻게 된 것은 두 분을 포함한 여러분의 도움이 있었기 때문에 가능한 일이지요. 그래서 오늘 이 전 모는 여러분께 다시 한 번 부탁을 드리고자 합니다. 만재방은 오늘 만보대전을 끝내면 북쪽 해안가 창룡곡에 자리를 잡을 생각입니다. 창룡곡에서부터 만재방은 다시 세상을 향해 상행을 나설 것입니다. 그러니 앞으로 여러분의 많은 도움을 부탁드리는 바입니다."

"하하하! 역시 만재방주께서는 포부가 대단하시구려. 앞으로 만재방의 번영을 기대하겠소."

조금 도도한 목소리로 만재방의 앞날을 축원한 사람은 통판 왕대계였다. 그런데 이상하게도 그의 목소리에는 일종의 가시가 느껴졌다. 분명 전욱 역시 그의 목소리에 실린 차가움을 느꼈을 테지만 전혀 표정에 변화 없이 왕대계를 향해 고개를 숙여보였다.

"통판 어른의 축원에 감사드립니다. 오늘 만보대전의 마지막 날을 맞아서 이 전 모는 모두 열두 개의 진귀한 물건을 여러 분 앞에 내놓았습니다. 귀빈들께서는 이미 그 물건들을 살펴보셨을 것입니다. 이 열두 개의 물건은 모두가 하나 같이 천금의 가치를 가지고 있는 물건들입니다. 하지만 그보다도 이 물건들을 소유하는 것은 값으로 매길 수 없는 명예를 지니는 것이나 마찬가지라고 감히 말씀드릴 수 있습니다. 왜냐하면 이 물건들은 천하에 오직 하나씩만 존재하는 것들이기 때문입니다."

전욱의 말을 끝내며 고개를 한 번 까딱였다. 그러자 아리따운 여인들이 네 채의 전각 일층에 전시되어 있던 물건들을 전욱이 있는 곳으로 들고 나왔다.

네 채의 전각에 나뉘어져 있던 열 두 개의 보물이 한데 모이자 장내가 휘황찬란한 빛으로 어우러졌다.

"오오!"

"정말 대단하군."

전각 곳곳에서 사람들의 탄성 소리가 흘러나왔다. 이미 그들은 열두 개의 물건을 모두 본 후였지만, 그 물건들이 한데 모이자 그 가치를 새삼스레 깨달았던 것이다.

"이미 이 보물들에 대해선 여러분께 서책을 통해 그 가치를 설명 드렸으니 따로 설명을 드리지는 않겠습니다. 여러분께서는 원하는 물건과 그 물건의 값으로 치르실 수 있는 금액을 나눠드린 금라에 적어주십시오. 그러면 그중 가장 높은 값을 쓰신 분이 물건의 주인이 되는 것으로 하겠습니다. 이 물건들의 가치는 서로가 모두 다르기 때문에 어느 것이 높고 낮다고 말할 수 없습니다. 단지 개인의 취향에 따라 그 값어치가 달라지겠지요. 생각할 시간은 충분히 드리겠습니다. 그동안 여러분께서 계시는 곳으로 주안상이 올려질 것입니다. 충분히 오늘밤을 즐기시면서 값을 결정해 주십시오. 금라를 걷어 오는 것은 한 시진 후로 하겠습니다."

전욱이 말을 끝내고는 열두 개의 물건을 들고 있던 시녀들에게 가볍게 고개를 끄덕였다. 그러자 시녀들이 조심스럽게 걸음을 옮겨 다시 전각 안으로 들어갔다.

"그럼 모두 즐거운 시간을 보내시기 바랍니다. 저는 한 시진 후에 다시 뵙지요."

전욱이 정중하게 포권을 한 후 걸음을 옮겨 동쪽으로 전각으로 향했다. 그런데 바로 그때였다.

"만재방의 방주께서는 잠시 기다려 주시오!"

문득 천화각의 입구 쪽에서 걸쭉한 목소리가 들려왔다. 그러자 걸음을 옮기려던 전욱이 살짝 아미를 모으며 목소리가 들린 곳으로 시선을 돌렸다.

"저들은······!"

허소산이 나직하게 중얼거렸다.

"아는 사람들이야?"

전조명이 물었다.

"음, 오룡에서 본 적이 있어."

"오룡에서?"

"그래."

허소산이 고개를 끄덕였다. 그러는 사이 천화각의 정문을 통해 근 이십여 명에 이르는 사람들이 천화각 안으로 들어왔다.

"무슨 일들이시오. 오늘 이 천화각에는 귀빈들을 모신 관계로 다른 손님들은 받을 수 없소."

전욱이 싸늘한 시선으로 들어서는 자들을 보며 말했다. 그러자 그중 자그마한 체구를 지닌 자가 앞으로 나서며 말했다.

"물론 우리도 그 사실을 모르는 것은 아니오. 하지만 오늘 이곳에서 천하에서 보기 힘든 물건들을 볼 수 있다기에 이렇게 무례를 무릅쓰고 찾아온 것이오. 본래 세상에는 호기심을 참을 수 없는 사람들도 존재하지 않소이까?"

키 작은 사내가 탐욕스런 눈빛을 빛내며 말했다.

"당신들의 정체가 무엇이오?"

전욱이 차갑게 물었다. 그러자 키 작은 사내가 조금 음흉한 미소를 지으며 대답했다.

"세인들은 우릴 천상천하십이옹이라 부르오. 뭐, 뒤에 계신 몇 분은 나도 그 존성대명을 모르겠고."

아마도 천화각에 들이닥친 이십여 명 모두가 한 일행은 아닌 듯싶었다.

"저자들이 여긴 웬일일까?"

문득 허소산 뒤에서 원보의 목소리가 들렸다. 천화각의 불청객들은 무창 송산의 오릉 밖에서 보았던 천상천하십이웅이었다. 남녀노소가 섞여있는 이 일행은 장내의 사람들에게 위압감 대신 큰 호기심을 불러 일으켰다.

"오릉에서 무슨 일이 있었나요?"

전조명이 고개를 돌려 원보를 보며 물었다.

"우리와 작은 인연은 있었지. 뭐 대단한 것은 아니고."

"고수들인가요?"

"음, 강호에서 제법 이름을 날리는 자들이지. 설 노사께 들으니 본시 함께 다니는 경우는 드물다고 했었는데……. 오늘도 오릉에서처럼 함께 왔군."

"분란을 일으키지는 않을까요?"

감명이 거정스런 표징으로 말했다. 그러자 원보가 미소를 지으며 대답했다.

"만약 그런 생각으로 왔다면 오늘 큰 곤욕을 치르겠지. 저들이 제법 명성을 얻고 있다고는 해도 만재사신을 감당할 수는 없을 테니까. 아무튼 재미는 있겠군."

원보가 몇 걸음 앞으로 나서 장내의 상황을 좀 더 자세히 살피기 시작했다.

"당신들이 그 유명한 천상천하십이웅이었구려. 그런데 본각에는 웬일이시오?"

전욱이 차가운 음성으로 물었다. 그러자 키 작은 사내가 대답했다.

"방주는 기억력이 좋지 못하시구려. 내 좀 전에 구경을 왔다지 않았소? 오늘 이 천화각에서 아주 재밌는 일이 벌어진다고 해서 말이오. 본시 좋은 구경은 많은 사람과 함께 해야 제 맛이 아니겠소?"

사내의 말에 전욱이 살짝 얼굴을 찌푸렸다.

"오늘은 본 방이 개최한 만보대전의 끝날이오. 해서 오늘은 관부와 상계, 그리고 무림의 영웅 서른 분을 특별히 초대했소. 당신들은 초대를 받지 못했으니 그만 돌아가 주시오."

전욱의 말에 키 작은 사내가 고개를 저으며 말했다.

"아니, 어찌 천하에 영웅이 서른 명밖에 없단 말이오. 우리 형제자매들은 모두 열둘이나 되지만 강호에서 모두 영웅으로 불리고 있소. 우리의 별호가 천상천하십이웅 아니오? 그러니 우리 또한 이 호화로운 잔치에 초대될 자격이 있다고 생각하오만……. 아니 되오?"

"미안하오. 당신들의 명성을 모르는 바는 아니나 오늘만은 초대된 분들만이 천화각에 들 수 있소."

"허어! 이런 일이 있나. 내 생전 이런 수모는 처음 당해보는군. 안 그런가? 아우들!"

키 작은 사내가 뒤를 돌아보며 묻자 천상천하십이웅 중 덩치가 산만 한 자가 앞으로 나서며 괄괄하게 대답했다.

"맞습니다, 대형! 과거 우리가 어디서 이런 푸대접을 받은 적이 있습니까? 듣자하니 만재방은 수년 전 상계에서 퇴출되

어 꼬리를 말고 서역으로 도주했었다고 하던데 그런 자들에게
까지 무시를 받는다면 향후 우리 열두 형제는 강호에 얼굴을
들고 다닐 수 없을 것입니다."

"음, 동생이 이치에 맞는 말을 하는군. 이보시오, 방주!"

키 작은 사내가 제법 노기를 드러내며 전욱을 불렀다.

"이자가 진정 강호의 예법을 모르는구나. 불청객 주제에 감
히 방주께 무례를 범하다니!"

전욱의 뒤에서 천상천하십이웅의 행동을 살피고 있던 만재
사신 중 넷째 임후가 노기를 터뜨리며 전욱 대신 앞으로 나섰
다.

"흐흐, 예의를 모르는 자들은 우리가 아니라 그대들 같은
데…… 찾아온 손님을 이리 박정하게 대할 수 있단 말인가?"

임후기 앞으로 나서사 천상전하십이웅도 키 작은 사내 대신
큰 체구의 사내가 대신 나섰다.

"오늘은 귀빈들을 모신 특별한 날이니 너희들이 무례를 용
서해주겠다. 그만 물러가라!"

임후가 차갑게 축객령을 내렸다.

"아니아니, 이렇게 무시를 당하고 그냥 돌아갈 수는 없지.
우린 아무래도 만재방주의 사과와 제대로 된 대접, 그리고 푸
짐한 선물을 받아야겠다."

덩치 큰 사내가 허리춤에 매달린 도를 움켜쥐며 말했다. 그
러자 임후의 눈에서 정광이 번쩍였다.

"아무래도 관을 보아야 눈물을 흘릴 자들이군. 방주님! 비록

귀한 손님들을 모시기는 했으나 부득불 손을 쓰지 않을 수 없을 것 같습니다."

임후가 전욱을 보며 말하자 전욱이 고개를 끄덕였다.

"더 이상 귀빈들의 청정을 방해할 수 없으니 어쩔 수 없는 일이지요. 그럼 부탁을 드리겠습니다."

본시 만재방주는 사신에 대해서만큼은 예를 다하는 사람이지만 다른 사람의 눈에는 그가 임후를 대하는 공손함이 기이하게 보이는 듯했다. 그건 임후를 상대하려는 덩치 큰 사내 역시 마찬가지였다.

"이제 보니 노인은 만재방에서 제법 대접을 받는 인물인 모양이구려. 이름이 뭐요?"

여전히 안하무인인 태도로 사내가 물었다. 그러자 임후가 다시 노기를 드러내며 말했다.

"불청객 주제에 감히 주인의 이름을 묻는 거냐?"

"흐흐, 그도 그렇군그래. 손님이 먼저 자기 정체를 밝히는 것이 도리지. 난 천상천하십이웅의 셋째 마부종이라 하오. 자 이제 내 이름을 알았으니 노인의 이름도 압시다."

마부종이란 자가 이름을 밝히자 임후가 고개를 끄덕였다.

"오냐. 오늘 네게 강호의 도리를 가르쳐 줄 사람의 이름 정도는 알고 있어야지. 난 임후라 한다."

"임후라……. 형님 어떤 사람이오?"

문득 마부종이 고개를 돌려 키가 헌칠하게 크고 마른 체구를 가진 사내에게 물었다. 그러자 사내가 잠시 생각에 잠겼다가 입을 열었다.

"아우는 조금 조심해야 할 것 같네."

"그렇게 대단한 노인이시오?"

"음……. 내가 듣기로 과거 만재방에는 세상에 잘 알려지지 않은 네 명의 고수가 있었다고 하네. 그들의 진실한 정체는 잘 알려지지 않았지만 아마도 그 노인은 그중 한 명인 듯싶네. 사람들은 그들을 만재사신이라 불렀다지?"

말을 하며 사내가 임후를 쏘아봤다. 그 시선이 마치 창끝처럼 날카로웠다. 그러나 임후는 사내의 말에 아무런 대답도 하지 않고 그저 가벼운 코웃음만 흘렸다.

"우리 형님의 말이 맞소?"

임후가 대답이 없자 마부종이 물었다. 그러자 임후가 고개를 끄덕였다.

"오냐. 내가 바로 만재사신 중 한 명이다."

"흐흐, 이거 정말 시작부터 제대로 된 상대를 만났군. 비록 상가에서 밥을 빌어먹는 신세라지만 그래도 사신이라는 별호가 붙었으니 그 무공이 제법 대단하겠구려."

여전히 마부종은 임후를 무시하고 있었다. 본시 강호의 무림인들에게 상인이란 그들의 밥줄을 대는 자들에 지나지 않았다. 그러니 그 상인의 곁을 지키는 무인 또한 그저 재물에 팔리는 타락한 무인이란 생각이 강했다.

"그 별호의 의미를 오늘 알게 될 게다."

임후가 굳은 얼굴로 말했다.

"좋소. 그럼 어디 실력을 봅시다. 하지만 조심하시오. 내 도는 일단 뽑히면 나이를 가리지 않으니……."

스르릉!

마부종이 거침없이 도를 뽑아 들었다. 그의 도는 기이했다. 도신과 손잡이가 거의 반반의 길이로 되어 있었는데 어찌 보면 언월도와 비슷한 모양을 하고 있었다. 그러나 언월도처럼 도신이 화려하게 휘어 있지는 않고 무척 단순한 모양을 하고 있었다. 그런 점에서 보자면 마부종이란 자가 말처럼 그렇게 허세에 취한 자는 아님을 알 수 있었다.

"좋은 병기다."

임후가 검을 뽑으며 말했다.

"나와 함께한 지 수십 년이 된 병기요. 나의 손발이랄 수 있지."

"그 병기에 걸맞는 실력을 보여야 할 거다. 아니면… 사지가 잘릴 테니!"

"흐흐, 내 걱정일랑 마시오. 걱정해야 할 것은 노인의 늙은 목일 테니."

웅!

한순간 마부종이 양단의 기세로 도를 내려쳤다. 강렬한 도풍과 함께 마부종의 도가 대지를 반으로 가를 듯한 기세로 임후를 향해 닥쳐들었다. 임후는 마부종의 공격을 경시하지 못하고 재빨리 세 걸음 뒤로 물러나며 검을 휘둘렀다.

차앙!

맑은 마찰음이 터져 나왔다. 순간 임후를 향해 떨어져 내리던 마부종의 도를 임후의 검이 뱀처럼 휘어 감더니 이내 도의 방향을 왼쪽으로 틀어버렸다.

"이 늙은이가?"

마부종은 너무도 쉽게 자신의 공격을 파훼하는 임후의 무공에 놀라 거친 음성을 흘리며 임후를 돌아봤다. 그런데 그 순간 임후가 한 발로 땅을 밟듯 마부종의 도신을 밟더니 훌쩍 허공으로 뛰어 올라 바람처럼 마부종의 목을 향해 검을 뻗어냈다.

팟!

"웃!"

날카로운 파공음과 함께 임후의 검이 마부종의 목 언저리를 스치고 지나갔다. 가까스로 임후의 공격을 피해낸 마부종이 비틀거리며 대여섯 걸음 뒤로 물러났다.

그러나 임후는 흔들리는 마부종을 더 이상 몰아붙이지 않았다. 대신 그는 천천히 걸음을 옮겨 마부종이 몸의 중심을 찾을 시간을 주었다.

"이제 정신이 좀 드나?"

임후가 차가운 음성으로 물었다. 그러자 마부종이 붉어진 얼굴로 대답을 하는 대신 갑작스런 기합성을 토해냈다.

"하앗!"

웅웅웅!

마부종의 도가 그의 몸 주위를 돌기 시작했다. 그러자 벌떼를 풀어 놓은 것 같은 소리가 그의 몸을 휘감았다. 놀라운 속도로 회전하는 그의 도가 마부종의 몸을 가렸다. 어디에서도 빈틈이 느껴지지 않은 도법, 그러나 그 도법을 보던 임후는 한 줄기 미소를 흘렸다.

"그렇게 공력을 소비해서야 나와 단 오십초도 겨루지 못할 것 같은데……."

팟!

다시 임후의 검이 움직였다. 그의 검이 빈틈이 없을 것 같은 마부종의 도를 뚫고 들어갔다.

창!

다시 한 번 날카로운 소성이 울려나왔다. 그러자 풍차처럼 돌아가던 마부종의 도가 뚝 하고 멈춰 섰다. 어느새 임후의 검이 마부종의 도신 중간을 막고 있었다.

"익!"

마부종이 아미를 모으며 힘을 썼다. 그러나 그의 도에 비해 한없이 약해보이는 임후의 검은 꿈쩍도 하지 않았다.

"부족함을 알았으면 그만 물러나거라."

임후가 어린애 타이르듯 말했다. 그러자 마부종의 얼굴이 붉게 달아올랐다.

"죽엇!"

한순간 마부종이 임후에게서 도를 빼내며 뒤로 물러나는 듯 하더니 번개처럼 임후를 향해 도를 찔러 넣었다. 아마도 이 수법은 마부종의 구명절초인 듯싶었는데 도(刀)로서 이런 초식을 펼칠 것이라는 것은 누구도 예상치 못할 것이므로 임후에겐 제법 위협적인 일격이었다.

그러나 임후의 얼굴에선 여유가 사라지지 않았다. 임후의
몸이 슬쩍 뒤로 젖혀졌다. 그러자 마부종의 도가 창처럼 임후
의 가슴자락을 스치고 지나갔다.

턱!

그 순간 임후의 한 손이 기다란 마부종의 도 손잡이를 낚아
챘다.

"웃!"

마부종의 입에서 신음성 같은 기합성이 흘러나왔다. 그러나
일단 임후의 손에 잡힌 도는 꿈쩍도 하지 않았다. 그 대신 어
느새 임후의 검이 마부종의 코앞에 다가섰다.

"죽겠느냐?"

임후가 서늘한 목소리로 물었다. 그의 눈에 정말 한 줄기 살
기가 흘렀다. 마부종의 신형이 죽음의 공포로 부르르 떨렸다.
그제야 마부종은 자신이 상대를 잘못 골랐음을 깨달았던 것이
다.

"멈춰랏!"

그런데 그 순간 천상천하십이웅 중 앞서 임후의 정체를 가
늠했던 훤칠한 키에 마른 몸을 한 사내가 한 자루 장검을 들고
노성과 함께 임후를 덮쳐왔다.

순간 임후가 번개처럼 검신을 움직여 마부종의 머리를 강타
한 후 훌쩍 허공을 떠올랐다.

"큭!"

임후의 검신에 머리를 가격당한 마부종이 그 자리에 쓰러졌다. 그리고 그 순간 장검 한 자루가 마부종과 임후 사이를 뚫고 들어왔다.

"제법이구나."

허공으로 떠올라 장검의 공격을 피한 임후의 입에서 탄성이 흘러나왔다. 장검의 주인은 아무런 대답도 없이 재빨리 마부종을 부축해 뒤로 물러났다.

"부족함을 알았으면 이제 그만 물러가거라. 귀빈들을 모신 날이니 피를 보고 싶지는 않구나."

임후의 말에 마부종을 구한 키 큰 사내가 차가운 안광을 흘려내며 앞으로 나섰다.

"늙은이 내가 상대해주마."

사내의 말에 임후가 살짝 눈살을 찌푸렸다.

"이미 승패가 명확하거늘 다시 겨루자는 것은 너무 경우가 없는 것 아니냐?"

"아우가 늙은이를 경시한 점은 인정하마. 그러나… 우리 천상천하십이웅이 그렇게 가벼운 사람들은 아니다."

"훗, 그래? 그대의 이름은 무엇인가?"

"한기라고 한다."

"한기라…… 생김새만큼이나 차가운 이름이군. 그런데 진정 날 상대할 자신이 있느냐?"

"무림의 어떤 검객이 이길 자신을 가지고 모든 싸움에 임하겠는가? 그저 적이 눈앞에 있으니 싸울 뿐! 그러나 앞서의 싸움과는 다를 것이다."

한기라는 사내의 말에 임후가 고개를 돌려 전욱에게 물었다.

"방주, 어찌하오리까?"

"그들이 승복을 못하겠다면 수고스러우시겠지만 임 노사께서 한 번 더 상대를 해주시지요. 다만……."

전욱이 말꼬리를 흐리며 뒤쪽으로 물러나 있는 키 작은 사내를 바라봤다.

"말씀하시오."

키 작은 사내가 입을 열었다.

"만약 이번에도 그대들이 패한다면 그대들은 순순히 천화각에서 물러나야 할 거요."

"좋소. 그 약속하겠소."

키 작은 사내가 고개를 끄덕였다. 그러자 전욱이 다시 입을 열었다.

"거기에 더해 내가 묻는 한 가지 질문에 답을 해줘야겠소."

"지금이라도 물어보시오."

"아니. 질문은 싸움이 끝난 후 하겠소. 그대는 내 질문에 답을 해주겠다는 약속을 할 수 있겠소?"

"물론, 나 기련은 비밀이 없는 사람이니……."

키 작은 사내가 자신의 이름을 말했다.

"좋소. 그대의 약속을 믿겠소."

전욱이 고개를 끄덕였다. 그러자 임후가 한기라는 검객을 보며 말했다.

"이 싸움에서 이겨야 할 이유가 하나 더 생겼군."

"쉽지 않을 것이오."

"그렇겠지. 강호의 모든 사람이 만나기를 꺼려하는 천상천하십이웅이 아니던가!"

임후의 빈정거림이 끝나는 순간 그의 검이 한기의 가슴을 찔러갔다. 그러자 한기가 장검을 들어 가슴을 지키며 서너 걸음 뒤로 물러났다. 임후는 자신의 검이 한기의 가슴에 미치지 못하자 더 이상 전진하지 않고 뒤로 물러났다. 그러자 이번에는 한기가 장검을 휘두르며 임후를 육박했다.

우우웅!

한기의 장검이 서릿발 같은 검기를 뿌려대며 임후의 전신사혈을 노렸다. 그럴 때마다 임후는 미려한 보법으로 한기의 검을 피해냈다. 그러면서도 임후는 딱히 한기를 향해 반격을 하지 않았는데 오히려 그 모습에서 더욱 여유가 느껴졌다.

"나서라!"

한기가 자신의 검을 피하기만 하는 임후의 행동에 노기가 솟구쳤는지 노성을 토해내며 임후의 머리를 향해 검을 휘둘렀다.

웅!

시퍼런 검풍이 파도처럼 일어나 임후를 쓸어갔다. 그러자 그제야 임후가 검을 들어 한기의 공세를 막았다.

캉!

검과 검이 부딪히며 천화각의 전각에 매달린 등들이 만들어 내는 빛보다 더 영롱한 빛이 터져 나왔다. 동시에 임후와 한기의 몸이 스치듯 지나쳤다.

"으음……!"

임후와 자리를 바꾼 한기의 입에서 나직한 신음성이 흘러나 왔다. 임후는 어느새 방향을 틀어 굳건한 자세로 한기를 향해 검을 겨누고 있었다.

"절대… 상가의 밥을 먹을 자가 아니다."

한기가 의심 어린 눈으로 임후를 노려보며 말했다.

"상가의 밥을 먹는 자가 정해져 있던가?"

임후가 되물었다.

"이런 무공은… 무림에서 보기 힘든 것이다. 그대와 같은 고수가 어찌 상가의 객으로 머물 수 있겠는가?"

한기의 말투가 변했다. 적이지만 임후의 무공에 크게 탄복한 듯 보였다.

"내 발 닿는 곳이 곧 내가 머무는 곳, 인연이 만재방에 있으니, 만재방에 머무는 것이다. 그 이치를 모르니 그대는… 아직 젊군."

임후가 담담한 목소리로 대답했다. 그러자 한기가 검을 고쳐 잡았다.

"더 하겠다는 것인가?"

임후가 못마땅하다는 듯 물었다. 이미 승패는 결정된 상황이었다. 일합의 격돌에서 한기는 자신의 부족함을 분명히 깨달았을 터였다.

"고집이랄 수도 있을 것이오. 그러나 만용은 아니오. 단지… 그대와 같은 고수와의 대결을 이대로 끝내는 것은 너무 아쉽게 때문이오. 한 수 부탁하오."

한기가 정중하게 말했다. 그러자 임후가 잠시 한기를 바라보다 고개를 끄덕였다.

"좋아. 그렇게 하지. 그대는 무인이군. 그대와 같은 자가 어째서 오늘처럼 무도한 행동을 하는지 이해하기 어렵지만!"

임후도 한기의 절도있는 행동이 마음에 드는 모양이었다. 임후가 천천히 검을 들어올렸다.

그러자 한기가 허공으로 치솟으면 검을 수직으로 내리그었다. 도법에서나 사용되는 강력한 초식에 임후가 슬쩍 몸을 비틀어 상대의 예기를 피해냈다.

창!

그리고 어느새 들어 친 임후의 검이 한기의 검과 마주쳤다.

차차창!

두 개의 검이 풍차처럼 어우러지면 눈부신 검광을 만들어냈다. 두 사람은 눈부신 섬광 속에서 앞뒤로 오고갔는데 그건 그 어떤 무희의 춤보다도 아름다운 것이었다.

"오!"

"아……!"

곳곳에서 탄성 소리가 흘러나왔다. 오늘 천화각에 모인 자들은 모두 스스로를 귀한 신분이라 자처하는 자들이었다. 그들은 평소에도 일부러 고수들을 불러 비무를 시켜 그 구경을 하는 호사를 누리는 자들이었으므로 오늘 임후와 한기, 두 검의 고수가 벌이는 비무는 그들에게 무척 흥미로운 재밌거리였다. 만재방으로서는 예상치 못한 볼거리를 초대한 손님들에게 제공하고 있는 것이었으니 의도하지 않게 제대로 된 잔치를 벌이는 것이나 마찬가지였다.

차창!

한순간 임후와 한기 두 사람의 거의 수평으로 몸을 날리며 대여섯 차례 초식을 교환했다. 그리고는 훌쩍 뒤로 물러나며 오장여의 거리를 두고 서로에게 검을 겨누었다.

휘이잉!

차가워진 밤공기를 타고 바람이 불어왔다. 그러자 그 바람에 한기의 가슴어림 옷깃이 훌쩍 벌어졌다.

"음……."

한기가 나직한 신음성을 흘렸다. 그러자 임후가 두 손으로 검을 잡아 가슴 높이에서 한기를 겨누며 물었다.

"더 하시겠는가?"

임후의 물음에 한기가 잠시 망설이다 이내 검을 거둬들였다. 발검만큼이나 간결한 검의 회수였다.

"한 수 잘 배웠소이다."

한기가 정중하게 허리를 숙였다. 그러자 임후가 고개를 끄덕였다.

"나도 오랜만에 좋은 비무를 했네. 다음에 기회가 되면 다시 보지."

임후가 고개를 까딱이고는 훌쩍 신형을 날려 전욱 뒤로 물러났다. 그러자 전욱이 앞으로 나서며 키 작은 사내, 기련에게 물었다.

"이제 비무는 끝난 것이오?"

전욱의 물음에 기련이 살짝 입술을 깨물며 고개를 끄덕였다.

"오늘은 우리 열두 형제가 손해를 본 것 같소."

"좋소. 그럼 약속대로 한 가지 질문을 하겠소."

"말해보시오."

기련이 고개를 끄덕였다. 그러자 전욱이 지체하지 않고 날카롭게 물었다.

"오늘 그대들이 천화각을 방문한 것은 도대체 누가 사주한 것이오?"

순간 기련의 표정이 크게 흔들렸다.

"그게… 무슨 소리요? 사주라니?"

"설마 부인하겠다는 것이오? 나 또한 당신들 열두 명에 대한 소문은 익히 들어 알고 있소. 평소의 소문대로라면 당신들은 절대 이렇게 함부로 천화각에 난입할 사람들이 아니오. 그대들의 행보는 항상 은밀하고 조심스럽지 않았소? 그래서 강호인들은 그대들이 정말 존재하는 사람들인지 혹은 그저 호사가들이 지어낸 가공의 인물인지조차도 구분하지 못하는 실정이었소. 그런 그대들이 이렇게 천하의 귀빈들이 모인 곳에 모습을 드러낸 것은 분명 그대들에게도 특별한 사정이 있기 때문일 것이오. 아니오?"

전욱의 질문에 기련이 낭패한 기색을 드러냈다.

"으음……. 과연 천하의 만재방주시구려. 맞소. 우린 사실 한 사람의 부탁으로 이곳에 왔소."

"그가 누구요?"

전욱이 다그치듯 물었다. 그러자 기련이 다시 망설이다가 어렵게 입을 열었다.

"솔직히 말하자면… 부끄럽지만 우린 그가 누군지도 모르오."

第九章
왕대계

독경 讀經

"그의 나이는 대략 칠십여 세에 이른 듯 보였소. 천하만사를 담은 듯한 혜안의 지니고 있었고, 그를 보는 순간 저절로 고개가 숙여지는 위엄을 지니고 있었소. 무공은… 음, 우리 열두 형제가 함께 달려들어도 감당할 수 없을 것만큼 고강함이 느껴졌소. 그가 부탁하더이다. 사실 말이 부탁이지, 우리에겐 협박과 같았소. 그의 말을 따르지 않으면 그의 손에 죽을 것이란 생각을 떨쳐버릴 수가 없었기 때문이오. 또한 그의 부탁 역시 그리 어려운 것이 아니었소. 그저 천화각에 들려 오늘 전시하는 보물 중 일부를 가져오라는 것이었소. 물론 값을 치르라며 금자도 제법 주었소. 그러니 우리로서는 죽는 것보다야 그의 말을 따르는 것이 낫지 않겠소?"

기련의 설명을 들으며 허소산이 눈을 가늘게 떴다. 그가 설명하는 사람이 누구인지 짐작이 갔기 때문이었다. 허소산이 가만히 전조명에게 귓속말로 무엇인가를 전했다. 그러자 전조명이 재빨리 자리를 옮겨 동쪽 전각 앞으로 나와 있는 전무산에게로 다가갔다.

"그의 이름조차 모른단 말이오?"

전욱이 다시 물었다.

"그렇소. 하지만 정말 엄청난 사람이었소. 내 방주께 한마디 충고하리다."

기련이 정색을 하며 말했다.

"말해보시오."

"방주는 만약의 경우를 생각해 두는 것이 좋을 것이오. 그가 만재방에 대해 가지고 있는 생각이 무엇인지 모르지만 만약 그 의도가 선한 것이 아니라면 지금 당장 이 만보대전을 거두고 일신의 안전을 구하는 것이 좋을 것이오."

기련의 말에 전욱이 살짝 얼굴을 찌푸렸다. 기련의 충고는 만재방을 너무 업신여기는 것이기 때문이었다. 그런데 그때 전욱 곁으로 전무산이 다가서며 입을 열었다.

"아버님을 대신해서 몇 가지 묻고 싶은 것이 있소."

"그대는 누군가?"

"난 만재방의 소방주요."

"좋소. 알고 싶은 것이 있으면 물어보시오."

"당신이 그를 만난 것은 언제요?"

"얼마 되지 않았소. 겨우 두시진 전의 일이오."

"그의 옷차림은 어떠했소?"

"수수한 차림이었소. 그럼에도 금의를 걸친 것처럼 고귀한 느낌이 들더이다."

그러자 전무산이 슬쩍 시선을 돌려 멀리 떨어져 있는 허소산을 바라봤다. 그러자 허소산이 가볍게 고개를 끄덕였다. 그러자 전무산이 전욱에게 귓속말로 무슨 말인가를 전했다. 전무산의 말을 들은 전욱이 잠시 눈빛을 빛내더니 기련을 향해 입을 열었다.

"좋소. 그대들이 자의로 본 방의 일을 방해한 것이 아니라는 것을 인정하겠소. 그러나 본의는 아니더라도 이런 무례는 용서받지 못하는 것이오. 허나, 오늘은 본 방이 귀빈들을 모시고 만보대전의 마지막을 치르는 날이니 물러가는 것을 허락하겠소. 이제 그만 물러들 가시오."

전욱의 말에 기련이 가볍게 고개를 숙여보였다.

"그렇게 사정을 보아주시는 고맙소이다. 오늘의 분란은 사과드리오."

"그런데 이대로 물러가면 그가 그대들을 추궁하지 않겠소?"

"그렇지는 않을 것이오. 그는 우리가 이 일을 실패해도 책임을 묻지는 않겠다고 했소이다. 우린 최선을 다했고 그걸 증언할 사람도 많소. 그러니 우리로서야 받은 금자만 돌려주면 그뿐일 것이오. 그럼… 우린 이만 물러가겠소. 가세."

기련이 말을 마치고 급히 신형을 돌려 천화각을 벗어났다. 천상천하십이웅이 재빨리 그 뒤를 따랐다. 그러자 뒤에 서 있던 불청객 칠팔 명이 어정쩡한 자세로 남아 있었다. 그런데 그들의 행색을 보자면 앞서 전욱과 대거리를 하던 천상천하십이웅에 비해 초라하기 이를 데 없는 행색들이었다. 얼핏 보아서는 항주의 뒷골목을 쑤시고 다니는 흑도무리들이 분명한 듯했다.

"너희들은 왜 남아 있느냐? 설마하니 네놈들도 본 방의 고수들과 도검을 섞고 싶은 것이냐?"

전욱이 차가운 눈으로 남은 자들을 노려보며 물었다. 그러자 그들이 불안한 눈으로 영활하게 눈동자를 돌리다 이내 아무 소리도 못하고 도망치듯 천화각을 떠났다.

"흠… 그자의 심성이 그리 협소한 줄 몰랐군."

불청객들이 모두 물러가자 전욱이 혀를 차며 말했다.

"그러게 말입니다. 그런데 소산 아우의 짐작이 맞기는 한 걸까요?"

"소산이 확신을 한다면 믿어야겠지."

전욱이 대답했다.

"어쨌든 저들을 호천대야가 보낸 것이라면 일단 안심입니다."

전무산의 말에 전욱이 고개를 끄덕였다.

"그렇구나. 겨우 할 수 있는 것이 저런 자들을 움직여 훼방을 놓는 것이라면 그는 한동안 손가지도에서 당한 충격에서 벗어나지 못할 것이 분명하다. 서둘러 만보대전을 마무리하고 창룡곡에 터를 잡아야겠다."

"알겠습니다, 아버님."

전무산이 고개를 숙이며 대답했다.

"그는 여전히 소산이 맡겠다더냐?"

"소산만큼 어울리는 상대는 없지요."

"하긴 그렇구나. 강호에서 기협 파금검은 무척 까다로운 자로 알려졌으니……"

"그를 손에 넣을 수 있다면……. 금천장의 팔다리를 자를 수도 있을 것입니다."

"그것까지 바랄 수는 없겠지. 단지 금천장의 움직임을 조금 방해할 수 있다면 그것으로 족하다."

"소산이라면 잘 해낼 것입니다."

전무산이 대답했다.

"어찌하여 다른 모든 것을 놓아두고 그 향첩을 선택하셨습니까?"

갸름한 문사차림의 사내가 통판 왕대계에게 물었다. 왕대계는 만재방에서 그에게 내어준 전각 이층의 화려한 방에 머물고 있었다. 창밖으로는 천화각의 정원과 앞마당이 한 눈에 들어와 천상천하십이웅이 천화각에 난입해 소동을 벌이는 것을 모두 본 직후였다.

"물론 다른 물건들 중 그 향첩보다 귀한 것이 없는 것은 아니다."

왕대계가 대답했다.

"하면 어째서……?"

"물건의 가치는 사실 무척 주관적인 것이지. 지금 나에겐 그 향첩이 어떤 보물보다도 중하다."

"이유가 무엇입니까?"

다시 문사차림의 사내가 물었다.

"이제 일 이 년 뒤에 난 개봉으로 돌아갈 것이다."

"기별이 있었습니까?"

"그래. 승상의 은밀한 전갈이 왔었다."

"감축 드립니다."

"음……. 감축 받을 일이 아니야."

"그게 무슨 말씀이십니까? 개봉으로 돌아가면 필시 조정의 요직에 앉으실 것인데……."

"지금 개봉의 사정이 그리 만만치가 않아."

"무슨 말씀이신지……?"

"그동안 우리 왕씨 일족은 승상과 황후의 덕을 보고 있었다."

"그렇지요."

"특히 황후께서 뒤를 봐 주신 덕이 컸지. 그런데 최근 들어 황후의 힘이 예전 같지가 않다."

"음, 그 일은 저도 알고 있습니다. 황제께서 소귀인을 가까이하신다고……."

"그래. 가까이하는 정도가 아니라 어쩌면 황후의 자리가 소귀인에게 돌아갈지도 모른다."

"그렇게까지 소귀인을 총애하시는 겁니까?"

"그렇다. 해서 황후의 위세가 예전 같지가 않다. 그래서 그 향첩이 필요한 것이다."

"그 향첩을 황후께 바치실 생각이십니까?"

"글쎄. 그건 개봉의 사정을 봐서 결정해야겠지. 황후에게 선물할지, 아니면… 소귀인에게 선물할지."

왕대계가 눈빛을 빛내며 말했다. 그러자 문사차림의 사내가 놀란 얼굴로 왕대계를 보며 물었다.

"통판 어른, 설마 말을 갈아타실 생각도 하시는 겁니까?"

"후후, 천하의 일이 그렇지 않느냐? 늙은 말을 어찌 다시 살려 탈까? 건강하고 젊은 말로 갈아타는 것이 옳지."

"하지만 그리되면 승상과는……."

"허허허, 이 사람, 왜 이리 바보 같은 소리를 하나. 그럼 내가 언제까지 승상의 뒤만 치우며 살아야 한단 말인가?"

"죄송합니다. 제가 잠시 통판 어른의 원대한 꿈을 잊었습니다. 그렇다면 이번이 오히려 좋은 기회일 수도 있겠습니다."

"음……. 이제야 머리가 돌아가나 보군. 그 향첩이라면 조귀인을 움직일 수 있을 거야. 하면… 승상의 자리를 우리 왕씨 가문이 맡을 수도 있겠지. 황후의 몰락은 곧 현 승상의 몰락이니까."

왕대계가 눈을 가늘게 뜨며 흐뭇한 미소를 지었다. 그때 별실의 방문이 열리면서 아리따운 여인 하나가 안으로 들어왔다.

"방주께서 보물들의 주인이 정해지셨다고 전하라 하셨습

니다."

"오, 그래. 향첩은 언제 가지고 올 것이냐? 방주가 직접 가지고 온다 더냐?"

왕대계가 물었다.

"그것이……."

여인이 난처한 얼굴로 말꼬리를 흘렸다.

"무슨 일이냐? 뭐가 잘못된 것이냐?"

왕대계 곁에 있던 문사차림의 사내가 차가운 어조로 물었다. 그러자 여인이 머리를 조아리며 대답했다.

"방주께서 말씀하시길 반 시진 후에 통판 어른을 찾아뵙겠다고 하셨습니다."

"반 시진? 감히 통판 어른의 대접을 이따위로 한단 말이냐?"

문사차림의 사내가 노성을 토해냈다.

"죄송합니다. 대인. 하지만 방주께서는 오늘 만보대전에 나온 기물들의 주인께 그 물건들을 직접 전하셔야 하기 때문에……."

"그게 무슨 소리냐? 우리 통판 어른께서도 향첩을 사셨거늘……!"

"그게 그렇지가 않습니다. 향첩의 주인은 다른 분이 되셨습니다."

"뭣이?"

탁!

왕대계가 서탁을 치며 자리에서 일어났다. 아마도 자신 말고 다른 사람이 향첩의 주인이 될 거라고는 전혀 생각지 못했던 모양이었다.

"방주께서 말씀하시길 통판 어른께서는 금자 일천 냥을 향첩의 값으로 적어내셨는데 오늘의 귀빈들 중 금자 일천오백 냥을 향첩의 값으로 적어내신 분이 계시답니다."

"금자 일천오백! 도대체 누가 그런 허무맹랑한 값을 내겠다고 했단 말이냐?"

왕대계가 믿지 못하겠다는 듯 소리쳤다. 그러자 여인이 조심스럽게 입을 열었다.

"그것이… 파금검이라는 이름을 쓰시는 분이라는데……."

"파금검……? 아는 사람이냐?"

왕대계가 문사차림의 사내에게 물었다. 그러자 사내가 잠시 생각에 잠겼다가 이내 고개를 끄덕였다.

"누군지 알겠습니다. 몇 달 전 한말(漢末) 오왕 손권의 무덤이 발견되어 천하의 고수들이 무창으로 몰려든 적이 있었지요."

"음, 그건 나도 알고 있다. 나 역시 관리만 아니었다면 그곳에 갔을 게다. 그런데?"

"파금검은 그 무창에서 크게 이름을 얻은 자입니다. 듣기로는 오릉에 얽힌 음모를 파훼하고 무림의 고수들을 구원한 젊은 영웅이라던데……."

"그런 자가 왜 여기서 향첩을 산단 말이냐?"

"그건 저도……."

문사차림의 사내가 머리를 저었다. 그러자 왕대계가 신음성을 한 번 흘리고는 여인을 보며 물었다.

　"방주가 반 시진 후에 온다고?"

　"그렇습니다. 방주께서는 일단 보물의 주인분들께 물건을 전달하고 나서 오늘 만보대전에서 보물을 얻지 못하신 분들을 위해 작은 선물을 마련하여 전해주신다 하셨습니다."

　"가서 전하거라. 지금 즉시 방주를 보자고!"

　"하, 하지만 그것은……."

　여인이 당혹한 표정으로 말꼬리를 흐렸다.

　"어허! 오고 안 오고는 방주의 결정, 넌 그저 말이나 전하면 그뿐이다. 얼른 가서 내 말을 전하거라."

　왕대계의 호통에 여인이 겁먹은 표정으로 얼른 별실을 나갔다. 그러자 왕대계가 얼굴을 찌푸리며 말했다.

　"제길, 그 향첩이 반드시 필요한데……."

　"향첩을 못 얻어도 다른 보물을 선물하면 되지 않습니까?"

　"모르는 소리, 다른 어떤 보물보다도 그 향첩이 중요하다. 그 향첩에 대한 설명을 듣지 못했느냐? 그 향첩에 들어 있는 일곱 가지의 향은 누구도 거부할 수 없는 절대미향이라 했다. 다시 말해 궁중의 여인들로서는 절대 거절할 수 없는 선물인 것이지. 그 향첩만 있다면 황제의 사랑을 독차지할 수 있는데 누가 감히 그 선물을 거절할 것이냐. 황제의 총애를 독차지한다면 천하가 모두 자신의 것이거늘 다른 보물이 필요 있겠느냐?"

"그렇긴 합니다만……."

"조귀인의 마음을 얻는 것은 쉬운 일이 아니다. 조귀인 역시 그동안 우리가 황후를 따랐다는 것을 모를 리 없다. 그러니 보통 선물로는 그녀의 마음을 돌릴 수 없을 게다. 그런 면에서 향첩은 선물이자 협박의 물건이 될 수도 있어. 그 향첩이 다른 후궁의 손에 들어가는 것을 조귀인도 원치 않을 테니까."

"통판 어른의 말씀을 듣고 보니 정말 쓸모가 많은 물건이군요. 어떻게든 손에 넣어야겠습니다."

"그래… 그래야지. 필요하다면 이 천화각을 모두 쓸어버리고서라도."

"오직 파금검, 그자만 설득하면 되는 일 아닙니까?"

"그렇기는 하지만 강호의 칼잡이들은 상대하기가 어려워서……."

"그래도 감히 통판 어른의 말을 거역치는 못할 것입니다."

"음……. 그러길 바라야지."

왕대계가 고개를 끄덕였다.

전욱이 왕대계의 별실에 들어온 것은 그로부터 채 일각이 지나지 않아서였다. 왕대계는 전욱이 생각보다 빠르게 모습을 드러내자 흡족한 미소를 지으며 전욱을 맞이했다.

"대인께서 급히 찾으신다기에 이렇게 서둘러 왔습니다만……."

전욱이 공손하게 입을 열었다. 그러자 왕대계가 은밀한 목소리로 말했다.

"내 방주께 긴한 부탁이 있어 이렇게 무례를 무릅쓰고 방주를 보자고 했소."

"저야 들어드릴 수 있는 것이라면 무엇이든 들어드리겠습니다만……."

"좋소. 그럼 내 단도직입적으로 말하겠소. 그 향첩 있지 않소?"

"천향첩 말씀이십니까?"

"그렇소."

"음, 통판 대인께서 그 물건을 원하신다는 것은 알고 있습니다만……."

"다른 주인이 정해졌다고 들었소이다만."

"그렇습니다."

"그자를 한 번 만나고 싶소. 아니, 내가 나설 것 없이 혹시 방주께서 그자에게서 향첩을 양보받을 수 없겠소? 내가 그 향첩이 반드시 필요하오."

그러자 전욱이 낭패한 기색을 보이며 대답했다.

"물론 통판 대인의 부탁을 들어 드려야 함이 마땅하기는 하오나… 그 향첩을 산 사람은 다루기가 쉽지 않은 사람이라……."

"방주가 나서도 안 되는 일이오?"

왕대계가 눈을 가늘게 뜨며 물었다. 그러자 전욱이 사정조로 말했다.

"그 물건을 산 사람은 파금검이라는 사람입니다."

"들어 알고 있소."

"그는 강호에서 무척 유명한 고수지요. 젊은 나이임에도 불구하고 고강한 무공을 지니고 있는 것으로 알려져 있습니다. 특히 무창에서는 영락대인 야율거공의 음모를 분쇄해 강호 고수들을 구한 덕에 영웅 소리를 듣고 있는 사람이지요."

"그 또한 알고 있소."

"그런데 사람들이 그에 대해 모르는 한 가지 사실이 더 있습니다."

"그게 뭐요?"

"사실은 강호의 소문처럼 그가 그렇게 영웅적인 성품을 지닌 사람이 아니라는 것입니다."

전옥의 밀에 왕대계가 호기심을 드러냈다.

"그가 영웅이 될 성품이 아니다?"

"그렇습니다. 기실 오늘 그가 이 만보대전에 초대된 것도 그자가 스스로 고집을 피워 결정된 것입니다. 우리로서야 그를 초대할 마음이 애초에 없었지요."

"그렇게 제멋대로인 자란 말이오?"

"그렇습니다. 자존심이 강하고 독선적이라 사실 그를 잘 알고 있는 사람들은 모두 그와 인연을 맺기를 꺼려하지요. 그래서……."

"음, 그런 자의 비위를 건들기 어렵다?"

"아시다시피 그자는 강호의 고수입니다. 들리는 소문에 의

하면 그자의 뒤에 드러나지 않은 세력이 존재한다고들도 하지요. 저와 같은 일개 상인이 그런 자의 비위를 건드리는 것은 쉽지 않습니다."

"앞서 천상천하십이웅이라는 자들을 상대하는 것을 보니 만재방의 무력도 만만치 않더이다만……?"

왕대계가 슬쩍 전욱을 보며 말했다. 그러자 전욱이 고개를 저었다.

"만재사신의 무공이 뛰어난 것은 맞습니다. 하지만 그래도 감히 파금검 그자를 상대할 수는 없지요."

"음, 그렇게 뛰어난 자였던가? 이거 곤란하게 되었군."

왕대계가 혀를 찼다. 그러자 전욱이 재빨리 입을 열었다.

"향첩이 아니더라도 다른 귀한 물건들은 몇 개 더 있는데……."

"아니오. 내가 필요한 것은 바로 그 향첩이오. 이렇게 합시다."

"하명하십시오."

전욱이 더욱 공손하게 고개를 숙이며 대답했다.

"내가 그와 만날 수 있게만 주선해 주시오."

"그, 그를 직접 만나시겠다는 겁니까?"

"그렇소. 내가 그와 흥정을 해보리다."

"하지만… 그는… 음, 그자는 조정의 관리를 중시하지 않는 자입니다."

"상관없소. 나 왕대계는 평범한 관리가 아니오. 내 뒤에는 대송의 승상과 황후가 있소. 아무리 그자가 도도한 자라해도 감히 황실을 없이 여기지는 못할 것이오. 방주는 다른 걱정 말고 우리 두 사람을 만나게만 해 주시오."

"음……. 정 만나시겠다면 자리를 마련해 보기는 하겠습니다만……."

전욱이 불안한 표정으로 대답했다.

허소산이 천천히 걸음을 옮겨 왕대계의 별실로 향했다. 그의 곁에는 언제나처럼 허산왕과 원보가 따르고 있었다.

"괜찮겠느냐?"

앞서 걸음을 옮기던 전욱이 허소산을 보며 물었다.

"그를 요리할 충분한 재료가 있으니 그는 오늘 우리가 친 그물을 빗어나시 못할 것입니다."

"음, 그래도 성정이 남다른 자라……."

"너무 걱정 마십시오."

"그래. 소산 널 믿겠다."

전욱이 고개를 끄덕이고는 이내 별실의 문을 두드렸다.

"들어오시오."

안에서 왕대계의 목소리가 들렸다. 그러자 전욱이 조심스럽게 문을 열고 별실 안으로 들어갔다.

"파 대협을 모시고 왔습니다."

"안으로 들어오시라고 하시구려."

왕대계가 자리에서 일어나지도 않은 채 입을 열었다. 전욱이 고개를 돌려 허소산에게 고개를 끄덕였다. 그러자 허소산이 천천히 별실 안으로 들어갔다.

"어서 오시오."

왕대계가 앉은 채로 허소산을 맞이했다. 그러자 허소산이 살짝 얼굴을 굳히더니 천천히 걸음을 옮겨 왕대계의 맞은편에 우뚝 섰다.

"앉으시오."

왕대계가 손을 들어 허소산에게 자리를 권했다. 그러자 허소산이 차갑게 입을 열었다.

"됐소. 날 부른 용건이나 말해보시오. 내 본시 이렇게 남의 부름에 움직이는 사람은 아닌데, 오늘은 만재방주의 특별한 청이 있어 오게 된 것이오. 용건이 뭐요?"

예상치 못한 허소산의 거친 행동에 왕대계가 슬쩍 눈을 치켜떴다. 그의 얼굴에 권력자의 분노가 흘렀다.

"이자가 칼잡이라더니……!"

허소산에게 노기를 분출하려던 왕대계가 말을 하다 말고 흠칫 입을 닫았다. 그의 입에서 거친 음성이 흘러나오는 순간 허소산의 안광이 번뜩였던 것이다.

허소산은 부러 진기를 끌어올려 강렬한 안광을 토해냈는데 그 서릿발 같은 안광이 단번에 왕대계를 압도했다. 그러자 그 순간 왕대계 곁에 있던 네 명의 호위무사가 재빨리 검에 손을 가져갔다.

"할 말이 뭐요? 없으면 그만 가보겠소. 보아하니 우린 서로 다른 세계의 사람 같은데 어울릴 이유가 없을 것 같소."

허소산이 다시 왕대계에게 말했다. 그러자 왕대계가 잠시 허소산을 노려보다 불쑥 입을 열었다.

"그대가 천향첩을 샀다고 들었다."

"향첩이라…… 아, 이것 말이구려."

허소산이 품속에서 하나의 향첩을 꺼내들었다. 순간 아주 묘한 향기가 별실 안으로 퍼졌다. 그러자 사람들의 표정이 자신도 모르게 살짝 변했다. 천향첩의 향기는 과연 사람의 마음을 움직일 힘을 가지고 있었던 것이다. 왕대계의 눈에 탐욕의 빛이 서렸다.

"그 향첩… 나에게 넘길 수 없겠나?"

왕대계가 곧 손을 뻗어 허소산 손에 있는 향첩을 낚아챌 것 같은 모습으로 물었다. 그러나 허소산의 대답은 왕대계의 기대를 처참하게 무너뜨렸다.

"싫소."

너무도 단호한 허소산의 대답에 왕대계가 일순 할 말을 잃고 입을 닫았다. 그러자 옆에 있던 문사차림의 사내가 노기를 담은 목소리로 말했다.

"어허, 어느 분의 말이라고 감히 거절을 하느냐? 이분은 통판이시니라. 감히 천한 무림인 주제에 통판 어른이 명을 거역하려는 것이냐? 어서 향첩을 내놓지 못할까?"

문사차림의 사내의 노성에 왕대계가 마치 자신이 할 말을 사내가 대신해주기라도 한 것처럼 고개를 끄덕이며 허소산을 노려봤다. 그런데 다음 순간 그들이 전혀 예상치 못한 일이 벌어졌다.

번쩍!

갑자기 한 자루 도가 허공에서 불쑥 나타나더니 문사차림의 사내 목에 그 칼끝을 들이댔다.

"헉!"

문사차림의 사내가 갑작스레 나타난 시퍼런 칼날에 놀라 헛바람을 흘렸다.

"요런, 빌어먹을 작자를 보았나. 감히 대협께 이런 불경한 언사를 지껄이다니. 네놈은 오늘 죽어야겠다."

"이… 이자가… 내가 누군 줄 알고……."

사내가 죽음의 두려움 속에서도 자신이 가진 권력을 내세웠다. 그러자 칼의 주인 원보가 회죽 비웃음을 흘리며 말했다.

"물론 네가 누구인지 잘 알고 있다. 네놈은 자기 주인의 권세를 믿고 호가호위하는 양세출이란 놈이 아니더냐?"

원보가 도를 좀 더 앞으로 밀었다. 그러자 양세출이란 자의 목에서 살짝 핏빛이 비쳤다.

"감히 관의 관리를 상하게 하고도 너희들이 무사할 것 같으냐?"

"이 망할 작자야. 우린 관원 나부랭이는 티끌처럼도 생각지 않는 사람들이다. 더군다나 우리 대협께서는 황제가 와도 눈 하나 깜짝하실 분이 아니거늘……. 감히 통판 나부랭이 따위겠느냐? 대협, 베어버리고 나가지요."

원보가 짐짓 서릿발 같은 살기를 흘리며 허소산에게 물었다. 그러자 허소산이 고개를 저었다.

"원 노사 그까짓 놈 죽여서 뭐하겠습니까? 그냥 놔주세요. 칼만 더럽힐 뿐입니다."

"하지만 계속 귀찮게 굴 수도 있지 않습니까?"

"오늘은 만재방의 경사스런 날인데 이런 곳에서 피를 볼 수야 없지요. 그리고… 후환을 걱정할 필요는 없어요. 이자들은 결코 우릴 귀찮게 하지 못합니다."

허소산의 자신 있는 말투에 원보가 도를 거둬들였다. 그러면서도 문사차림이 사내에게 경고하는 것을 잊지 않았다.

"이놈아 잘 들어둬라. 우리 대협님으로 말씀드리자면 네놈 정도의 목은 하루살이 잡는 것보다도 쉽게 취할 수 있는 분이다. 오늘 대협께서 호생시녁을 베푸셨으니 깊이 감사함을 느끼고 앞으로 허튼 짓은 하지 말거라. 더불어 네… 경망한 주인도 잘 보살펴야 할 게다."

원보가 넌지시 왕대계를 노려보며 말했다. 왕대계는 붉으락 푸르락 해진 얼굴로 허소산과 원보를 번갈아 노려볼 뿐 어떤 말도 하지 않았다.

"방주 우린 그만 가 봐야겠소. 방주의 부탁으로 오기는 했으나 이렇게 무도한 자들과는 거래를 하고 싶지 않구려."

허소산이 짐짓 전욱을 보며 말했다. 그러자 전욱이 난처한 표정으로 손을 들어 허소산을 만류하려했다.

"하, 하지만 파 대협… 이렇게 가시면……."

"걱정 마시오. 이자가 방주께 어떤 해코지를 하면 그땐 내가 가만있지 않을 거요."

허소산의 말에 갑자기 왕대계가 자리에서 일어났다. 더 이상은 참기 어렵다는 표정이 역력했다.

"이놈! 게 섰거라!"

왕대계가 호통을 터뜨렸다.

"지금 나에게 한 말인가?"

허소산이 별실을 나가려다 말고 고개를 돌려 왕대계를 보며 물었다.

"네가 아니면 누구에게 했겠느냐?"

"지금 나와 끝장을 보자는 건가?"

"이놈, 감히 관의 관리를 모욕하고도 네놈이 무사할 것 같으냐? 내 오늘 중으로 네놈에 대한 추살령을 내릴 것이다. 중원 천하 그 어디에도 네놈이 발을 붙일 곳이 없으리라!"

왕대계가 서릿발 같은 경고를 했다. 그러자 허소산이 히죽 미소를 짓고는 고개를 저으며 말했다.

"아무래도… 절도사가 있는 곳으로 가야겠군."

순간 왕대계의 표정이 흔들렸다.

"절도사에게 가다니 무슨 수작이냐?"

"이것 봐, 통판 나리. 당신은 지금 내게 큰소리 칠 처지가 아니야. 물론 난 대체로 강호의 일을 입이 아니라 검으로 해결하는 사람이긴 하지만 그래도 내가 입만 뻥긋하면 통판 나리가 누리는 모든 권력은 물거품처럼 사라진다고!"

"이놈이 어디서 허황된 말로 날 기만하려드는 것이냐?"

왕대계가 허소산을 노려보며 소리쳤다.

"이 양반이 정말 자기 발밑에 깊은 무저갱이 있는 줄 모르는 군."

"......?"

허소산의 말에 왕대계가 잠시 침묵을 지켰다. 허소산의 태도로 보건대 분명 그에게 무슨 꿍꿍이가 있는 듯 보였기 때문이었다. 그러자 허소산이 빙글거리며 말했다.

"내가 한마디 말을 하겠다. 그 말을 듣고도 당신이 지금 같은 용기를 보인다면 내 그대의 기백을 인정하지."

"말해봐라."

왕대계가 대들듯 소리쳤다.

"삼호방! 아인과 고려!"

허소산이 나직하게 읊조렸다. 순간 왕대계가 입을 반쯤 벌리고 마치 장력을 얻어맞은 표정으로 허소산을 바라봤다. 그의 얼굴에는 이 갑작스런 상황을 어찌 대처해야 할지 모르겠다는 당혹감이 서려 있었다.

"자, 이래도 네가 나에게 큰소리를 칠 수 있겠는가?"

허소산이 왕대계를 보며 물었다. 그러자 왕대계가 아무런 대답도 하지 못하고 부들부들 몸을 떨며 허소산을 노려봤다.

"난 그만 가겠다. 만약 향후 날 조금이라도 귀찮게 한다면 절도사는 물론 개봉의 조정에도 당신이 삼호방의 세 방주와 한 일이 알려질 것이다. 그땐 아무리 당신의 가문이 대단하다

해도 결코 당신을 지켜주지 못할 것이야."

허소산이 느긋한 시선으로 왕대계를 한 번 더 바라보고는 걸음을 옮겨 별실의 문 쪽으로 이동했다.

"자, 잠깐!"

허소산이 막 별실의 문을 열려는 순간 왕대계의 다급한 목소리가 들려왔다. 그러자 허소산이 가벼운 미소를 짓고는 이내 얼굴을 굳히며 신형을 돌렸다.

"또 무슨 일인오?"

허소산이 귀찮은 듯 묻자 왕대계가 자신도 모르게 얼른 자리에서 일어나 허소산 앞으로 다가왔다. 그리고는 평소에 전혀 볼 수 없는 공손함으로 고개를 숙여 보이며 입을 열었다.

"파 대협, 노여움을 거두시고 나와 조금만 더 이야기를 나눠봅시다. 기실 이 왕모는 강호무림의 신성으로 떠오르고 있는 파 대협의 명성을 전해 듣고, 그 영웅적인 기상을 흠모해 파 대협을 보자고 한 것이었소. 단지 실수라면 호기심에 파 대협을 시험해 보고자 했던 것이라고 할 수 있소. 내 파 대협을 시험해 본 것은 미안하니 잠시 시간을 내어주시오."

왕대계의 목소리가 간절하다. 이런저런 평계를 둘러 댔지만 결국 이대로 허소산을 보내서는 자신의 앞날이 결코 순탄치 않을 거란 불길한 예감이 천하에 무서울 것 없다는 통판 왕대계를 비굴하게 만들고 있었다.

"음, 나 파검검은 지금껏 날 시험한 자를 살려둔 적이 없소.

그나마 오늘 그대를 살려둔 것은 그대가 조정의 관리이기 때문이오. 오늘 일은 나도 그만 잊을 테니 그대도 잊구려. 그러면 우리가 서로 더 볼 일도 없을 것이고 나눌 대화도 없을 것이오."

허소산이 조금 누그러진 목소리로 말했다. 그러자 왕대계가 얼른 허소산의 손을 잡으며 말했다.

"그게 무슨 서운한 말씀이오. 오늘 이렇게 천하를 호령하는 강호의 영웅을 만났는데 어찌 이대로 헤어질 수 있단 말이오. 부디 이 왕모에게 파 대협께 술 한잔 대접할 기회를 주시기 바라오. 방주……."

왕대계가 얼른 전욱을 바라봤다. 그러자 전욱이 이내 고개를 끄덕였다.

"마침 사천의 명주가 있습니다."

"좋소. 값은 상관치 말고 천하제일의 명주로 부탁하오."

왕대계가 얼른 말했다. 그러자 전욱이 정중하게 대답했다.

"그리하지요. 오늘 두 분이 친교를 나눈다면 이는 강호의 일대기사일 것입니다. 통판께선 향후 대송을 이끌어가질 관부의 영웅이시고, 파 대협께서는 무림을 일통할 강호의 영웅이시니 이런 만남은 다시없지요. 다만 아쉬운 것은 이 전 모가 두 분의 회합에 동석하지 못한다는 것입니다. 전 나머지 귀빈들께서 그들이 구매한 기보들을 직접 전해야 하기에 이만 물러가야 할 것 같습니다. 그러나 두 분의 친교를 다지는 천하명주는 이 전 모가 낼 터이니 두 분께서 오늘 뜻깊은 이야기들을 나누시기 바랍니다."

"오, 그래주시겠소? 그럼 부탁하리다."

술값이 나가지 않는다는 것이 기꺼운지 왕대계가 반색을 하며 말했다. 그러자 전욱이 미소로 대답했다.

"그럼 전 이만 물러가겠습니다. 좋은 시간되시기 바랍니다. 파 대협……."

전욱이 마치 사정하듯 허소산을 바라봤다. 그러자 허소산이 못마땅한 표정을 지으면서도 어쩔 수 없다는 듯 고개를 끄덕였다.

"내 방주의 얼굴을 보아 잠시 이곳에 머물도록 하리다."

"아이고 감사합니다. 그럼……."

전욱이 왕대계와 허소산에게 깊이 허리를 숙여보이고는 서둘러 별실을 떠났다. 그러자 왕대계가 마치 허소산이 금세 도망이라도 갈 것처럼 그의 소매를 잡아끌었다.

"자자, 파 대협 이리로 앉으시오."

왕대계에게 이끌려 허소산이 다시 별실의 중앙으로 걸어왔다. 그리고는 화려한 탁자를 사이에 두고 왕대계와 마주 앉았다. 허소산이 자리에 앉기를 기다리던 왕대계가 은근한 어조로 입을 열었다.

"파 대협, 다시 한 번 앞서의 무례를 사과드리오."

"선의에서 한 일이라시니 괘념치 않으리다. 하지만 향후에 무림인을 상대할 때는 조심하셔야 할 거요. 무림에는 나처럼 마음이 넓은 사람만 있는 것은 아니오."

허소산의 말에 왕대계가 살짝 비웃음을 흘릴 듯하다 이내 다시 정중한 표정을 하며 입을 열었다.

"파 대협의 충고 명심하리다. 그런데… 내 한 가지 여쭙고 싶은 것이 있소."

"음, 뭐가 궁금하시오."

허소산이 묻자 왕대계가 조심스럽게 질문을 던졌다.

"그… 삼호방의 인물들이 어디로 갔는지 혹시 알고 계시오?"

왕대계의 동공이 빠르게 움직였다. 추안과 소발, 그리고 주걸루의 행방이 그의 목숨 줄이기 때문이었다.

"그들의 행방은 왜 묻소?"

허소산이 짐짓 딴청을 피며 되물었다.

"모두… 알고 있는 것 아니오?"

왕대계가 넌지시 물었다. 그의 표정에 혹시 허소산이 병기를 반출한 일을 정확하게 모를 수도 있다는 기대가 서려 있었다. 그러나 그의 기대는 한순간에 물거품처럼 사라졌다.

"물론 놈들을 통해 병기가 반출된 것은 알고 있소."

허소산의 대답에 왕대계의 얼굴이 사색이 되었다. 정말 이 젊은 고수는 자신의 숨통을 쥐고 있는 것이 분명했다.

"으음… 그 일을 어찌 알게 되셨소?"

왕대계가 당혹한 표정으로 물었다.

"뭐, 이 강호란 곳은 이리저리 움직이다보면 한순간 낚시에 고기가 걸리듯 얻어걸리는 것이 있게 마련이오."

"그… 그 소문이 강호에 돌고 있단 말이오?"

왕대계가 화들짝 놀라며 물었다. 병기를 밀반출한 것을 허소산뿐 아니라 강호의 모든 자들이 알게 된다면 이는 그가 감당할 수 없는 일이었다.

"뭐 그런 소문이 풍문처럼 잠시 돌기는 했소. 하지만 삼호방의 세 방주가 사라진 이후에야 소문이 난들 무슨 소용이 있겠소. 증인이 없는데……."

허소산이 별일 아니라는 듯이 대답했다.

"그, 그들은 어디에 있소?"

허소산의 말대로 중요한 것은 삼호방 세 방주의 행방이었다. 허소산의 말대로 그들은 이 일의 결정적인 증인들이라 그들의 입을 막는다면 어떻게든 왕대계는 이 일에서 벗어날 수도 있을 터였다.

"그들의 행방을 내가 어찌 알겠소?"

허소산이 시치미를 뗐다. 그러나 그러면서도 은연중에 추안 등의 행방을 자신이 알고 있다는 눈치를 보였으므로 왕대계는 더욱 안달을 낼 수밖에 없었다.

"파 대협, 내 사정을 한 번 봐주시오. 내 일이 년 후에는 개봉으로 돌아갈 몸이오. 계획한 대로 일이 잘되면 난 일인지하만인지상의 자리에 오를 수도 있소. 그런데 그 삼호방의 세 방주가 입을 잘못 놀리면 난 그 순간 파 대협의 말처럼 모든 것을 잃게 될 것이오. 그러니… 그들이 어디 있는지 알고 있다면 말해주시오."

"그들이 어디 있는지 알면 어쩌시려오?"

허소산이 물었다.

"그때는… 그때는… 음…….."

왕대계가 차마 마음속에 있는 말을 풀어내지 못했다. 그러자 허소산이 나직하게 입을 열었다.

"살인멸구를 하시려오?"

"……."

허소산의 질문에 왕대계가 침묵으로 수긍했다. 그러자 허소산이 빙그레 미소를 지으며 말했다.

"통판께서는 참으로 독한 분이시오. 그래도 동업을 하던 자들인데 그리 매정하게 살수를 쓰려하시다니. 그러나… 장부는 독해야 함이 또한 세상의 이치! 내 통판 어른의 생각을 이해는 하오."

"그렇다면 그들의 행방을 말해주시겠소?"

왕대계가 무릎이라도 꿇을 것처럼 매달렸다. 그러자 허소산이 잠시 생각에 잠기 척하다가 입을 열었다.

"이렇게 하십시다."

"말해보시오."

왕대계가 허소산의 말을 재촉했다.

"사실 나도 이 항주에서 제법 큰 사업을 벌려보려 하오. 그래서 만재방의 방주와 인연을 맺은 것이기도 하고……. 그런데 본래 크게 사업을 일으키려면 통판 어른 같은 분의 도움이 꼭 필요하지 않겠소?"

"물론이오. 항주에서 제대로 장사를 하려면 반드시 내 도움이 필요할 거요."

왕대계가 살 길을 발견한 듯 소리쳤다.

"좋소. 그럼 우리 거래를 합시다. 내 그 삼호방 세 방주의 입을 막겠소. 대신 통관께선 은밀히 나와 만재방의 뒤를 봐주시오. 듣자 하니 통관께선 지금껏 여러 상가들의 뒤를 봐주었다고 하더이다만……."

"으음, 어려울 것 없소. 내 파 대협의 사업을 도와주리다. 대신……."

"물론 그자들이 입은 내가 확실히 막겠소."

"그들이 목을 가져올 수 있소?"

"하하, 그럴 수야 있나요? 어찌 산목숨을 그리 매정하게 거두겠소이까? 더군다나 그들은 나와 적지않은 인연이 있는 자들이라……. 하지만 이건 약속할 수 있소. 통관께서 내 거래를 받아들이신다면 그들은 다신 항주에 모습을 드러내지 않을 것이오."

허소산의 말에 왕대계가 아쉬운 듯하면서도 결국 고개를 끄덕였다.

"좋소이다. 내 파 대협의 말씀대로 하겠소이다."

"하하하, 이거 오늘 나 파금검이 귀인을 만났구려. 오호, 마침 술이 들어오는군. 하하하!"

허소산이 막 별실로 들어오는 술상을 보며 호탕한 웃음을 터뜨렸다.

第十章
창룡곡

독경

만재방의 만보대전이 막을 내렸다. 만보대전은 항주 상계에
한 차례 폭풍을 일으켰다. 물론 몰락했던 만재방이 재건되었
다는 사실이 가장 중요한 관심거리였지만, 그보다도 만재방이
만보대전을 치르는 동안 금천장에서 어떤 방해도 하지 않았다
는 것 또한 호사가들의 관심사였다.

금천장이 누구던가. 지난 세월 만재방을 서역으로 내몬 상
가였다. 그런데 그런 금천장이 자신들의 적수가 될 것이 분명
한 만재방이 항주 한복판에서 드러내놓고 재기를 알리는 데도
어떤 행동도 취하지 않았다는 것은 기이한 일일 수밖에 없었
다.

그러나 사람들은 또한 알고 있었다, 싸움은 끝난 것이 아니

라 이제 시작이라는 것을. 금천장의 독수가 얼마나 치밀하고 위험한 것인지 상계에 발을 담그고 있는 자들은 모두 알고 있었다. 그래서 재건된 만재방에 금천장이 어떤 반격을 가할 것인가가 또한 항주 상계의 새로운 관심거리로 떠오르고 있었다.

그리고 그 와중에 만재방은 다시 한 번 상계의 관심을 끌 만한 행보에 나섰다.

항주에서 북쪽으로 하루를 가면 창룡곡이라는 작은 해안 마을이 나타난다. 깎아 지르는 절벽이 해안과 맞닿아 있고, 해변역시 농사를 짓기 어려운 가파른 지형이었기에 마을에 머물고 있는 가구라야 십여 호 남짓 되는 작은 마을이었다.

그런데 언제부터인가 이 험하고 척박한 해안 마을에 사람들이 몰려오기 시작했다. 그리고 그들은 이 험한 해안가 산비탈에 거대한 공사를 시작했다.

마을 사람들조차 처음에는 이들이 무엇을 하고 있는 것인지 감을 잡을 수가 없었다. 그러나 그들이 마을에 나타난지 얼마 지나지 않아서 사람들은 그들이 만들어 놓은 장대한 광경에 입을 다물 수가 없었다.

그들은 절벽과 절벽 사이, 가파른 산비탈을 배경으로 거대한 장원을 짓고 있었던 것이다. 험지에 지어진 장원은 그 모습이 갖춰질수록 주변의 경관과 어울려 기이한 아름다움을 만들어냈다. 창룡곡의 지형은 척박하기 이를 데 없어 사람이 농사를 지을 수는 없었지만, 그 위태로운 지형 자체가 거대한 자연의 아름다움을 느끼게 만드는 곳이었다. 그런 곳에 인간의 힘으로 만들어졌다고 믿기 어려운 장원이 들어서자 장원은 금세 천하에서 보기 드문 아름다움을 만들어 냈다.

그런데 창룡곡에 찾아든 사람들이 세운 것은 장원만이 아니었다. 그들은 장원에서 계곡을 따라 이어지는 작은 해안에게 아름드리나무들을 배로 실어와 작은 포구를 만들기 시작했다. 본시 접안할 곳이 없었을 뿐 절벽으로 둘러싸인 해안은 배가 풍랑을 피해 모여 있기에 적합한 곳이어서, 일단 접안대를 만들고 사람이 상륙할 수 있는 시설들을 갖추자 어떤 곳에 못지 않은 훌륭한 포구로 변모했다.

그 포구로부터 장원에 이르는 거칠고 험한 계곡 역시 사람의 손에 의해 디딤이져, 마차 두어 대가 함께 달릴 만한 길이 장원까지 이어졌다.

천박하고 험한 작은 해안가 마을을 이렇게 아름다운 포구로 만들어 놓은 사람들은 그러나 무슨 일인지 한동안 그 모습을 보이지 않았다. 간혹 장원을 돌보고 포구의 손실을 보수하는 자들이 보이기는 했으나 거대한 공사를 마친 사람들이라고는 생각할 수 없을 만큼 장원에 거주하는 사람은 눈에 띄게 적었다.

철썩철썩!

해안을 따라 이동한 덕인지 배는 그리 심하게 흔들리지 않왔다. 해안 쪽으로는 병풍처럼 절벽들이 펼쳐져 있어서 장대한 풍광을 만들어내고 있었다. 항주를 떠나 온 지 거의 하루가 지나고 있었다.

"저곳이야."

한순간 전조명이 손을 들어 해안가 절벽 사이에 살짝 엿보이는 작은 해안 마을을 가리켰다.

"저곳이 창룡곡이에요?"

감아라가 호기심이 동한 눈으로 얼굴을 앞으로 빼 전조명이 가리킨 곳을 바라보며 물었다.

"그래. 저곳이 창룡곡이란다."

"에이, 너무 작은 것 아니에요?"

감아라가 실망한 표정으로 말했다.

"후후, 포구로 들어가면 보기완 다를 걸? 절벽에 가려 보이지 않은 부분이 있단다. 아직 장원도 보이지 않잖아."

"그런가요? 아, 어떤 곳일지 기대돼요."

감아라가 두 손을 모으며 말했다. 그러자 곁에 있던 허소산이 전조명에게 물었다.

"지은 지 얼마나 됐다고 했지?"

"아버지가 서역으로 떠나기 전부터 땅을 사기 시작했어. 공사를 마친 것은 이 년 전이야."

"그럼 대충 안정은 되었겠네?"

"응, 처음에는 걱정을 많이 했어. 지반이 단단하기는 하지만 그래도 위태로운 경사지에 지은 것이라서. 그래서 한두 해 안

정시키려고 사람을 들이지 않았던 거지. 다행히 큰 문제는 없는 것 같아."

"지형으로 보아선 천험의 요새인걸?"

"적들이 침입하기 쉬운 지형은 아니지. 금천장과의 싸움을 염두에 두고 창룡곡을 선택했어. 그리고 여기서 오리 거리에 은밀히 배를 숨길 수 있는 곳이 있어서 그것도 고려를 했지."

"삼선을 그곳에 숨겨둔 모양이군."

"응. 삼선은 우리 만재방에서 가장 중요한 것이니까."

끼이익!

말을 하는 사이 배가 문득 서쪽으로 선수를 돌렸다. 그러자 일행의 눈앞에 새로운 광경이 펼쳐졌다.

좌우에는 거대한 절벽이 다른 세상으로 가는 관문처럼 서 있있고, ㄱ 너머로 창룡곡의 해안 마을이 소담하게 펼쳐졌다. 작은 모래사장이 있는 곳에는 어선 십여 척이 떠 있었고, 그 뒤로 십여 호의 초가들이 들어서 있었다. 그러나 정작 놀라운 것은 마을이 형성된 남쪽이 아니라 그 북쪽이었다.

창룡곡의 북쪽은 험한 절벽과 가파른 능선이 이어져 있었는데 그 능선 중간에 포구로부터 이어진 길과 맞닿아 한 채의 거대한 장원이 서 있었다.

"와!"

감아라의 입에서 자신도 모르게 탄성이 흘러나왔다. 창룡곡의 장원을 처음 보는 사람들 역시 여기저기서 놀란 목소리를 흘려냈다.

"도대체 어떻게 저기에 장원을 지은 거지?"

허소산도 믿지 못하겠다는 듯 전조명에게 물었다.

"우리 만재방의 거의 모든 재산이 들어갔어. 서역으로 상행을 나가기 위한 자금을 빼고는 거의 모든 금자를 이곳에 쏟아부었지. 천하에서 가장 뛰어난 장인들이 동원되어 만든 장원이야. 괜찮지?"

전조명이 자랑스럽게 고개를 돌려 허소산을 보며 물었다.

"괜찮은 정도가 아닌데? 어떤 적도 침입할 수 없는 장원이군. 포구도 생각보다 크고."

"사실 가장 중요한 것은 포구 문제였어. 천하를 대상으로 상행을 하려면 적어도 십여 척의 배를 댈 수는 있어야하니까. 그런데 이곳은 배를 대기에는 너무 위험한 곳이거든. 바위들이 많아서. 그렇다고 남쪽 모래사장을 이용하자니 기존에 이곳에 살던 사람들이 곤란해질 것이고……. 해서 아예 접안대를 절벽 앞쪽으로 만든 거야. 물론 나무로 만들어서 해마다 보수를 해야겠지만 그래도 생각보단 쓸 만한 것 같아."

"조명, 정말 대단해."

"내가? 장원이?"

"조명이. 결국 방주께서 서역에 가 계신 동안은 조명이 이 일을 지휘했을 거 아냐."

"사실 좀 힘들었어. 특히 무창에서 이곳 일을 진행하려니 힘이 더 들었지. 하지만 덕분에 사람들이 이목에서 날 숨길 수 있었으니 그건 다행이고……. 그리고 사실 이곳의 일을 지휘

한 것은 총관님이서."

뿌우우!

그때 문득 창룡곡으로 향하던 세 척의 배 중 가장 앞쪽에서 파도를 헤치고 나가던 배에서 길게 뿔피리 소리가 울렸다. 그러자 멀리 절벽 중간의 장원에서 푸른 깃발이 펄럭이기 시작했다. 배는 그 깃발에 끌려가듯 포구 안쪽으로 들어가기 시작했다.

"방주!"

감격에 겨운 목소리가 흘러나왔다. 배에서 내리는 전욱을 맞이한 것은 허소산의 기억 속에도 아련하게 그 존재가 남아 있는 사람이었다.

'공 총관이시군.'

백발이 성성한 노인의 얼굴은 검버섯으로 덮여 있었다. 누가 보아도 앞으로 그의 삶이 얼마 남지 않음을 알 수 있는 얼굴이었다. 고려의 만재방에서 최고의 상인으로 꼽히던 사람, 또한 만재방의 실질적인 살림을 도맡아 하던 인물, 만재방의 총관 공우보가 거기에 있었다.

"총관! 그동안 수고 많았소."

전욱이 공우보의 손을 잡았다. 그러자 공우보가 굽어진 허리로 전욱을 올려다보며 말했다.

"이 늙은이가 무슨 수고를 했겠습니까? 서역에 다녀오신 방주님이야말로 그동안 고초가 많으셨지요. 이 늙은이가 직접 항주로 가서 방주를 뵙고 싶었으나 이곳의 일이 적지 않을뿐더러, 내 몸이 성치 않아…….”

공우보의 말에 전욱의 표정이 어두워졌다.

“총관의 몸이 좋지 않다는 소식은 들었소. 그래, 차도는 좀 있으신 게요?”

“이 나이에 어찌 몸이 낫기를 바라겠습니까? 그저… 이렇게 방주님을 뵙고 죽을 수 있으니 이젠 여한이 없습니다.”

“그게 무슨 말이오. 죽는다는 소린 하지 마시오. 난 아직 공 총관이 필요하오. 그리고… 죽더라도 고향에 가서 죽어야 할 것 아니오?”

전욱이 공우보를 잡은 손에 힘을 주었다. 그러자 공우보가 눈물을 흘릴 것 같은 표정으로 대답했다.

“저 역시 벽란도의 푸른 물결을 보며 죽기를 소원하여 이 질긴 목숨을 이어가고 있습니다만… 세월이 과연 이 늙은이의 소원을 들어줄지는 모르겠습니다.”

“걱정 마시오. 나 전욱이 반드시 공 총관을 고려로 데려갈 것이오. 자자 바람이 차오. 어서 올라갑시다. 너희들은 무엇하느냐? 어서 총관을 모시지 않고!”

전욱의 호령에 몇몇 장한이 서둘러 다가와 공우보의 발아래 가마를 대령했다. 그러자 공우보가 힘겨운 몸짓으로 가마에 몸을 실었다.

“가세들!”

공우보가 손짓을 하자 두 명의 장한이 앞뒤에서 공우보가 탄 가마를 번쩍 들어올렸다. 노인의 몸무게는 종잇장처럼 가벼운 모양이었다. 가마를 든 사람들의 발걸음이 가볍기 이를 데 없었다. 그 모습을 보고 있던 전조명이 우울한 표정으로 말했다.

"정말 총관님의 병환이 위중하신가 봐. 일 년 전에 뵈었을 때는 그래도 혼자 거동을 하셨는데……."

"올해 몇이시지?"

"여든셋이 되셨을 거야."

"음……. 벽란도를 떠나는 변란을 겪고, 이곳에 장원을 마련하시느라 심력을 너무 소비하신 모양이군."

허소산이 말하자 전조명이 고개를 끄덕였다.

"아무래도 그러셨을 거야. 사실 벽란도를 떠나면서도 가장 힘들어 하신 분은 공 총관님이시거든. 휴, 어디서 영약이라도 구해와야지……."

전조명의 말에 허소산이 묵묵히 고개를 끄덕였다.

순식간에 포구에 산더미 같은 짐이 쌓였다. 그런데 그런 짐들 한쪽에 눈에 익은 물건들이 자리를 잡고 있었다. 옻칠을 한 검은 색 목함들이 바로 그것들이었는데 그건 바로 허소산이 손가지도에서 가져온 오왕의 재물들이었다.

"우리도 그만 올라가."

포구 주변을 돌아보고 있던 허소산에게 전조명이 다가와 말했다.

"짐은?"

"반나절은 걸릴 거야."

"그래? 그럼 먼저 올라가는 게 낫겠네. 아버지 장원으로 가요."

허소산이 원보등과 함께 포구를 어슬렁거리며 창룡곡을 살피고 있던 허산왕을 큰 소리로 불렀다. 그러자 허산왕 등이 급히 걸음을 옮겨 허소산이 있는 곳으로 다가왔다.

"이 포구는 정말 좋구나."

허산왕이 허소산을 보며 입을 열었다.

"마음에 드세요?"

"그래. 만약 백두가 아니라면 이런 곳에 정착하고 싶을 정도다."

"좀 척박하지 않나요? 밭을 일굴 땅도 거의 없고……."

"흠, 하지만 우리 두 식구 먹고사는 것은 문제가 없지."

허산왕이 말하자 전조명이 뾰루퉁한 표정으로 말했다.

"아니 왜 두 사람이에요? 세 사람이지!"

"아, 이런 우리 아가씨를 잊고 있었네. 하지만 뭐 둘이나 셋이나 큰 차이는 없으니까."

"또 아가씨라시네?"

전조명이 허산왕을 흘겨봤다. 그러자 허산왕이 머리를 긁적이며 대답했다.

"물론 방주께서도 달리 부르시라고 당부를 하시긴 했지만 그래도 수 년 동안 입에 익은 말이 어디 쉽게 바뀌나. 사정을 좀 봐줘."

그래도 예전처럼 존대를 하지는 않는 허산왕이었다.

"알았어요. 하지만 보름 안에 바꾸셔야 해요."

"보름이라……. 이거 참, 갈수록 숙제가 늘어나네."

허산왕이 난감한 표정으로 말하자 원보가 곁에서 말참견을
했다.

"그러게 부자집 따님을 며느리로 드리는 것은 쉬운 일이 아
니라고 했지 않소."

"그러게 말이오. 이거… 물릴 수도 없고……."

"뭐라고 하셨어요?"

허산왕이 무심코 흘린 말에 전조명이 눈을 치뜨며 물었다.
그러자 허산왕이 당황한 표정으로 손을 내저었다.

"아니 아니, 그냥 생각 없이 한 말이니 신경 마라."

길은 좌우로 방향을 틀어 경사를 죽이고 있었다. 짐을 실은
마차가 이동해야 할 길이기에 이런 모양을 하고 있는 모양이
었다. 그러나 덕분에 풍경은 더욱 그림 같았다.

일행이 뱀처럼 구불거리는 길을 따라 일각 정도를 오르자
드디어 장원 앞에 도달했다. 장원 앞쪽으로는 비탈진 지형에
어울리지 않게 너른 공터가 자리 잡고 있었는데 포구에서 실
어오는 짐들이 그 공터에 다시 쌓이고 있었다.

"아가씨!"

허소산 일행이 장원 앞에 도착하자 낯익은 여인이 일행을

맞았다. 허소산과도 벽란도에서부터 인연이 있는 보현이었다.

"보현! 보현 너로구나!"

본시 보현은 전조명의 시녀였지만 그동안은 만재방에 사람이 부족한 터라 셈이 빠른 보현을 공 총관 곁에 머물게 했던 전조명이었다.

"아가씨!"

보현이 빠르게 달려와 마치 죽은 사람이라도 살아온 것처럼 전조명의 손을 잡았다.

"그래 보현아. 그동안 고생 많았지?"

"고생은요. 저야 뭐 이곳에서 편히 지냈는걸요. 아가씨야말로 험한 강호생활에 고생하셨지요."

"나도 별로 고생한 것은 없단다. 그래도 네가 이곳에서 공 총관님을 도와드린 덕분에 일이 수월했다고 사람들이 그러더구나. 네 칭찬들이 대단했어."

"그야 뭐 다 어릴 때부터 아가씨께서 일을 가르쳐주신 덕분이죠."

본시 전조명과 보현은 비록 주종의 관계이기는 하나 자매처럼 지낸 사이였기에 그 정이 돈독할 수밖에 없었다.

"보현, 아가씨를 모시고 들어가야지."

곁에서 두 사람의 모습을 보고 있던 전조명의 호위무사 오룡이 말했다. 그러자 보현이 오룡에게 고개를 숙이며 말을 건넸다.

"어서 오세요, 오라버니!"

"그래, 회포는 나중에 풀고 이제 그만 들어가자꾸나."

오룡의 말에 보현이 고개를 끄덕이며 대답했다.

"알았어요. 아가씨, 들어가세요."

보현이 전조명에게 안으로 들기를 청하자 전조명이 허소산을 보며 말했다.

"들어가."

"그럴까?"

허소산이 고개를 끄덕이고는 전조명에 앞서서 장원으로 걸음을 옮기기 시작했다. 그러자 보현이 재빨리 전조명에게 나직하게 물었다.

"저 아이… 아니, 저 사람… 아니 저분이 소산이에요?"

"훗! 편한 대로 불러."

"그, 그래도 이젠 아가씨의 배필이 될 사람인데……."

"두 사람은 예전에 제법 친했잖아?"

"그렇긴 한데… 아주 다른 사람이 된 것 같아요. 뭐랄까, 예전같이 편하게 대할 수 없을 것 같아요."

"흠, 소산이 강호에서 대단한 사람이 되긴 했지. 하지만… 그래도 소산은 소산일 뿐이야."

전조명이 어깨를 으쓱하고는 재빨리 허소산의 뒤를 따랐다.

창룡곡의 만재방 장원은 거대했다. 위태로운 절벽과 계곡, 그리고 급한 경사의 산비탈에 세워진 장원은 곳곳에 사람들이 생각지 못한 건물들이 들어서 있었다.

또한 장원 주변으로 삼장 높이의 담장이 둘러 있어서 그야 말로 난공불락의 요새와 같았다. 허소산 일행은 하루 종일 장원을 둘러보았지만 그 후에도 마치 이 장원에는 아직 그들이 보지 못한 신비한 비처가 남아 있는 듯한 느낌이 들만큼 장원의 구조는 신비로웠다.

또 하나 특이한 것은 이 장원에 세워진 거대한 전각들에 붙어 있는 이름들이었다. 만재루, 와룡각, 매화원, 청룡각, 봉황각, 선인각 장원에는 이 여섯 개의 커다란 전각이 서 있었다. 물론 그 외에도 작은 건물들이 여러 채 존재했지만 장원을 방문한 사람이라면 누구라도 이 여섯 개의 전각에 눈길이 가게 마련이었다. 그런데 이 각각의 전각에 붙은 이름은 바로 벽란도의 만재방 본가에 있던 전각들의 이름 그대로였다. 그리하여 만재방의 역사를 아는 사람들에게 이 전각들은 남다른 느낌을 주는 것이었다.

허소산 일행은 장원 동쪽에 있는 와룡각에 여장을 풀었다. 와룡각은 본래 벽란도에서도 전무산과 전조명, 두 명이 거처하던 곳이었는데 이곳 창룡곡에서도 역시 두 사람의 거처로 사용되고 있었다.

단지 벽란도에서와 다른 점이 있다면 창룡곡의 와룡각은 좀 더 큰 규모로 지어져 방내의 젊은 후기지수 일부가 거처할 수 있게 되었다는 점이었다.

"마치… 벽란도로 돌아온 느낌이군."

동쪽 바다와 남쪽 해안 마을, 그리고 마을 넘어 뒤로 보이는 관도를 한 눈에 조망할 수 있는 와룡각의 방 한 곳에서 허산왕이 창문을 통해 밖을 바라보며 말했다.

"그러게요. 우 총관님은 참 세심하신 것 같아요. 이렇게 벽란도의 장원과 흡사하게 장원을 꾸며 놓은 것을 보면……."

"그만큼 우 총관께서 고려에 대한 그리움이 깊으시다고 할 수 있겠지."

"건강이 좋지 않으셔서 걱정이에요."

"그러게 말이다. 사람이 고향을 떠나면 몸이 먼저 상한다는 말이 사실인 모양이다. 특히나 우 총관께서는 만재방에 계시면서도 원행을 거의 하지 않으신 분이시니 벽란도에 대한 그리움이 더할 것이다."

"한 번 뵈어야겠어요."

"응? 의원 노릇을 하게?"

"제가 의술을 좀 알잖아요."

허소산이 미소를 지었다. 그러자 허산왕이 고개를 저으며 말했다.

"아서라. 만재방에도 탁월한 의원들이 있지 않느냐? 아, 그러고 보니 조 의원도 이곳에 있겠구나."

"조 의원님이요?"

"그래. 조 의원은 이곳에 우 총관님과 함께 남았거든. 음… 조 의원이 있는데도 우 총관님의 상세가 저렇다면 그건 약으로 고칠 수 없는 병이란 말이 아니겠느냐?"

"노환이면 영약으로 원기를 회복시켜드리면 될 텐데……."

"마음의 병이 아니겠느냐? 그건 약도 없지."

"그렇긴 하지요. 하지만 한 번 뵙기는 해야겠어요."

"설마 천독공을 쓸 생각이냐?"

"마음의 병을 공력으로 치료할 수 있나요. 그냥 한 번 보아 드리는 것 뿐이지요."

"알겠다. 그럼 그렇게 하려무나."

"함께 가실래요?"

허소산이 묻자 허산왕이 고개를 끄덕였다.

"그렇게 하자꾸나. 나도 뵌 지가 오래되었으니……."

공 총관의 처소는 선인각에 있었다. 본래 선인각은 만재방의 원로들이 머무는 곳이다. 만재사신의 거처 역시 선인각에 있었다.

공우보의 처소는 단출하기 이를 데 없었다. 동쪽으로 난 창, 그 창을 통해 들어오는 바다 내음과 투명한 빛이 공우보의 처소에서 가장 가치있는 존재들이었다.

허소산은 공우보의 처소에 들어서며 공우보의 삶이 거의 끝나가고 있음을 깨달았다. 본시 모든 사물에는 양면성이 있게 마련이다. 죽음 역시 그러한데 그 음습하고 축축한 기운과 혹은 영원으로 향해 떠나는 긴 여행의 시작으로서의 투명한 생기가 공존하는 것이 죽음이다.

사람이 어떻게 살아왔는가에 따라 그 내음과 기운이 달라지게 마련인데 공우보의 방은 맑고 투명했다. 허소산은 공우보의 방에 들어서는 순간 그동안 알지 못했던 공우보의 진가를 깨달았다. 그리고 머리를 커다란 둔기로 맞은 것처럼 먹먹함을 느꼈다. 죽음을 앞둔 자의 청정함이라니…….

'심독이 사라진 경지인가.'

허소산이 문득 다시 심독을 떠올렸다. 그러나 그의 상념은 한순간에 사라졌다. 공우보의 부드러운 목소리가 들려왔기 때문이다.

"어서들 오게."

공우보가 억지로 자리에서 일어나 두 사람을 맞이했다.

"앉아 계십시오."

허산왕이 얼른 공우보를 부축했다.

"흘흘, 아직은 서고 앉는 것은 문제가 아니네. 물론 내가 죽을 때가 가까워졌다는 것을 알고 있네만……. 아직은 아니지."

공우보가 허허로운 웃음을 웃었다. 그리고는 방문을 내다보며 나직하게 말했다.

"차를 좀 준비해주게."

"네, 총관 어른!"

문밖에서 어린 소녀의 음성이 들렸다.

"소산… 네가 돌아왔다는 소식은 이미 들어 알고 있었다. 또… 네가 무척 대단한 사람이 되었다는 것도…….."

"전 예전의 소산 그대로입니다."

"그래. 그런 듯하구나. 하지만 변한 것도 있겠지?"

"사람이니까요."

"오냐. 모든 만물은 변한다. 사람이, 삶이 고통스러운 것은 변화를 받아들이지 못하기 때문이지. 그러니 그 변화를 받아들이는 마음을 잊으면 안 된다. 알겠느냐?"

공우보가 마치 고승과 같은 말을 건넸다.

"총관 어른의 말씀 명심하겠습니다."

"내가 늘그막에 고려를 떠나 참담한 타지 생활을 하다 보니 이렇게 몸과 마음이 병들었구나. 늘그막에 삶의 변화는 고통스러운 것이지. 하지만 최근 들어서 겨우 그 고통에서 해방이 되고 있구나. 그저 동쪽으로 난 창 하나, 고려의 냄새를 실어오는 바다 내음……. 그 정도로 만족한다. 돌아가는 것은 내 몫이 아닌 게지. 물론 마음을 비웠다고 고목에 꽃이 피지는 않겠지만. 흘흘흘!"

공우보가 나직하게 늙은 웃음을 흘렸다. 그런 공우보를 보며 허소산이 조심스럽게 물었다.

"제가 진맥을 한 번 보아도 될까요?"

"응? 진맥?"

공우보가 의아한 표정을 지으며 물었다.

"제가 의술을 좀 알지 않습니까?"

"하하, 날 고치겠다? 아서라. 이건 노화다. 약과 침으로 고칠 수 없느니라. 그럴 수 있었다면 조 의원이 이미 고쳤을 거야."

"무인에게는 일반의 의원과는 또 다른 수단이 있지요."

허소산이 미소를 지으며 대답했다. 그러자 공우보가 허소산을 빤히 바라보다 고개를 끄덕였다.

"네가 소원하니 그렇게 해보자."

"그럼 침상으로 옮겨 앉으세요."

허소산의 말에 공우보가 침상으로 가 가부좌를 틀고 앉았다. 구부정한 노인의 등이 마른 나무처럼 보였다.

허소산은 조심스럽게 공우보 곁으로 다가가 먼저 손목의 진맥을 살폈다. 그리고는 한참 후 다시 공우보의 뒤에 앉아 그의 등에 손을 대고 눈을 감았다.

"으음……!"

얼마나 지났을까. 문득 공우보의 입에서 나직한 침음성이 흘러나왔다. 고통스러워하는 것 같기도 하고, 한편으로는 쾌감을 느끼는 것 같기도 했다. 그러나 공우보는 앉은 자리에서 움직이지는 않았다.

반면 허소산의 표정은 진지했다. 마치 새로운 무학의 세계에 발을 들여놓은 것처럼 허소산의 얼굴은 굳어 있었다.

그렇게 다시 얼마가 지났을까. 문득 허소산이 먼저 눈을 떴다. 그리고는 천천히 공우보의 등에서 손을 떼더니 이내 공우보의 어깨를 주무르기 시작했다.

"힘드셨어요?"

허소산이 부드럽게 물었다. 그러자 공우보가 고개를 저었다.

"아니다. 처음에는 약간 통증이 있었지만 이내 시원해지더구나. 도대체 뭘 한 거지?"

"탁기가 쌓인 혈도 몇 군데를 풀었어요."

"음⋯⋯. 그랬구나. 그래 얼마나 살겠느냐?"

공우보가 웃으며 농담을 흘렸다. 그러자 허소산이 대답했다.

"신이 아닌 이상 사람의 수명을 늘릴 수는 없지요. 하지만 지내시기에 한결 편하실 거예요. 일어나 보세요."

허소산이 어깨 주무르던 손을 멈추고 말했다. 그러자 공우보가 침상에서 천천히 일어났다. 그리고는 조금 놀란 표정으로 말했다.

"몸이 한결 가볍구나. 어떻게 된 거냐?"

"말씀드린 대로 몇 군데 혈도를 풀어냈을 뿐이에요."

"음⋯⋯. 기분으로는 아주 젊은 시절로 돌아간 것 같은데?"

"그래도 무리하지 마세요. 사람은 뼈와 살로 이뤄진 몸을 가지고 있잖아요."

"옳거니. 뼈와 살이 삭은 것은 어쩔 수 없다?"

"네."

허소산이 고개를 끄덕였다.

"그래도 내가 복을 받았구나. 최근 들어 마음에 응어리를 푼 데 이어 몸의 응어리도 풀었으니 허허허⋯⋯. 편한 죽음을 맞을 수 있게 된 건가?"

"고려로 돌아가실 때까지는 사실 거예요."

"그래? 정말?"

"아마도……."

"후후후, 그렇게 말해주니 고맙구나. 하지만… 나 또한 내 명을 안다. 아마도… 일 년을 넘기지 못하겠지. 후우!"

공우보가 크게 한숨을 쉬며 의자에 앉았다. 그때 문 밖에서 시비가 차를 가지고 들어왔다. 시비는 조심스럽게 세 사람이 앉아 있는 탁자로 다가와 찻잔을 내려놓고 차를 따랐다. 향기로운 차향이 허허한 공우보의 방을 가득 메웠다.

"어떠실 것 같더냐?"

선인각을 물러나며 허산왕이 허소산에게 물었다.

"무척 쇠약해지셨어요."

"음……. 그래 보이시더구나."

"다행이 몇 군데 혈도의 어혈을 풀기는 했지만… 그것으로 사람의 수명이 늘어나지는 않지요."

"그래도 한결 편해 보이시더구나."

"이미 마음의 독을 푸셨으니 제가 손봐드리지 않았어도 편히 지내셨을 거예요."

"마음의 독?"

"고려로 돌아가는 일 말이에요."

"음……. 하긴, 예전에 뵈었을 때보다는 조급함이 사라져 보이시기는 하더구나."

"아버지……."

"왜?"

"본래 나이가 들면 공 총관님처럼 마음의 독들을 모두 풀어낼 수 있나요?"

"글쎄다……. 모두는 아니겠지. 아니, 대부분은 아닐 게다. 그런 사람은 흔치 않아. 본래 나이가 들면 욕심은 더 많아지는 법이란다. 대부분의 경우……."

"조심해야겠어요."

"그래. 조심하거라. 노욕(老慾)의 추함의 세상에서 가장 더러운 것이니라."

"명심할게요. 그러니까 아버지도 약속하세요."

"노욕을 부리지 말라고?"

"아뇨. 건강하게 오래오래 사시겠다고요."

*　　　　*　　　　*

창룡곡 만재방에 대한 소문이 삽시간에 상계를 휩쓸었다. 만보대전으로 일어서기 시작한 만재방의 성세는 금세 항주 상계를 휘어잡았다.

그동안 만재방이 결코 죽어 있었던 것이 아니라는 듯, 한 번 그 명판을 세상에 다시 걸기 시작하자 만재방은 칠 년 전 그들이 상계의 싸움에서 패해 쫓기듯 서역으로 상행을 떠날 때와는 전혀 다른 강력함을 세상에 보여주기 시작했다.

만재방은 만보대전이 끝나는 순간부터 항주에 여섯 개의 상방을 열었고, 두 개의 전장을 개설했다. 그러자 마치 기다렸다는 듯 항주의 이름난 상가들이 만재방과 거래를 시작했다.

그리고 사람들을 더욱 놀라게 한 것은 항주의 권력자들의 만재방의 뒤를 봐주기 시작했다는 것이다. 그중에서도 특히 통판 왕대계는 드러내놓고 만재방을 지원했다. 덕분에 금천장 등 과거 만재방을 항주에서 몰아냈던 상가들은 만재방의 놀라운 재기를 눈뜨고 바라볼 수밖에 없었다.

그러나 상계의 사람들은 누구나 알고 있었다. 어둠속에서 기존 항주의 거상들이 만재방에 대한 반격을 준비하고 있음을, 그리하여 결국 항주가 다시 한 번 상계의 거대한 싸움에 휘말려 들 것을 사람들은 숨죽여 기다리고 있었다.

"알아보았는가?"

김류가 금선옹을 보며 물었다. 그러자 금선옹이 고개를 조아리며 대답했다.

"그가 항주로 향했다고 합니다."

"놈! 제발로 호랑이 굴에 들어오겠다는 것인가? 참으로 대단한 배포가 아닌가?"

"그가 아무런 대책 없이 항주로 오지는 않을 것입니다. 그가 온다는 것은 결국 항주에 우리가 알지 못하는 그의 세력이 존재한다는 뜻이겠지요."

"그렇다고 해도 항주는 우리 금천장의 땅이다. 그 누구도 항주에서 우릴 상대할 수 없어. 야율거공 놈이 온다면 이곳이 놈의 무덤이 될 것이다."

"그에 대한 감시를 늦추지 않겠습니다. 하지만 지금 급한 것은 그가 아니라 만재방입니다."

금선옹의 말에 김류가 얼굴을 찌푸렸다.

"만재방이라……. 그러나 아무리 전욱이 재기에 성공했다고 해도 상가는 상가일 뿐이다. 야율거공에 비할 바가 아니야."

"그것이……."

금선옹이 김류의 말에 반발을 하지 못하고 말꼬리를 흐렸다.

"무슨 문제가 있는가?"

"장의 수입이 급격하게 줄어들고 있습니다. 전욱이 단단히 준비를 한 모양입니다. 만재방은 처음부터 우리 금천장의 상로를 끊고 있습니다. 우리와 거래하던 자들 중 삼분지 일이 만재방과 거래를 트고 있습니다. 덕분에… 지난 한 달 사이 장원 수입의 이할이 줄었습니다. 그렇다면… 결국 요동으로 보내는 자금에 문제가 생길 수 있습니다. 지금은 그동안 모아둔 것으로 충당할 수 있지만… 계속 이런 식이라면 석 달을 넘지 않아 문제가 생길 것입니다."

"그건 알 될 말이야. 다른 건 몰라도 요동으로 보내는 금자를 줄일 수는 없다."

"그래서 걱정입니다."

"음……. 결국 무력을 써야하는 건가?"

"그런데 그것이……."

이번에도 금선옹이 말꼬리를 흐렸다.

"또 무엇이 문제인가?"

"함부로 무력을 쓸 수가 없는 상태입니다. 절도사는 물론 통판 왕대계까지 완전히 만재방의 사람이 되어 버린지라……. 함부로 무력을 썼다가는 관이 개입할 것입니다."

탁!

김류가 탁자를 내려쳤다. 그러자 금선옹의 얼굴에 두려운 빛이 돌았다. 김류라는 사람이 이렇게 감정을 드러내는 경우는 극히 드물기 때문이었다.

"도대체 일이 왜 이렇게 된 것인가? 그들이 항주에서 이런 수작을 벌일 때까지 어찌 모를 수가 있었던가?"

"그, 그것이 그들의 준비가 치밀한 것도 있었지만 우리 쪽 주력이 모두 손가지도로 출항을 하는 터에……."

"음……!"

김류가 침음성을 발하며 이마를 짚었다. 그리고는 잠시 후 침착함을 회복한 표정으로 물었다.

"파금검은?"

"요즘 만재방과 가까이 지내는 것 같습니다."

"후……! 미리 벨 것을……!"

김류가 고개를 저었다.

"그렇다고 그가 만재방과 온전히 손을 잡은 것은 아닐 것입니다. 그자를 알고 있지 않습니까?"

"그렇겠지. 그저 재물이 생겼으니 그 재물을 맡길 곳을 찾은

것이겠지. 음……. 결국 지난번 출항은 손해만 있을 뿐, 이득
은 단 한 푼도 없군."

"죄송합니다."

금선옹이 고개를 숙였다.

"장주가 죄송할 것은 없지. 이번 일은 모두 내가 결정한 것
들이니……. 여하튼 꼬인 실타래를 어떻게든 푸는 수밖에."

"어찌할까요?"

금선옹의 질문에 잠시 생각에 잠겼던 김류가 눈빛을 빛내며
입을 열었다.

"결국 일을 빠르게 수습할 방법은 하나야. 전욱! 그자를 잡
는다!"

"하면… 살수를?"

"타인의 눈이 있으니 목숨을 어쩌지 못하더라도 아니더라
도 굴복은 시켜야겠지. 육왕탑에 기별을 넣게."

"알겠습니다."

금선옹이 날카로운 눈빛을 흘리며 고개를 숙였다.

                    *   *   *

"항주는 송(宋)의 목숨줄이라고 할 수 있지."

사내가 입을 열었다. 그의 주변에 말에 탄 십여 명의 사내가
있었다.

"그러나… 취하기에는 너무 위험한 곳 아닙니까?"

"그래서 내가 직접 가는 것 아닌가."

"이번만큼은 전 아직도 대인의 결정에 반대입니다."

초로의 노인이 조심스럽게 말했다. 그러자 사내가 고개를 끄덕였다.

"그대의 마음을 모르는 것은 아니야. 그 충정 고마울 뿐이지. 하지만… 세월은 흐르고 우린 영원히 살 수 없네. 그렇다면 이제는 승부를 결해야 할 때지."

"그렇다고 해도 다른 사람을 보내는 것이 나은 선택이었을 겁니다."

"후후 그건 상대에 대한 예의가 아니지. 팔황, 금천장, 김류… 또 그 고약한 파금검에… 모두 항주에 있지 않은가? 다른 사람을 보내 그들을 상대할 수 있겠나?"

"그러나 이 싸움은 우리가 불리합니다. 그들은 이미 항주에 터를 잡고 있던 자들이라……."

"자넨 아직 날 모르는군."

"죄송합니다. 대인의 능력을 의심해서 드리는 말은 아닙니다."

"그런 말이 아니야. 난 그들을 상대할 준비를 해 놓았다는 말이지."

"어찌……?"

"사천맹과 삼문을 불렀어."

"그들을 불렀단 말이십니까? 진정 항주에서 승부를 보시려는 것이군요."

"물론. 이 일에 나 야율거공의 운명을 걸겠다."

야문이 수장 영락대인 야율거공의 눈빛이 화산처럼 타올랐다.

『독경(毒經)』 8권에 계속…

SWORD SLAYER

소드 슬레이어

류연 판타지 장편 소설

FANTASY FRONTIER SPIRIT

그날로 돌아간 그 순간부터 입버릇처럼 붙은 한마디.
"생각해라, 아서 란펠지."

귀족 반란에 휘말린 채 죽어야 했던 기사, 아서 란펠지.
600년 전 마룡 카브라로 인해 봉인당한 세 용사의 영혼.
버려진 이름없는 신전에서 그들이 만났을 때
운명은 또 다른 전설의 서막을 알렸다!

소드 슬레이어!

힘없이 죽어간 모든 인연들을 위하여
무력하고 허망했던 어제를 딛고
멈추지 않는 오늘을 달려 내일을 잡아라!

위선에 가득찬 검들을 향해
여섯 번째 마나 소드, 에스카룬의 검이 질주한다!

Book Publishing CHUNGEORAM

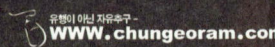
유행이 아닌 자유추구 ~
WWW.chungeoram.com

정민교 新무협 판타지 소설
FANTASTIC ORIENTAL HEROES

2011년 대미를 장식할
준.비.된. 작가 정민교의 신무협이 온다!
『낭인무사(浪人武士)』

"죄수 번호 사천이백삼, 담운!"
"……!"
"출옥이다."

만두 하나.
고작 그 하나에 이십 년 옥살이를 한 소년, 담운.
그 답답하고 억울한 마음을 풀어낸다!

무림맹! 구대문파! 명문세가!
겉만 번지르르한 놈들은 다 사라져라!
겉과 속이 다른 너희들을 심판하리 내가 왔다!

Book Publishing CHUNGEORAM

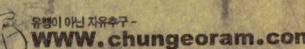